W0277929

Ursula Kirchenmayer

Der Boden unter unseren Füßen

Ursula Kirchenmayer

Der Boden unter unseren Füßen

Roman

dtv

Auf S. 37 wird aus dem Song ›Drüben auf dem Hügel‹
von Tocotronic zitiert:
Musik + Text: Dirk von Lowtzow, Arne Zank,
Jan Klaas Müller
© Hanseatic Musikverlag GmbH
Mit freundlicher Genehmigung

Dieses Werk wurde mit einem Stipendium
des Freistaats Bayern 2022 gefördert.

MIX
Papier | Fördert
gute Waldnutzung
FSC® C083411

Originalausgabe 2022
© dtv Verlagsgesellschaft mbH & Co. KG, München
Umschlaggestaltung: Lübbeke Naumann Thoben, Köln
Umschlagmotive: plainpicture / Yvonne Röder - aus der Kollektion
Rauschen; rawpixel.com
Satz: Fotosatz Amann, Memmingen
Gesetzt aus der Sabon
Druck und Bindung: CPI books GmbH, Leck
Printed in Germany · ISBN 978-3-423-28313-7

Für dich, A.

1, 2 oder 3 – Ob ihr wirklich richtig steht,
seht ihr, wenn das Licht angeht. (Quizshow)

Luca ist verschwunden. Monatelang haben sie genau das befürchtet, es heraufbeschworen in Gesprächen, in Anrufen, Briefen und Träumen. Sie haben die Polizei alarmiert und die Ämter eingeschaltet, sogar die Nachbarn haben sie um Hilfe gebeten, und doch: Jetzt ist es passiert. Sie sind gestolpert, jäh nach unten gestürzt, in eine ungekannte Dunkelheit.

Eben noch sind sie sich am Südkreuz in die Arme gefallen. Luca hat sich kräftig nach Nils ausgestreckt, kaum dass er ihn auf dem Bahnsteig zwischen den Menschenmassen entdeckt hatte. Nils nahm ihn aus der Trage und drückte ihn an sich, »mein Großer«, sagte er leise, dann gab er Laura einen Kuss. Die Abendsonne setzte die Stadt in Brand, die Stimmung in der S-Bahn war gelöst. Das Tempelhofer Feld voller Menschen zog vorbei, bunte Lenkdrachen, Picknickdecken, Grillrauch. Laura lehnte den Kopf an Nils' Schulter. Er hatte Luca auf dem Schoß. So sind sie nach Hause gefahren. Endlich, so schien es, endlich waren sie in Sicherheit.

Das gebrochene Glas der Flasche steht in spitzen Zacken ab. Sie haben sie ihm nicht abgenommen. Man sieht es ja, von Nils geht keine Gefahr mehr aus. Er ist am Ende. Die Hose ist durchnässt mit tiefroten Flecken und an den Fingerknöcheln pellt sich blutig die aufgeschürfte Haut. So sitzt er auf der Bank vor der Tierarztpraxis unter ihrer Wohnung, und die Beamten stehen um ihn herum, riesig, wie aufgeplustert in den Uniformen, mit Schlagstöcken und Schusswaffen im Gürtel.

Rotkäppchen, steht auf der Flasche. Er trinkt sonst nie Sekt. Er trinkt überhaupt fast nie Alkohol. Es ist, als hätte sich irgendetwas verschoben. Sie sind jetzt ganz unten, und Luca ist weg.

Ist er wirklich weg? Laura will es nicht glauben. Sie schlottert am ganzen Körper, ein bisschen wie nach der Geburt, sie hat Luca kaum berühren können damals, so sehr hat sie gezittert. Sie schlottert, aber sie ist still.

Vorhin hat sie noch geschrien, verwundet und so laut wie nie zuvor in ihrem Leben, so ist sie zu Boden gegangen. Der Schrei prallte gegen die Brandmauern im Hinterhof und kam von allen Seiten zu ihr zurück. Er hat die Nachbarn an die Fenster gelockt, hier war nie Ruhe, hier gab es immer was zu sehen, aber das hier, das hier war neu. Sie hat es gar nicht bemerkt. Sie hat geschrien und innerlich hat sie Nils angefeuert, tritt fester, mach schneller, zeig's ihr, hol ihn da raus. Sie hat keine Sekunde daran gezweifelt, dass er das Richtige tat.

Die Polizisten arbeiten sich an ihm ab. Reden und fragen. Wo waren sie in all den Monaten davor, als sie sie gerufen hatten, immer wieder? Jetzt machen sie sich Notizen auf ihren lächerlichen Schmierzetteln. Hört Nils überhaupt zu? Sie haben ihn gefragt, warum er sich so sicher gewesen sei. Warum hat er gemeint, Luca könne nur hier sein, in dieser Wohnung im Erdgeschoss, bei, wie heißt sie noch einmal gleich? Stimmt es, dass sie gar nicht mehr dort lebt, dass sie nur durchs Fenster eingebrochen ist? Sie verlieren Zeit. Warum tun sie nichts, immer noch nicht?

Das angelehnte Fenster, die zerstörte Tür, der Müll überall, den niemand jemals wegräumt. Warum hat er Luca ausgerechnet hier gesucht? Nils bleibt still. Er sitzt einfach so da, in sich zusammengekrümmt. Sein Blick ist leer.

1. STOCK

1

Altbau in einer wenig befahrenen Seitenstraße, 92 Quadratmeter, 3 Zimmer, Hinterhaus. In der Nähe ein kleiner Park.

Während Laura sich die Schuhe von den Füßen streifte, spähte sie verstohlen ins Badezimmer, das zu ihrer rechten Seite vom Flur abging. Es war lichtdurchflutet und hatte neben der Dusche auch noch eine riesige Eckbadewanne. Nils hatte sie überredet, er hatte die Tausch-Anfrage bekommen und war schon Feuer und Flamme gewesen, bevor er sich überhaupt ganz durch die Bilder geklickt hatte. »Guck doch mal, wo die ist«, hatte Laura entgegnet, »Tempelhof wäre schon krass gewesen. Aber Mariendorf?«

Eine Katze starrte sie aus zusammengekniffenen Augen an, eine zweite kam im gleichen Moment aus dem Wohnzimmer marschiert. Die Luft war verbraucht, ein süßlicher, alter Geruch.

»Ernie und Bert«, sagte Manuel, der etwas zögerlich hinter ihr und Nils stehen geblieben war. »Die machen nix.«

Laura lächelte. »Ist das Parkett oder Laminat?«

»Parkett.«

Echtes Holz. Immerhin. Eine Viertelstunde mit dem

Rad, dachte sie, während sie durchs Badezimmerfenster in den Hinterhof sah, auf den Sandkasten, der da war, und die kleine Schaukel. Zwanzig Minuten, maximal. Immer geradeaus den Mariendorfer Damm entlang, am Tempelhofer Hafen vorbei.

»Patrick ist gerade in Schottland und Marie auf einem Konzert«, sagte Manuel. »Und dann sind da natürlich noch die Miezen. Das wär wichtig, dass die in der neuen Bleibe auch wohnen dürfen.«

»Das ist kein Problem«, sagte Nils.

»Nichts gegen Marie, die ist super, aber wir wollen jetzt mal nur für uns sein. Ohne Mitbewohner. Und zu zweit ist das hier einfach zu teuer für uns.«

»Verständlich«, sagte Laura.

»Und ihr?«

Nils deutete auf Lauras Bauch. »Wir sind schließlich bald zu dritt.«

Laura versuchte sich vorzustellen, wie sie die Wohnung einrichten würden. Das erste Zimmer links könnte das Schlaf- und Arbeitszimmer werden, es war groß genug für ein Bett, einen Schreibtisch, ihre Staffelei. Das Zimmer dahinter wäre für Luca. Das einzige Fenster ging hinaus zu einer haushohen Brandmauer, aber mit der richtigen Beleuchtung würde man etwas daraus machen können. Genau wie aus dem schlauchförmigen Wohnzimmer, das die beiden Zimmer mit der halboffenen Küche verband. Es gab sogar eine kleine Durchreiche in der halben Wand, die die Küche vom Wohnzimmer trennte. Nils war begeistert, »stell dir vor«, sagte er, während er aus der Küche ins Wohnzimmer zu Laura guckte, »dann steh ich hier und mach Kaffee und dann geb ich ihn dir so rüber für die Gäste. Cool, oder?«

»Haha. Für die Gäste«, machte Laura ihn nach, aber dann lachte sie auch, er hatte recht, die Wohnung hatte was. Nur dieser Geruch, würde der weggehen, fragte sie sich, während sie Fotos mit ihrem Smartphone machte.

»In den Zimmern hört man nur die Tauben aus dem Hof gurren. Aber das Beste«, sagte Manuel, »ist die Miete. Und bei der Nebenkostenabrechnung kriegen wir auch jedes Jahr einen Tausender zurück. Die Nachbarn über uns zahlen schon 300 Euro mehr.«

»Krass«, sagte Nils.

»Apropos Nachbarn«, fragte Laura, »wie sind die denn so drauf?« Nils würde sein Studio hier aufbauen und auch sie brauchte Ruhe, wenn sie wieder malen wollte.

Manuel zögerte. »Der Hausmeister kann euch die Tür abdichten. Haben die von gegenüber auch schon gemacht. Wegen Treppenhaus und so. Ist bisschen hellhörig. Sonst ist es aber wie gesagt echt total ruhig hier.«

»In meiner Wohnung auch«, sagte Nils schnell. »Nur am Wochenende geht was, ist ja quasi Simon-Dach. Ich schätze, du weißt, worauf du dich einlässt.«

Manuel lachte, nestelte mit den Fingern in seinem Haar herum, lange braune Locken mit ein paar grauen Strähnen drin. Er musste auch schon Ende zwanzig sein. In ein paar Jahren würden sie sich vielleicht selbst wieder eine größere Wohnung wünschen, Patrick und er. »Schlaft erst mal drüber. Und wenn sie euch wirklich gefällt, dann schauen wir uns deine mal an.«

»Ich glaub, da müssen wir gar nicht drüber schlafen«, sagte Nils und guckte erwartungsvoll zu Laura.

Laura war müde, ihre Kontaktlinsen fühlten sich trocken an. Sie sah auf ihr Smartphone, in einer halben Stunde begann ihr Yogakurs. »Ich weiß nicht. Lass uns das später besprechen, okay?«

Nils wirkte enttäuscht. »Dann geh du schon mal vor. Ich mach noch ein paar Fotos.«

Auf einer der Bänke im Hof saßen zwei Frauen mit Katzenkörben auf dem Schoß und unterhielten sich, offenbar wollten sie zum Tierarzt, dessen Praxis sich im Seitenflügel befand. Als Laura vorbeilief, unterbrachen sie ihr Gespräch und starrten ihr nach. Laura spürte ein Zerren in den Schläfen. Sie hielt sich die Hand vors Gesicht, um das Sonnenlicht abzuschirmen. Abgesehen vom Badezimmer war es in der Wohnung so schummrig gewesen, dass sie beinahe vergessen hatte, wie hell es draußen war.

Sie schob ihr Fahrrad aus dem Hof in Richtung Straße. Irgendjemand hatte gebrauchte Klamotten in einer offenen Kiste in den Torbogen gelegt.

Draußen umhüllte sie das Pochen und Bohren der Baustelle am Mariendorfer Damm, fern, und doch so nah, dass der Boden bebte. Im Sommer war ein dickes Abwasserrohr geplatzt, die Arbeiten zogen sich. »Aber keine Sorge«, hatte Manuel gesagt, »spätestens im Dezember ist das wieder vorbei.« Er hatte ihnen auch ein paar Artikel ausgedruckt, zu einem Bauvorhaben, das in den nächsten Jahren anstand. Alle Leitungen mussten getauscht werden, Abwasserrohre bis zu einem Meter Durchmesser, Strom- und Gasleitungen. Nils hatte die Artikel überflogen und genickt, ja, er habe auch schon davon gehört, aber ehrlich gesagt sehe er nicht, wo das Problem sein solle, im Gegenteil. Am Ende sei ja sogar eine neue Radspur geplant. Er hatte Laura zugezwinkert, siehst du, dann bist du doch ruckzuck in deinem Neukölln. Doch Laura hatte ein leiser Zweifel beschlichen. Als ob da unten etwas faulte, dachte sie mit einem plötzlichen Schauer, und kurz glaubte sie, der Boden unter ihren Füßen sinke tiefer, mit jedem Schritt ein bisschen mehr.

2

Dass sie schwanger war – im Grunde hatte sie es geahnt. Eigentlich gleich damals, im Botanischen Garten von Cienfuegos. Sie hatte den Gästen die Getränkekarte erklärt, der tropische Saft wäre typisch für hier, aus den Früchten des Indischen Rosenapfels, der im Garten zu besichtigen war. Oder Zuckerrohrsaft mit einem Schuss Zitrone und Vitamin R. Ob die Gäste wüssten, was Vitamin R sei? Nein? Na, R wie Ron natürlich, ohne Rum ginge auf Kuba gar nichts ... Sie hielt inne, führte instinktiv die linke Hand zum Bauch. Ein Stechen, es durchfuhr sie, kurz, aber gleißend. Sie riss sich zusammen und überspielte den Schmerz, stellte Herrn Ebert die Kokosnuss auf den Tisch. Wäre sie nicht gerade unterwegs gewesen, hätte sie vielleicht länger darüber nachgedacht. So wischte sie den Gedanken weg, zu viel war zu tun. Erst ein paar Tage später erinnerte sie sich, als sie das Blut in der Unterhose fand, in Camagüey waren sie da. Es war nicht viel Blut, nur eine feine, hellrote Spur. Und als ihr ein Gast am letzten Abend noch ein Glas Weißwein hinschob, kommen Sie, trinken Sie mit uns, Sie haben sich das jetzt verdient, schaffte sie es kaum daran zu nippen.

Sie hatte Nils nichts davon gesagt, als er sie am nächsten Tag am Flughafen abgeholt hatte. Vielleicht gab es ja auch nichts zu sagen. Sie hoffte, dass es so war, dass es nichts zu sagen gab. Ihre Brüste waren geschwollen und schmerzten, alles deutete darauf hin, dass die Regel bald kam. Sie hatte eine Woche lang geschwiegen und gewartet, kostbare Zeit, in der sie hätte malen wollen, und in der ihr jeder Weg zur Staffelei plötzlich beschwerlich schien, jeder Griff zur Farbtube falsch, jeder Strich auf der Leinwand verlogen. Sie hatte geschwiegen, bis die nächste Reise anstand. Es war klar, dass sie Gewissheit brauchte.

Nils war vor ihr aufgestanden. Sie hörte das Rauschen des Wassers, während er duschte, und wie er danach in seine Jeans schlüpfte, das Klirren der Gürtelschnalle, oder war das schon der Schlüsselbund? Irgendwann erschien er neben dem Bett und drückte ihr einen Kuss auf die Wange. »Bis später.« Der scharfe Geruch seiner Lederjacke stieß ihr in die Nase, sie mochte das.

Sie blieb allein zurück, in ihrer kleinen Neuköllner Wohnung. Seit Elías vor fünf Jahren ausgezogen war, hatte sie sie mit niemandem mehr geteilt. Es war eine Wohnung, in der alles ihr gehörte, alles seinen Platz hatte, in der sie oft mehrere Tage am Stück allein mit sich, der Leinwand und den Farben verbracht hatte. Alle Liebhaber wurden vor die Tür gesetzt, sobald sie festgestellt hatten, wie gemütlich sie es hätte und dass sie am liebsten gleich bei ihr einziehen würden. Alle, außer Nils. Der hatte das auch gesagt, in der ersten Nacht. Ihm ließ sie es durchgehen.

Laura fand ihre Brille auf dem Boden, wo sie sie am Abend zuvor abgelegt hatte. Sie öffnete das Fenster. Eisiger Wind wehte herein, dabei war es schon Mitte März. Zwischen den Autos lag graugetretener Schnee. Sie ging in die Küche und sah auf die Uhr. Es war kurz nach acht. Die Apotheke musste schon offen sein. Hastig schlüpfte sie in die Klamotten, fuhr in die Stiefel, griff nach dem Wintermantel und dem Portemonnaie.

3

Wie komisch es ihm vorgekommen war, dass Laura ihn auf dem Festnetz anrief. Irgendwie auch witzig. Aber dass nichts witzig war, erkannte er sofort am Ton ihrer Stimme. Diese Kälte, die sich in ihm ausbreitete und alles, sogar die Fingerspitzen, kribbeln ließ. »Ich komm gleich«, sagte er. Und dann, als er eine halbe Stunde später vor Lauras Tür stand: »Wir schaffen das.«

Sie kannten sich erst seit zehn Monaten. Ein Freitagnachmittag war schuld, der sich so unspektakulär in die Länge zog, dass Nils begonnen hatte im Netz nach etwas zu suchen, nach Dingen, nach Menschen. Ein angefangenes Gespräch auf einer Dating-App, die er ab und zu benutzte, die Frage: »Wollen wir uns nicht lieber draußen treffen?« Er war ins Auto gestiegen und hatte den Motor gestartet. Minuten danach war der Himmel schwarz, das Wasser klatschte heftig gegen die Windschutzscheibe, die Scheibenwischer quietschten, und dann, plötzlich, stand sie da, wie im Lied A-N-N-A, erst später, viel später war ihm das aufgefallen und hatte ihn sofort peinlich berührt, er könnte das Lied weiterschreiben: Zwanzig Meter weiter vorne, mit dem Handy am Ohr, vor und hinter ihr rauschten die Autos vorbei. »Wo bist du? Ich seh dich nicht.«

Suchend drehte sie sich im Kreis, in ihrer bunten Jacke mit den Fransen, wie ein Klecks Farbe mitten im Grau. Obwohl er sie davor nur auf einem einzigen Bild gesehen hatte, mit gesenktem Kopf, und das Gesicht halb verborgen hinter zerzaustem Haar, gab es für ihn keinen Zweifel. Das war sie, das musste sie sein. Wie sie dann in sein Auto geklettert und auf den Sitz neben ihm gesunken war. Das nasse Haar klebte ihr an den Schläfen. Sie roch nach Regen. Alles daran war selbstverständlich gewesen. Er hatte sich zurückgelehnt und den Motor gestartet: »Wohin wollen wir fahren?«

So war es geblieben, ein innerliches Aufatmen, auch später, als sie ihm zum ersten Mal ihre Wohnung gezeigt hatte, die vielen Bilder überall, wie offengelegte Gedanken. Als reichte sie ihm die Hand, schau her, ich bin, was du siehst, ich hab nichts zu verbergen.

»Am liebsten würde ich direkt hier einziehen.« Hatte er das wirklich gesagt? Fast schämte er sich, wenn er daran zurückdachte.

Jetzt hatte er seine Arbeit aufgeschoben und kurzerhand den Tag bei ihr verbracht, sich ein paar Witze aus den Fingern gesogen, über die er sich selbst sofort schämte, »gehen zwei auf der Brücke. Sagt der eine, lass mich auch mal in die Mitte«, war so einer, und dann hatte er Laura in den Schwitzkasten genommen, und die strampelte sich frei, grinste immerhin, »was hat das denn jetzt mit diesem Test zu tun.«

»Einen Versuch war's wert, oder?«

Sie hatte sich an ihn gelehnt, die Hitze in ihrem Gesicht

war noch da, ein fiebriges Glänzen in den Augen, aber es ging ihr, er konnte das sehen, allmählich besser.

Am Nachmittag fuhren sie zur Frauenärztin. Nils wartete im Auto, Laura hatte ihn darum gebeten, und er hatte erleichtert zugestimmt, sich wie ein Idiot an der Hoffnung auf ein falsches Testergebnis festgeklammert. Nicht jetzt, hatte er gedacht, bitte noch nicht jetzt. Irgendwann kam sie zurück, drückte ihm ein Ultraschallbild in die Hand und sagte: »Die Fruchtblase.« Beim nächsten Termin würde man schon das Herz schlagen sehen. Nils rang sich ein Lächeln ab. Sie fuhren zu seinem Lieblings-Imbiss am Boxi, aber dann war sich Laura plötzlich nicht sicher, ob sie Halloumi essen durfte, oder Salat. Spielt das denn eine Rolle, hätte Nils am liebsten gefragt. Sie würden reden müssen, richtig reden, doch jeder Satz, der ihm in den Sinn kam, klang falsch.

»Wir schaffen das«, hatte er am Morgen gesagt, als er zu ihr gefahren war. Aber das war gelogen, mehr dahingesagt als gemeint, eine Rückversicherung, die er glaubte zu brauchen, weil Laura so verloren schien, als sie ihm die Tür geöffnet hatte, verloren und aufgelöst, er las es in ihrem Gesicht, wie er immer alles in ihrem Gesicht lesen konnte. Und sie hatte aufgeatmet und wieder etwas Farbe bekommen und sich festgehalten an dem Satz, den er schon jetzt wie ein Gewicht hinter sich herzog.

Am Abend saß er im Bett neben Laura und hielt sich an einer Flasche fest, Rum, dessen Geschmack er nicht ausstehen konnte, süß und klebrig war er. Und dann weinte er.

Als ihn sein Vater mit vierzehn aus dem Fußballverein genommen hatte, damit er sich ganz aufs Tennis konzentrieren konnte, hatte es angefangen: Ein kaum spürbares Taumeln, eine Verunsicherung. Er hatte die Entscheidung damals respektiert, auch wenn sie ihn ein bisschen traurig gemacht hatte, denn er hatte sehr gerne Fußball gespielt, er war einer der Besten der Mannschaft gewesen. Aber der Vater war sich sicher gewesen. »Du bist Einzelkämpfer, kein Teamplayer«, hatte er gesagt, »du bist da mehr so wie ich.«

Und es stimmte ja auch. Nils war, wenn er nur wollte, ein herausragender Tennisspieler. Es machte ihm so viel Spaß, dass er keinen Grund hatte an diesem Weg, den er nun einmal eingeschlagen hatte, zu zweifeln. Aber irgendetwas hatte nicht funktioniert. Vielleicht war es das Leuchten in den Augen des Vaters, wenn er gewann, dessen offensichtliche Enttäuschung, wenn er verlor, und wie er sie jedes Mal versuchte hinter einem Lob zu verbergen: »Das hast du trotzdem ganz toll gemacht, mein Großer!« Ein väterliches Schulterklopfen, gut gemeint, das sich wie ein Schlag anfühlte.

Vielleicht war es auch das Schweigen der Mutter, wenn sie ihn zu den Matches fuhr, eine, manchmal zwei Stunden Weg am Nachmittag, drei- oder viermal die Woche. Sie opferte ihre Arbeitszeit, um ihm zuzusehen, wie er aus Wut über eine Niederlage mal wieder einen 250-Euro-Schläger zerschmetterte und den ganzen Heimweg lang heulte. Er war gut, aber vielleicht war er nicht gut genug. Vielleicht fehlte ihm auch nur der unbedingte Wille, den dann Matze zeigte, ausgerechnet Matze, sein verträumter kleiner Bruder, der sich eher zum Spaß beim Tischtennis angemeldet hatte.

Nils hingegen blieb am Ende keine Wahl: Er, der, wenn sein Vater Recht hatte, kein Teamplayer war, spielte nun für die Mannschaft seines alten Vereins, weil es für die großen Einzelspiele nicht mehr reichte. Und hatte selbst da noch gedacht, dass irgendwann der Tag kommen würde, an dem sich die Opfer doch noch gelohnt hätten. Es war nur konsequent gewesen, einen Schlussstrich zu ziehen: Keine Spiele mehr, kein Team. Er hatte sich verrannt. So war das eben. Jetzt war da eine Lücke in seinem Leben geblieben, die er nicht zu füllen vermochte.

Was blieb, war die Arbeit. Nils konnte ganz passabel schreiben, er hatte früh angefangen zu texten und sogar eine renommierte Schule besucht. Nach ein paar Jahren begannen die Jobs sich zu lohnen. Und auch das Werbetexten machte ihm Spaß, so war es nicht, aber je länger er dabei war, desto schaler fühlte es sich an. Er wusste, das waren Worthülsen, die er da auftürmte, für Produkte, die er selbst nie konsumieren würde, Zigaretten, Fertiggerichte, Süßigkeiten. Er war ein gut bezahlter Blender, einer, der sein Handwerk meisterhaft verstand. Mit Benjamin hatte er das ändern wollen. Sie hatten sich bei einem Workshop in L. A. kennengelernt; Nils hatte sich dort angemeldet, weil er ehrlicher schreiben wollte, nein, eigentlich wollte er noch einen Schritt weitergehen, sich formal und inhaltlich in kein Korsett mehr zwängen. Keine Werbung mehr, nicht mal Journalismus, einfach schreiben. Benjamin war ihm von einem der Dozenten vorgestellt worden, »you just have to meet Benjamin«, sie hatten ein paar Projekte zusammen gemacht und dann hatte Nils Benjamin überredet, und nicht andersrum, von New York nach Berlin zu kommen und dort das Studio aufzumachen. Berlin würde ein Neuanfang sein, ein clean slate, für beide. Nils hatte vorher ewig in Köln gelebt. Er mietete eine Wohnung in Friedrichshain – das große Zimmer fürs Studio, das Kleine für sich. Ein paar Wochen später fand Benjamin eine WG in der Nachbarschaft und kam nach.

Nils wachte auf, weil seine Hose sich nass anfühlte, und kalt. Es war finster. Er suchte nach seinem Handy und aktivierte die Taschenlampe. Laura schlief auf dem Rücken, die Arme zu den Seiten geöffnet; immer schlief sie so, als hätte sie nichts zu befürchten. Die Matratze war vollgesogen mit einer klebrigen Flüssigkeit. Der Rum, schlagartig erinnerte er sich. Die Flasche war umgekippt. Als ob ihm, dachte er mit wachsender Unruhe, die Kontrolle über sich und sein Leben endgültig entglitten war.

4

Sie mussten eine Entscheidung treffen. Nicht sofort, das wusste Laura, aber bald. Bevor das, was da in ihr zu wachsen begann, zu sehr einem Kind ähnelte. Der Termin bei der Frauenärztin war schon ein paar Tage her. Sie hatten nachgedacht, mal leise für sich, mal laut aufeinander einredend, sie hatten miteinander geweint, dann wieder geschwiegen, lange geschwiegen. Sie waren zu keinem Schluss gekommen. Laura hatte begonnen Nils' Blicke zu meiden. Glaubte sie langsam doch zu wissen, was sie wollte, hatte sie Angst, er könnte es anders sehen? Jetzt, drei Tage nach dem Test, hatten sie sich fest in die Augen geguckt und tief Luft geholt und dann waren sie spazieren gegangen, obwohl es fast Mitternacht war.

Vor dem gelben Haus schräg gegenüber sortierte jemand Handys, entfernte die Sim-Karten und legte sie aufs Fensterbrett. An Silvester hatten die Bewohner dort die meisten Böller gezündet und dann hatte ein Auto Feuer gefangen, sie und Nils hatten die Flammen vom Balkon aus gesehen, und die fünf Jugendlichen, die auseinanderstoben und am Ende trotzdem ihren Weg zurück ins Haus fanden.

»Jedenfalls können wir nicht hierbleiben«, sagte Nils.

Laura zog die Augenbrauen zusammen. »Wieso das denn?«

»Unser Kind soll mit diesen Kids«, Nils deutete über die Schulter Richtung gelbes Haus, »auf die Rütlischule gehen?«

»Man kann in so einem Kiez aufwachsen und trotzdem was werden. Und die Rütli ist inzwischen voll die Vorzeigeschule.«

»Aber überleg doch mal. Wir sind einfach nicht vorbereitet. Allein unsere Jobs, soll es das jetzt schon gewesen sein? Weißt du, was das bedeutet, ein Kind?«

»Nein. Natürlich weiß ich das nicht.«

»Eben! Ich auch nicht! Und dann unsere Wohnungen. Bei mir, mit dem Studio im großen Zimmer, da ist überhaupt kein Platz für eine Familie. Und deine zwei Zimmer hier –«

»Wir haben uns auch ein Zimmer in der Wohnung meiner Oma geteilt, als wir nach Deutschland gekommen sind. Kindern ist sowas total egal.«

»Mir aber nicht.«

Laura war gekränkt. Manche Unterschiede sind vielleicht doch unüberbrückbar, dachte sie. Der bayrische See, an dem Nils aufgewachsen war, und ihr Viertel, vielleicht gingen sie doch nicht zusammen.

Ein Sozialviertel in der Nürnberger Vorstadt, Problemviertel hatten es andere genannt. Was, da kommst du her, sie hatte das Entsetzen nie ganz verstanden, für sie war das Viertel eine Selbstverständlichkeit gewesen, es hatte sich auch Jahre nach ihrem Wegzug noch nach ihrem eigentlichen Zuhause angefühlt.

Es waren die Eltern, die fort wollten. In Rumänien hatten sie Häuser besessen, und etwas Land, im Kommunismus mit seinen leergefegten Läden war das was wert. Was waren sie hier? Eine Anekdote, ein Zeitungsartikel, jemand hatte ihn hastig ans Schwarze Brett im Kindergarten geheftet, jetzt standen Eltern und Erzieherinnen darum herum: Spätaussiedler nehmen den Deutschen die Arbeitsplätze weg. Die Scham ihrer Mutter; keiner nahm darauf Rücksicht, dass auch sie dort stand, dass auch sie gelesen hatte, dass sie mithörte, was es hier zu besprechen gab. Bis heute glaubte die Mutter aus dem Gemurmel der anderen allein die Zustimmung herauszuhören, ja, der Artikel hat Recht, so ist es! Die *Süddeutsche Zeitung*, wenn schon die *Süddeutsche Zeitung* das schreibt! Während Anna ihre Tochter in den Kindergarten brachte und aus dem Kindergarten abholte und dann doch wieder dort stand, vor dem Schwarzen Brett, wo der Artikel immer noch hing, dessen Worte sie bald auswendig kannte, versuchte Lauras Vater sein Studium zu beenden. Er sattelte von Elektrotechnik auf Informatik um, in den Semesterferien arbeitete er auf dem Bau. Nach Rumänien fuhren sie nie zurück. Vielleicht aus Angst, an den Türen ihrer Häuser zu klingeln und den Fremden ins Gesicht zu schauen, die nun dort lebten, zwischen den zurückgelassenen Möbeln, Bildern, Erinnerungsstücken. Hätten sie ein Recht gehabt zu sagen: Das gehört euch nicht? Alles verfiel, munkelten manche, die die Reise gewagt hatten, nicht einmal die Linden weißelten die Zurückgebliebenen mehr, so wie sie es jedes Jahr gemacht hatten, um die Stämme zu schützen vor der gleißenden Sonne im Juli und vor dem Frost, wenn der Winter hereinbrach; und die Hühner liefen einfach so über die Gassen.

Sie richteten sich also in Deutschland ein, ließen Laura eine Heimat sein, was ihnen selbst immer noch Fremde war. An den Wochenenden sahen sie sich in der kleinen Wohnung mit den verrauchten Wänden, die sie mit den Großeltern teilten. Die Deutschen, sagte Lauras Vater, sagte ihre Mutter, erklärten auch die Großeltern, waren anders. Die wussten gar nicht, was Familie bedeutete. Bei ihnen dagegen hielt man zusammen, man lebte zusammen, und keine Geheimnisse drangen aus diesem Kreis heraus.

Dann aber fand Lauras Vater Arbeit. Sie zogen in eine größere Wohnung, schließlich in ein Haus am äußersten Rand der Stadt. Die Belastung war hoch, die Mutter arbeitete nun auch; einfache Tätigkeiten, die sie, die sehr gerne wie der Vater studiert hätte, beschämten. Die Demütigung, die der Artikel in ihr ausgelöst hatte, hielt an, und die Hoffnung, die Tochter möge es richten, schlug um in einen Imperativ. Seit sie in dem Haus lebten, war da eine Härte der Eltern gegenüber sich selbst, eine Unerbittlichkeit gegenüber Laura, die sie, aufwachsend in der vermeintlichen Sicherheit eines langsam sich mehrenden Wohlstands, nicht begriff. Gleich nach dem Abitur hatte Laura Elías geheiratet, obwohl sie hätte ahnen können, dass die Ehe nicht halten würde. Beinahe im gleichen Atemzug hatte sie sich für die Kunstakademie beworben.

Gemalt hatte sie schon immer. Es waren geheime Unterhaltungen, die sie da führte, mit einem Stück Papier.

In den Bildern, die sich den Betrachtern oft erst auf den zweiten Blick erschlossen, fand sie einen Ausdruck für all das Ungesagte, in dem sie, wenn sie mit Worten danach stocherte, schwamm wie in einem schwarzen See. Doch die Kunst sicherte ihr Überleben kaum. So war sie schließlich bei den Reisen gelandet.

Nils hatte ihr geschrieben, als sie gerade eine Tour in Spanien leitete. Sie hatte vergessen zu antworten, eigentlich tippte sie bloß aus Gewohnheit auf das Icon der App; es war ihre heimliche Zerstreuung, wenn sie für die Senioren das Wetter gecheckt oder sich eine Stadtkarte angesehen hatte. Zwei Wochen später probierte er es noch mal. Eine nichtssagende Nachricht, vorsichtshalber auf Englisch: »How's your day?« Etwas an seinen Bildern gefiel ihr, das markante Kinn vielleicht und die halblangen Haare, oder war es dieser Blick, schräg an der Kamera vorbei, als bemerke er gar nicht fotografiert zu werden? Er schlug vor einen Tee trinken zu gehen, im *Nathanja und Heinrich*, jetzt gleich. Das mit dem Tee klang irgendwie so unverdorben, es gefiel ihr, und das *Nathanja und Heinrich* mochte sie auch.

Laura war viel zu spät dran gewesen, und dann begann es plötzlich so heftig zu regnen, dass sie sich unterstellen musste, unter dem Vordach eines Bioladens, zwischen anderen Passanten. »Hier ist voll der Platzregen«, tippte sie in ihr Handy, »ich komm wohl zu spät.«

Die Antwort kam schnell: »Bin im Auto. Soll ich dich holen?«

Als ob sie sich schon ewig kennen würden.

Sie schickte ihm den Standort. Minuten später rief er an. Sie zögerte, betrachtete das vibrierende Handy, sollte sie rangehen? Sie telefonierte nicht gerne, schon mit Freunden nicht. Erst recht nicht mit Fremden.

»Hi?« - »Ich bin da.« – »Wo?« – »Der schwarze Smart.« – »Da ist kein Smart.« – »Weiter. Hier.« – »Ich sehe dich nicht.« – »Stopp, zurück, andere Seite. Da.«

Er grinste, als sie nach der Nummer mit den Pirouetten endlich vor ihm stand. Sie umarmten sich flüchtig. Den Rest weiß sie nicht mehr. Fand sie ihn attraktiv, eher nicht? Sie hatte gar nicht richtig hingeguckt. Erst als sie neben ihm saß, in seinem Smart, musterte sie ihn verstohlen von der Seite. Er erzählte von einem Projekt, das er gerade abgeschlossen hatte, zusammen mit einem bekannten Designer. Als ob sie sich, bloß weil sie Kunst machte, automatisch mit Design auskennen würde. Wie zusammengefaltet saß er hinterm Steuer, mit seinen langen Beinen, das Auto war eigentlich zu klein für ihn. Sportlich und doch irgendwie vornehm, in seiner wie absichtlich zerschlissenen Lederjacke und den engen schwarzen Jeans, das sandfarbene Haar fiel ihm halblang ins Gesicht. Der klassische Exilbayer, dachte sie, eigentlich passt er gar nicht hierher. Das Gefühl, ihn schon lange zu kennen, ihn beschützen zu wollen. Und dann, sehr plötzlich, der Gedanke: Warum kann ich nicht einfach mit einem wie ihm zusammen sein.

How's your day. Sie konnte immer noch darüber lachen, über die Belanglosigkeit dieses ersten Satzes an sie. Ein Satz, mit dem man eben auch nicht viel falsch machen konnte, auch das war typisch für Nils. Sie hatte ihn auf Papier ausgedruckt, weiße Schrift auf schwarzem Grund, und an die Wand gepinnt.

Es war nicht schwer ihn zu mögen. Die Art, wie er sich bewegte, wie er sie ansah, wie er die Dinge nicht sagte, und sie ihn dann doch verstand. Wie sie reden konnten, stundenlang, und wie sie stritten, wirklich stritten, leidenschaftlich und erbittert, und trotzdem immer wieder zusammenfanden.

Bei Nils gab es kein versehentliches Haare ziepen, er stemmte sich nicht mit dem ganzen Oberkörper auf ihr ab, und vor allem achtete er darauf, dass Laura vor ihm kam, mehrmals. Wenn er grinste, bildeten sich Grübchen in seinen Wangen, ein bisschen wie bei diesem Jungen aus ihrer Klasse, in den sie in der Schule so verliebt gewesen war. Die wasserblauen Augen, das markante Kinn. Aber nur von der linken Seite. Nils' Nase war nämlich schief, seit ihn vor ein paar Jahren ein Tennisball getroffen hatte. Von rechts wirkte die Nase fast riesig. Diese kleine Unregelmäßigkeit, Laura mochte sie am meisten.

Trotzdem hatte es zwei Monate gedauert, bis sie Nils sagen konnte, was sie seit Elías zu niemandem mehr gesagt hatte: »Ich will nur mit dir zusammen sein.« Nils hatte überhaupt nicht gezögert. Er hatte ihre Hand genommen und gesagt: »Okay.«

»Ich hab wegen dir zwei andere Dates abgesagt«, sagte Laura jetzt, zehn Monate später, in Neukölln, und es war immer noch Nacht. Sie zog die Jacke enger um ihren Körper, fühlte sich so matt, dass sie sich kurzerhand auf eine Bank fallen ließ.

»Geht das jetzt schon los«, fragte Nils. Er setzte sich neben sie und grinste. Sein Grinsen war wie ein Friedensangebot. Irgendwie.

Die Balustrade des Körnerparks zeichnete sich vor dem schwarzen Himmel hell ab. Neobarock, dachte Laura, historistisch. Der Park wirkte immer etwas deplatziert hier, mit den grünen Rasenflächen und plätschernden Springbrunnen. Nachts trafen sich die Jugendlichen unten, wo vor hundert Jahren eine Kiesgrube gewesen war, einer hatte immer Musik dabei, manchmal gab es Streit. Die Rufe der Jugendlichen mischten sich unter das internationale Stimmengewirr aus der benachbarten Pizzeria, die Laura anfangs noch boykottiert hatte, weil sie einen kleinen türkischen Laden ersetzte, der die steigende Miete nicht mehr stemmen konnte.

»Ich hab auch ein Date für dich abgesagt«, sagte Nils.

»Echt?«

»Ja. So ne Surferin, ganz hübsch eigentlich.«

Laura rammte ihm den Ellenbogen in die Seite. »Wieso hab ich dich eigentlich nicht nach der ersten Nacht rausgeschmissen?«

»Vielleicht, weil ich 1998 auch mal so eine Flic Flac Armbanduhr besessen habe?«

Sie musste lachen. »Genau!«

»Und so einen Klumpen von Nokia.«

»Oder weil wir beide das gleiche peinliche Gefühl haben, wenn *Mr. Vain* im Radio läuft, oder *It's my life*, oder eines der alten Lieder von Tocotronic.«

»Drüben auf dem Hügel?«

Sie nickte, eigentlich war ihr gar nicht mehr nach

Lachen zumute. Ich warte dort auf dich, weil ich dich mag. An unserem letzten Sommerferientag. Bis wir zusammen sind. Bis wir … Und dann der Roadtrip mit dem ersten eigenen Auto, der Routenplaner frisch aus dem Farbdrucker, zettelweise, auf dem Armaturenbrett. Vielleicht zu diesem einen Konzert in Augsburg, auf dem sie beide gleichzeitig gewesen sein könnten, und sie kannten die Texte immer noch auswendig.

Nils fuhr mit den Fingern die Umrisse ihrer Hände nach.

Laura lächelte. »Ich kann eigentlich auch gar nicht wirklich mit Kindern.«

Nils runzelte die Stirn, endlich guckte er sie an. »Also ich kann das ja ziemlich gut. Ich bin immerhin Onkel.«

»Ich dachte, Emil geht dir so auf den Keks.«

Matze war vor einem Jahr Papa geworden. Nils hatte schon ein paar Mal auf Emil aufgepasst, während Matze Sportevents im Fernsehen moderierte. Danach war er jedes Mal vollkommen erledigt gewesen.

»Ja, Emil.«

»Also willst du das Kind jetzt doch?«

»Ich hab nie gesagt, dass ich es nicht will.«

Laura stiegen die Tränen in die Augen; waren das vielleicht die Schwangerschaftshormone? »Ich hab den ganzen Morgen schon so ein blödes Gefühl«, sagte sie, als sie wieder sprechen konnte. »Als ob mein Körper mir sagen will, behalt es. Ich glaub, ich kann das nicht. Ich kann es nicht einfach wieder wegmachen.«

»Dann behalten wir es.« Er griff nach ihrer Hand und drückte sie so fest, dass es beinahe wehtat.

5

Das Ultraschallgerät in der Praxis war schlecht, man sah das Ungeborene nur schemenhaft, und doch klar genug, um zu erkennen, dass es Hände hatte, und an den Händen Finger, man sah die Zehen an den Füßen, und da, wo die Augen waren, dunkle Höhlen. Laura war inzwischen in der vierzehnten Woche.

Plötzlich sagte Nils: »Guck mal, der bewegt sich ja.«

»Es turnt«, sagte die Frauenärztin, »vielleicht spürt es den Ultraschall.«

Ungläubig guckten sie zu: Wie es die Füße gegen die Gebärmutterwand stemmte und sie in ein, zwei, drei kleinen Schritten von innen entlanglief. Ein halber Purzelbaum.

Die Frauenärztin verriet ihnen noch mehr, vielleicht, sagte sie, ein Sohn, beim nächsten Mal würde man das schon genauer sehen; und Nils sagte: »Das ist Luca.«

»Ja«, sagte Laura.

Sie verabschiedeten sich vor der Praxis. Nils hatte einen Termin, er musste sofort los. Es blieb keine Zeit, noch einmal darüber zu sprechen. Laura beschloss zu Fuß zu gehen, um den Moment für sich auszudehnen, den ganzen Weg, bis nach Hause.

Seine Schritte. Ein, zwei, drei, in ihrem Bauch.

Sie mochte den Namen: Luca. Wegen der Offenheit, dem offenen A, sowohl Mädchen als auch Junge, weder Mädchen noch Junge. Eine Unbestimmtheit, die zu seiner, zu ihrer Entstehung passte, zu ihren Gefühlen zu ihm oder ihr, die sich erst noch fügen, die ihre Richtung erst noch finden mussten. Ihr hätte auch Mika gefallen, oder Bente. Außerdem fand sie Kilian schöner, Hoffmann war ein Allerweltsname, und Kilian nicht, und überhaupt, das klingende I, ob Nils das nicht höre? »Luca Kilian wird ein berühmter Wissenschaftler, eine Meeresforscherin. Aber wer wird Luca Hoffmann?«

Später war das, als es schon Abend war und sie zusammen in Lauras kleiner Wohnung auf dem Balkon saßen.

»Ein Sportler!«, sagte Nils.

Die Anteilnahme war schleichend gekommen, jetzt aber, Laura spürte das, war sie da, und mit ihr die Gewissheit: Das Kind, das in ihrem Bauch zu wachsen begann, war auch seines.

6

In einem aufgebauschten Kleid, das er noch nie an ihr gesehen hatte, lehnte sie an einer Straßenlaterne zwischen zwei auf dem Gehweg parkenden Autos und starrte auf ihr Smartphone. Die vielen Haare fielen ihr ungehindert über die Schultern.

Er hupte. Sie schreckte hoch, erkannte ihn, der im VW-Bus seiner Eltern saß, offensichtlich erst auf den zweiten Blick. Er ließ das Fenster runter. »Sorry, dass es so lang gedauert hat. Hinter München war voll der Stau.«

Ungeduldig hatte er die Rücklichter des vor ihm durch den Verkehr schleichenden Passat betrachtet und mit den Fingern aufs Lenkrad getrommelt, nachdem er die Tage zuvor allein bei seinen Eltern verbracht und ihnen alles gesagt hatte. Natürlich wollten sie Laura gleich kennenlernen. Laura hatte sich nicht lange bitten lassen; sie war zur gleichen Zeit in Nürnberg gewesen und schien froh, dass er ihr einen Vorwand für eine vorzeitige Abreise lieferte. Er wusste schon, dass es für sie schwieriger gewesen war. Sie hatte ihm am Handy davon erzählt. Da ist also dieser neue Mann in meinem Leben, hatte sie zu ihren Eltern gesagt, ihr kennt ihn noch nicht, und jetzt bin ich schwanger. Sie hatte ihm die darauffolgende Schwere in der Luft beschrieben, das Entsetzen in den Gesichtern ihrer Eltern, das sich anscheinend nur sehr langsam gelöst hatte und einer unbestimmten Erleichterung gewichen war.

Während Laura jetzt in den VW-Bus stieg, konnte er sehen, wie der Druck der letzten Tage schlagartig von ihr abfiel. Sie öffnete jede Schranktür darin, »boah, sogar mit Kühlschrank!«

Nils grinste halb verlegen, halb stolz. »Da haben Matze und ich früher das Eis gebunkert, wenn wir in Urlaub gefahren sind. Gewonnen hat, wer am längsten eins hatte.«

»Und wer war das?«

»Ich natürlich. Weil Matze sich für die Mark immer ein Capri gekauft hat, und ich fünf Mini Milk.«

»Um ihn zu ärgern, schätze ich.«

Er lächelte nervös, fühlte sich ein bisschen wie vor einer Prüfung. Warum war es ihm so wichtig, dass sich alle gut verstanden? Warum konnte er nicht so gelassen sein wie sie? Neulich hatte sie ihn zu ihrer Vernissage mitgenommen, in einem Neuköllner Café. Nichts Großes, hatte sie gesagt, es wäre ja nicht schwer in einem Café auszustellen. Ihm kam es aber groß vor, dass sie das machte, dass sie so in die Öffentlichkeit ging. Seltsame Collagen, halb gemalt, halb fotografiert, und im Zentrum immer ein Stück von Laura, eine Hand, ein Ohr, eine Brust, ihr Geschlecht. Die Leute waren auf sie zugekommen, um mit ihr zu reden, und sie hatte ganz normal darauf reagiert, auch auf den Herrn, der sich von ihrer Kunst provoziert gefühlt hatte. Diese Schamlosigkeit Lauras, dieser Mut zur öffentlichen Selbstentblößung hatte ihm imponiert, ihn auch ein bisschen stolz gemacht.

Er befürchtete, es würde ein Theaterstück werden. Seine Eltern würden die Milch im Porzellan ausschenken, und nicht im Karton, und Laura heimlich ein paar Fallstricke hinlegen, um zu sehen, wie sie reagierte. Doch so kam es nicht. Seine Eltern fanden sie »super«, sie waren begeistert von Lauras »authentischer Art«, davon, wie sie mit beiden Beinen fest auf dem Boden zu stehen schien, und sogar die Hündin Kiki, die bei ihnen wohnte, seit Nils nach L. A. gegangen war, schnupperte schwanzwedelnd an Lauras Hose, obwohl sie, was Gäste anging, äußerst störrisch sein konnte. Auch Laura fand sofort eine Ebene mit ihnen.

Später zeigte er ihr seine Orte. Die Stelle, wo er immer die Frösche über die Straße getragen hatte, um sie vor den Autos zu retten. Die alte Eiche im Moor, wo er sich nachmittags mit Nelly rumgetrieben hatte, seiner Flat Coated Retriever-Dame mit schwarz glänzendem Fell. In der Eiche hatte auch der Kuckuck mit dem Sprachfehler gewohnt, Kuckuckuck hatte er immer gerufen, Kuckuckuck. Sie radelten zum See, durch den Wald, und an den Villen vorbei, wanderten auf Irrwegen zum Kloster hoch.

Nils' Eltern schlugen vor Lauras Eltern einzuladen, so weit lebten sie schließlich nicht auseinander. Ein Nachmittag, um sich wenigstens einmal gesehen zu haben. Der obligatorische Spaziergang zum See, später dann Kuchen.

Am Wasser setzten sich die Eltern auf eine Bank, alle vier nebeneinander, in der Mitte die Mütter, gerahmt von den Vätern, die froh schienen nicht miteinander reden zu müssen. Nils fühlte seine Bewegungen unter der Last der Beobachtenden unsicher werden. Er und Laura streiften sich die Klamotten ab und testeten das Wasser mit den Füßen an. Lauras Bauch war runder geworden. Außenstehenden wäre es nicht aufgefallen. Die Eltern jedoch, die jetzt eingeweiht waren, würden es bemerken.

Als sie später auf der Hoffmann'schen Terrasse zusammensaßen, es gab Zwetschgendatschi und Kaffee, erzählten seine Eltern, wie Matze und Nils als Kinder im See gebadet hatten, »nur bis zu dem Häuschen, und weiter nicht«, hätten sie zu den Jungs gesagt, das sei die goldene Regel gewesen. Lauras Eltern nickten höflich, doch von Laura erzählten sie nichts. Sie erzählten auch nichts von Rumänien. Wie um sie herauszufordern, erwähnte Laura die illegale Ausreise ihres Vaters. Sie senkte den Blick und putzte sich Datschireste von den Fingern, während sie fortfuhr: »In den Achtzigern war das, Ceauşescu noch an der Macht, erst ein Jahr später hat er«, sie deutete mit der Serviette auf ihren Vater, »uns nachgeholt.«

»Ach wirklich?«, Nils' Eltern machten große Augen, das klang nach einer spannenden Geschichte.

Lauras Eltern wechselten nur einen raschen Blick, ein, zwei Sätze über Blasmusik und Marillenknödel, die Zwetschgen und Wassermelonen im Garten.

Obwohl sie beinahe ihr halbes Leben in Rumänien verbracht hatten, wollten sie offenbar so wenig wie möglich mit dem Land zu tun haben. Zuhause sprachen sie einen alten deutschen Dialekt, den sie Laura nicht mehr beigebracht hatten. Laura sagte, sie hätten es ihr dadurch leichter machen wollen. Nils dagegen kam es vor, als machten sie alles kompliziert. Er hätte sich ihre Eltern ganz anders vorgestellt.

Seine Eltern suchten neue Anknüpfungspunkte, sie erzählten von ihrer Studentenzeit in München, wo auch Lauras Vater studiert hatte, und von der freien Schule, die sie Jahre später extra für Nils gegründet hatten. Sie landeten beim Rezept für den Zwetschgendatschi, die Zwetschgen leider nicht aus dem Garten. Schließlich kramten sie noch ein Buch hervor, »hier, das haben wir für dich gemacht, Nils, nach deiner Geburt.« Ein dickes Album voller Bilder, Tagebucheinträge, Zeichnungen. »Jetzt, wo du Papa wirst, sollst du es haben.« Und dann erzählte die Mutter von seiner Geburt, schwer war sie gewesen, sie hatte zu viel Blut verloren, und Nils, gelb wie Wirsing, brauchte erst mal eine Lichttherapie.

Nils guckte verlegen zu Laura. Ihre Mutter lachte überschwänglich. Beinahe schrill erzählte sie, wie man ihre rumäniendeutsche Freundin Erika Melzer-Schmidt nach der Geburt von deren Tochter zu drei Türkinnen ins Zimmer geschoben hatte, »dann sind Sie unter Ihresgleichen.«

Wich sie aus? Wo waren ihre eigenen Erinnerungen geblieben, wo die an Lauras Geburt? Schämte sie sich, weil Laura, anders als die Tochter ihrer Freundin, noch in Rumänien geboren war? Weil sie alleine im Land zurückgeblieben war und Laura zur Welt gebracht hatte, ohne dass Johann an ihrer Seite gewesen wäre? Oder warum hatte Laura keinen Platz in ihren Erzählungen?

Laura verzog keine Miene, beinahe starr saß sie da und steckte alles weg. Erst am Abend, als sie neben Nils in seinem alten Bett lag, wischte sie sich verstohlen ein paar Tränen aus dem Gesicht.

7

Am schlimmsten war die Müdigkeit. Bleiern und vollständig, so dass Laura sich kaum fortbewegen, an manchen Tagen nicht einmal aus dem Bett aufstehen wollte.

»War das bei dir auch so«, fragte sie Clara, während sie auf das alte Ledersofa sank, das sie von ihren Eltern übernommen hatte. Die kalifornische Tagesdecke, die Nils neulich darüber geworfen hatte, sackte unter ihr zusammen.

Laura legte ihr Handy auf der Armlehne ab. Clara war auf Laut, ihre älteste Freundin, die einzige, die ihr aus der Schulzeit geblieben war. Sie waren auf das gleiche städtische Gymnasium gegangen, das sich gerne mit dem Wort *Elite* schmückte, es hatte einen China-Austausch gegeben, ein zusätzliches Abiturfach. Die meisten der Mitschüler kamen aus den wohlhabenden Stadtteilen ringsum. Aber Clara war anders. Sie stammte, wie sie sagte, aus einer »Arbeiterfamilie« und hatte, genau wie Laura, so eine etwas abgefuckte Fähigkeit zur Tiefe. Es war eine unfassbare Entdeckung gewesen.

Dass ausgerechnet Clara nach dem Abitur auch in Berlin landete, war Zufall, aber ein schöner. Es fühlte sich gut an, endlich offen mit ihr über die Schwangerschaft zu sprechen. Als Clara einige Monate zuvor selbst schwanger geworden war, hatte sich Laura erst sehr mit ihr gefreut und sich dann doch zurückgezogen. Clara hatte sich nun in einer Welt bewegt, die nach SSWs sortiert war, nach ETs, nach IGel-Leistungen und solchen, die es nicht waren. Dinge, von denen Laura keine Ahnung hatte. Sie konnte Clara die Freude darüber anhören, dass sie diesen Weg nun also doch zusammen gehen würden.

»Kannst du dir das vorstellen«, sagte Clara, ihre Stimme klang leicht außer Atem, als würde sie nebenbei den Küchenboden kehren, »ich hab in den ersten fünf Monaten zehn Kilo abgenommen! Ich konnte einfach kein Essen drinbehalten.«

Sie lachten. Sicherten sich zu, gemeinsam Yoga zu üben.

»Habt ihr denn schon was Neues gefunden?«, fragte Clara irgendwann.

»Wie meinst du das?«

»Ach komm, eure Wohnungen sind doch viel zu klein.«

»Findest du?« Laura hakte sich mit der Ferse in Nils' Tennistasche ein und zog sie zu sich. Sie legte die Beine darauf ab.

Sie verabschiedeten sich, beendeten das Gespräch, und dann, von einem Moment auf den anderen, war Lauras Müdigkeit verschwunden. Sie bekam es mit der Angst zu tun. Was war mit dem Kind?

Erst nachdem Nils einen Fetaldoppler organisiert hatte, mit dem sie den Herztönen des Kleinen nachspüren konnten, beruhigte sie sich. Sie war schwanger, immer noch. Sie war so froh, dass sie noch schwanger war.

Ihren Job hatte sie ohnehin nie gemocht. Sie war ja nur Reiseleiterin geworden, weil sie Zeit für ihre Kunst brauchte und sowohl Kuba als auch Spanien ganz gut kannte. Die erste Reise war ein Sprung ins kalte Wasser gewesen, eine fünfzehn Tage dauernde Prüfung. Nachts brütete sie über Stadtplänen und lernte die Vorträge für den darauffolgenden Tag, um die Gäste am Morgen wieder gut gelaunt in der Lobby zu begrüßen und scheinbar routinierte Antworten auf nie enden wollende Fragen zu geben: Sagen Sie mal, Frau Kilian, wie viele Quadratkilometer hat eigentlich Kuba? Ach, und diese Früchte am Buffet, sind das Pampelmusen? Natürlich merkte man ihr die Unsicherheit an. Ihre wievielte Reise ist das denn nun, wurde sie gefragt, und sie wich den zweifelnden Blicken aus, so genau könne sie das selbst nicht sagen, dieses Jahr sei sie zum dritten Mal im Land.

Es war besser geworden im Laufe der Zeit. Die Fragen zu Land und Leuten wiederholten sich, sie kam seltener aus dem Konzept. War das Hotel kurzfristig überbucht, was auf Kuba ständig vorkam, so kannte sie die Alternative in den meisten Fällen schon. Sie brauchte keine Stadtpläne mehr zu studieren, erkannte Avocado-, Mango- und Guavenbäume und wusste, was zu tun war, wenn ein Gast glaubte, seine Kreditkarte im Automaten vergessen oder den Pass verloren zu haben: Immer zuerst im Koffer nachgucken! Doch die Zusammenarbeit mit den Local Guides, die um Lauras Job und Trinkgeld konkurrierten, blieb problematisch, genau wie die hohen Erwartungen der Gäste, die fünftausend Euro pro Kopf für die Tour bezahlten – fast dreimal so viel, wie Laura an einer Reise verdiente. Jede freie Minute versuchte sie mit Nils zu skypen, der zuhause war, ein Zuhause, nach dem sie sich mit jeder Faser ihres Körpers sehnte; nur gab es auf Kuba kaum Internet.

Was es gab, war Zika. Das sah die Disponentin sofort ein: Ab dem sechsten Monat herrsche ohnehin Beschäftigungsverbot, wegen dem langen Stehen und Laufen, und die Fliegerei war ja auch nicht so gut. Beschäftigungsverbot, aber natürlich ohne Gehalt; Laura war schließlich saisonal angestellt.

Sie würde zuhause bleiben. Sie würde ihre Ersparnisse aufbrauchen, in diesem, spätestens im nächsten Jahr. Es war in Ordnung, Nils hatte das gesagt, wir machen das schon, und es hatte sie überrascht, das so aus seinem Mund zu hören. Sie hatte stumm genickt, sich festgehalten an dem »Wir«, an seiner Zuversicht. Sie hatten eine Klinik besichtigt, außerhalb, hinter Spandau irgendwo, zwischen Wiesen und Feldern. Sie war anthroposophisch und bekannt für ihre niedrige Kaiserschnittrate. Sie waren mit anderen Paaren andächtig durch die pastellfarbenen Räume geschritten und hatten sich Notizen gemacht. Es war die perfekte Mischung zwischen Krankenhaus und Geburtshaus, hebammengeleitet, aber mit allem, was eine Klinik so brauchte, sollte doch etwas schief gehen. Die Bewerbungsfrist begann fünf Monate vor dem Entbindungstermin, kurz nach Mitternacht hatten sie die E-Mail abgeschickt. Einige Tage später erfuhren sie, dass sie zu den Auserwählten gehörten.

Fünf Monate also. Und doch blieb ihnen der Termin ab nun seltsam bewusst, wenn sie zusammen auf Lauras Balkon frühstückten und beobachteten, wer da unten ums gelbe Haus herumstrich, wenn sie sich verabschiedeten, ein flüchtiger Kuss, das Knistern der Lederjacke, Nils rauschte die Treppen runter und stieg in den Smart; der Termin war da, immer, auch abends, wenn sie einen Film guckten und sich zusammen unter der großen Decke verkrochen. Wie etwas Endgültiges, das Ende einer Straße, danach würde alles neu anfangen. Eine neue Zeitrechnung, ein ganz anderes Leben.

Die Staffelei stand neben dem Bett, und wenn die Sonne schräg darauf schien, konnte man sehen, wie der Staub im Licht tanzte. Die leeren Leinwände lagen unangetastet auf dem Kleiderschrank, ein unfertiges Bild wartete auf der Staffelei. Eine Art Selbstbildnis aus der Zeit vor der Schwangerschaft, Sanddünen, die aussahen wie liegende Brüste. Laura hatte darstellen wollen, wie die Natur von einem dahingestreckten weiblichen Körper Besitz ergriff, ihn sich eroberte und zurückholte, bis er ganz und gar mit ihr verbunden war. All das hatte nur noch wenig mit dem zu tun, was sie jetzt fühlte. Ihr Körper hatte einen Zweck zu erfüllen, war zur Höhle eines anderen geworden. Sie fühlte sich plump, passte nicht mehr in ihre Kleider, manchmal stieß sie mit dem Bauch gegen Tische. Sie nahm die Veränderung mit Verwunderung zur Kenntnis. Wenn Nils nicht da war, fotografierte sie sich nackt, und nachher klickte sie sich durch die Bilder. War das noch sie? Würde sie jemals wieder zu der werden, die sie mal gewesen war? Sie hätte dem nachspüren können, sie wollte es nicht.

Stattdessen machte sie ihr Fahrrad fit und meldete sich bei Yogakursen an. Auf dem Rückweg radelte sie an den Neubauten an der Rummelsburger Bucht und in Treptow vorbei, sah junge Familien aus den Kiez-Bioläden schlendern, mit ihren bunt bewimpelten Fahrradanhängern, und plötzlich verspürte sie einen Neid, den sie so nicht erwartet hatte. Wie konnte es sein, dass diese Familien offenbar genug Platz hatten für ihre Kinder, und genug Geld für den Bioladen, und überhaupt ihr Leben so selbstverständlich geregelt zu kriegen schienen?

Vielleicht hatten Nils und Clara recht. Vielleicht brauchten sie ein Kinderzimmer. Der Sommer neigte sich dem Ende entgegen. Im späten September verkauften sie den Smart, schafften sich dafür einen Golf Plus an, ein richtiges Familienauto mit einem großen Kofferraum, in den auch ein Kinderwagen passte. 8000 Euro kostete er, Geld, das Nils' und Lauras Großmütter unabhängig voneinander für sie zurückgelegt hatten. Auf der Heimfahrt guckten sie sich an, und dann sagte Laura: »Das ist komisch.«

»Ja«, sagte Nils, »sehr.«

»Wir werden wie unsere Eltern.«

»Wir werden nie wie unsere Eltern. Eher wirst du wie meine, und ich wie deine, und am Ende hängen wir irgendwo dazwischen.«

»Radikal ist besser«, sagte Laura.

»Sag ich doch. Wie meine Eltern.«

Laura lachte. Im Grunde sah sie es ja ein. Natürlich war es tröstlich, wenn sie mobil bleiben würden. Den Radius großhalten, auch mal wegfahren aus der Stadt. Eine größere, gemeinsame Wohnung fühlte sich an wie der nächste Schritt. Eine Wohnung, die Laura nicht an Elías erinnerte, und Nils nicht an die Arbeit mit Benjamin. Eine Wohnung mit Kinderzimmer.

Fast wöchentlich gingen sie jetzt auf Besichtigungen. Manchmal reichte ein Blick auf die vor dem Eingang wartenden Menschentrauben, um sie zum Umkehren zu bewegen. Andere Male waren sie die Ersten in der Reihe, schleimten wie Einserschüler, so dass sie sich kaum in die Augen sehen konnten, als sie wieder auf der Straße standen. Sie stellten sich sogar einer katholischen Genossenschaft vor, Laura trug die Jacke offen, darunter eine dezente Bluse in Apricot, die die Rundung ihres Bauches noch betonte, und sagte jedes Mal »mein Ehemann«, wenn sie von Nils sprach. Umsonst.

Laura konnte Lucas Bewegungen inzwischen sehr deutlich spüren, er kickte ihr am liebsten links in die Seite und manchmal spürte sie etwas Spitzes im Muttermund, so als greife er mit den Fingernägeln hinein. Vielleicht lag es an ihrem angeschwollenen Körper, dass ihr die Wohnung nicht mehr passte. Sie fühlte sich darin so eingezwängt wie in ihre alten Jeans. Dann kam ihr die Idee mit dem Wohnungstausch.

8

»Ich versteh dich nicht«, sagte Nils, als sie nach der Besichtigung zusammen in Lauras Wohnung auf dem Sofa saßen und sich durch die Bilder wischten, »sowas kriegt man nicht einfach so. Hast du das Badezimmer gesehen? Und die offene Küche! Im Wohnzimmer voll die Beamer-Wand! Danach suchen wir seit Monaten.«

Laura schwieg. Eine kühle Brise stieß durch die Balkontür und ließ die Staubmäuse am Vorhangsaum erzittern. Wie oft hatte sie dort gesessen, zwischen den beiden längst vertrockneten Blumentöpfen. Die nackten Füße aufs noch warme Blech der Brüstung gelegt, hatte sie an einem Joint ziehend in die nie ganz schwarze Nacht geguckt.

»Wenn wir uns beeilen, kannst du noch bis Ende Oktober kündigen.«

Laura wich seinem Blick aus. »Hast du denn gar nicht bemerkt, wie es riecht?«

»Nee, hab ich nicht.«

»So süßlich, nach Holz oder Moder oder Tier, keine Ahnung. Wie so was Altes, aber Lebendes, das aus dem Mund stinkt.«

Nils starrte sie an. »Was Besseres finden wir nicht, Laura. Mehr ist nicht drin.«

Laura biss sich auf der Unterlippe herum. Was war nur los mit ihr? Sie verstand sich selbst nicht mehr. Der Entbindungstermin stand vor der Tür. Endlich hatten sie eine Wohnung in Aussicht! Doch da war nichts, keine Tränen der Dankbarkeit, kein Gefühl der Erleichterung. »Und der Blick aus den Zimmern«, sagte sie, »ist auch irgendwie deprimierend. Auf diese Wand.«

Nils schwieg, dann schüttelte er den Kopf. »Wir müssen unsere Ansprüche anpassen.«

Ausgerechnet er, Nils. Er wischte sich das Haar aus dem Gesicht, seine Hand zitterte ein bisschen. Wie ertappt drehte er sich weg und kramte in ihrer Kommode nach seinen Laufschuhen. »Denk wenigstens drüber nach. Ich brauch frische Luft.« Er schlug die Tür hinter sich zu.

Laura fühlte sich schäbig. Fast wie von selbst waren die Worte aus ihrem Mund gekommen. Dabei war die Wohnung, wenn man die Sache von außen betrachtete, eigentlich ziemlich in Ordnung. Als Nils eine Stunde später endlich zurück war, verschwitzt, und immer noch verärgert, sie sah es an der Art, wie er ihren Blicken auswich, nahm sie sich ein Herz.

»Du«, sagte sie, »es tut mir leid. Wenn du die Wohnung wirklich willst, dann bin ich dabei.«

Wie schnell es dann ging. Nur ein paar Tage später warteten Manuel und Patrick im *Kuchen Rausch*. Manuel umarmte sie flüchtig; roch er nicht doch ein bisschen wie die Wohnung, nach Zoofachgeschäft und Rauch? Oder war sie einfach übersensibel, wie Nils behauptete? Sie konnte ja nicht mal mehr ihn riechen, seit sie schwanger war. Sie ertrug es kaum ihn zu küssen.

Patrick sprach ein geschliffenes Deutsch mit einem fast unmerklichen Akzent, dessen Ursprung man nur erkannte, wenn man über seinen schottischen Hintergrund Bescheid wusste. Die Anglizismen, die er gelegentlich einstreute, wirkten demonstrativ cool. Er reichte ihnen die Hand, sehr weiß und ebenso feingliedrig wie der Rest seines Körpers. Sie hatten sich Nils' Wohnung angesehen und natürlich waren sie begeistert.

»Wir würden gern mit euch tauschen«, sagte Manuel. Es klang fast ein bisschen feierlich.

Patrick schob ein Papier über den Tisch. »Das ist der Nachtrag für unseren WG-Mietvertrag. Wir steigen aus, Marie bleibt drin.«

»Wieso bleibt sie denn drin«, sagte Laura. »Dann hat sie doch noch Anspruch auf die Wohnung.«

»Keine Sorge, die will nicht zurück.«

»Das ist ja nur pro forma«, sagte Nils. »Damit die Miete nicht steigt.«

Patrick nickte. »Ihr müsst nur noch unterschreiben.«

9

Es war ein milder Samstag Anfang November, als sie mit dem Umzugswagen in die neue Straße einbogen. Außerhalb des Rings, dachte Laura. Man merkte es einfach. Dort, wo der Tempelhofer in den Mariendorfer Damm überging, war es am deutlichsten gewesen: Die Geschäfte wurden spärlicher, die Gebäude kleiner und einfacher, sogar die Leute auf der Straße veränderten sich. Laura war es mit einem Mal vorgekommen, als könnte sie durch die Fassaden ins Innere schauen, niedrige Decken und stickige Luft, das bläuliche Flimmern der Fernsehbildschirme, und in den Hinterhöfen Teppichstangen. Darauf saß ein blasses Mädchen. Die Hände ums Eisen geklammert, ließ es die Beine baumeln, betrachtete die Oberschenkel. Im Gestrüpp dahinter: Hagebutten, vor der Norma stapelten sich die Einkaufswägen. Wassereis für zehn Pfennig. Der Teich. Laura hielt sich an ihrem Sitz fest, da war ihr altes Kinderzimmer im vierten Stock, nachts hatte sie manchmal geträumt, auf dem Bett aus dem Fenster zu schweben, zwischen den rosafarbenen Neubauten hindurch, jetzt war es, als fielen ihr die Gebäude von damals in aller Schwere entgegen.

»Alles okay?« Nils wendete den Umzugswagen und stellte ihn mit Warnblinklicht in die zweite Reihe.

»Ja.« Laura zog die Hände unterm Po hervor und strich sich die Haare zurück. Sie hatten seine Wohnung in einer zweitägigen Hauruckaktion geräumt, hatten heute Morgen nur noch hastig Boden, Bad und Türen geschrubbt.

»Jetzt fehlt bloß deine Wohnung«, sagte Nils.

Laura nickte ausweichend. »Ende Oktober hab ich jetzt eh verpasst. Also mit der Kündigung.«

»Weil du es verpassen wolltest?« Nils guckte sie an, und für eine Sekunde waren seine Augen schmal.

»Quatsch!« Laura schnallte sich ab und stieg aus.

Zum Schleppen hatten sie sich Helfer organisiert, zwei Studenten, die schon in der Hofeinfahrt warteten. Und auch Clara war da, mit Paul, der vor drei Monaten auf die Welt gekommen war. Mit hängenden Armen schlummerte er in der Trage, den Kopf gegen Claras Brust gelehnt. Wie dick und speckig seine Finger schon waren. Laura widerstand der Versuchung sie zu berühren, Paul so vielleicht zu wecken.

»Danke, dass du gekommen bist«, sagte sie stattdessen und griff nach Claras Hand.

»Ich find die Gegend ganz cool eigentlich. Fall es dich beruhigt.« Clara grinste. »Dein Bauch ist riesig. Wie lang habt ihr denn noch?«

»Eine Woche.«

Die Studenten begannen inzwischen mit Nils den Wagen zu entladen. Manuel und Patrick liefen bepackt mit Kartons an ihnen vorbei. Ihr Wagen stand zwanzig Meter weiter in der zweiten Reihe.

Eine winzige Falte zerschnitt die Windpockennarbe auf Claras Stirn. »Echt mutig von denen. In zwei Jahren, wenn sie wieder was Größeres wollen, können sie es sich nicht mehr leisten.«

»Pssst!«, Laura legte ihr grinsend einen Finger auf die Lippen, »sag das nicht so laut.«

Auf der Straße vor dem Wagen stand der Kratzbaum, daneben, halb im Herbstlaub versunken, die kleinen Boxen der Tiere, mit Handtüchern abgedeckt. Patrick lud seine Kiste ab und dann sank er auf die Bordsteinkante. Ein paar Freunde standen um ihn herum. Laura bildete sich ein, dass er weinte, aber zu doll starren wollte sie nicht.

Die Tür im ersten Stock stand offen. Drinnen roch es noch muffiger als das letzte Mal. Die Badewanne war voller Erdklumpen, die sich auch auf dem Boden verteilten.

Marie kam ihnen entgegen, eine ockerfarbene Stehlampe in der Hand. »Das war's«, sagte sie, »wir sind durch.« Sie hatte Haut wie Sandpapier und trug eine rot-blau karierte Tweedhose mit Trägern. Sie lächelte entschuldigend, als sie Lauras Blick ins Badezimmer bemerkte. »Wir hatten da die Miezen drin.«

»Hast du denn schon was Neues gefunden?«

Marie fegte ein paar Krümel Katzenstreu vom Fensterbrett und zuckte mit den Schultern. »Ich hab was in Aussicht. Bis dahin penn ich erst mal bei Manuel und Patrick.«

»Aber die Wohnung ist winzig«, sagte Laura.

»Macht nix. Meine Möbel verstau ich in ner Box da am Südkreuz.«

Laura und Clara wechselten einen Blick. »Ihr hättet doch auch bis Dezember in der Wohnung bleiben können.«

»Wir wollten das einfach über die Bühne bringen.« Marie hievte sich eine letzte Kiste auf die Schulter, griff mit der anderen Hand nach der Stehlampe und machte auf dem Absatz kehrt.

Als Nils den Umzugswagen zurückgebracht hatte, war es schon dunkel. Sie hatten Nils' Matratze ins hintere Zimmer geschoben, das später Luca gehören sollte. Laura rollte sich darauf zusammen, die Knie gegen den schweren Bauch gestemmt. Lag sie auf dem Rücken, kam sie kaum mehr hoch. Höchste Zeit, dass Luca sich auf den Weg nach draußen machte. Sie hörte, wie Nils die Kisten im vorderen Zimmer hin- und herschob, das zu seinem Studio werden sollte. In einem Jahr, spätestens in zwei, wenn Luca ein eigenes Zimmer brauchen würde, könnten sie dort auch schlafen. Laura schloss die Augen. Hinter den Lidern spukten ihr die Eindrücke des Tages herum wie durcheinandergeworfene Negativbilder. Die Kontaktlinsen fühlten sich an, als wären sie mit Sandkörnern überzogen.

Irgendwann setzte sie sich wieder auf. Sie kramte nach dem Laptop. Etwas zu essen, ein Getränk, das nicht Wasser war. Sie suchte einen Lieferservice und gab die neue Adresse ein. Das Angebot war katastrophal. Laura bestellte Pizza.

Endlich erschien Nils. Er hielt die Hände hinter dem Rücken verschränkt, »links oder rechts?«

»Links.«

»Glück gehabt.« Er zauberte eine Rhabarberschorle hervor. »Rechts war Ingwer.« Grinsend ließ er sich neben sie auf die Matratze fallen und hielt Laura das Feuerzeug hin.

Die Kronkorken ploppten auf, sie stießen an.

»Jetzt kann es losgehen«, sagte Nils. »Bald sind wir eine richtige Familie.«

»Ja«, sagte Laura.

»Freust du dich denn gar nicht?«

»Es tut mir leid.« Sie lehnte den Kopf an seine Schulter. »Es geht irgendwie alles so schnell. Heute sind wir plötzlich hier, in ein paar Tagen werden wir Eltern, verstehst du? Manchmal hab ich das Gefühl, gar nicht mehr ich selbst zu sein.«

10

Sie frühstückten die restliche Pizza, dann räumten sie die Wände frei, klebten die Leisten und Steckdosen ab und breiteten Planen aus. Nils legte mehrere Pinsel und die Teleskopstange bereit und rührte die Farbe glatt, während Laura sich Gummihandschuhe überstriff und nach dem Putzeimer griff. Sie war ein bisschen neidisch, sie hätte lieber gestrichen und Nils das Putzen überlassen, doch die Farbdämpfe hätten Luca schaden können. Das mit ihrer Kunst zum Beispiel war überhaupt nicht optimal. Wenn sie ehrlich war, kamen ihr die Dämpfe sogar sehr gelegen. Sie schob sie vor, immer und immer wieder. Vielleicht um nicht tiefer nachforschen zu müssen, was es denn war, das sie so hemmte.

Auf dem Handtuchtrockner im Bad klebte Staub. Laura kletterte auf einen Stuhl, dafür war sie glücklicherweise auch im neunten Monat noch fit genug, und sprühte Reinigungsmittel auf die Stäbe. Das Fenster stand weit offen. Sie spürte die laue Brise auf der Haut und ließ den Blick in den Hinterhof wandern, der eigentlich ganz schön war, gelbe Fensterläden im Erdgeschoss, ein kleiner Sandkasten mit Schaukel. In ein paar Jahren buddelt Luca hier im Sand, dachte sie. Ma-ma, wird er rufen, ich hab Durst. In dem Viertel, in dem sie aufgewachsen war, hatte es auch einen kleinen Spielplatz unter dem Wohngebäude gegeben. Anna hatte die Balkontür offenstehen, oben, im vierten Stock. Anna, so hatte sie sie schon damals genannt, doch vor den anderen Kindern war es ihr peinlich gewesen, sie hatte M-Anna gerufen, oder Amma, damit die anderen es nicht merkten. Sie hatte schon begriffen, dass die Sprache eine Verräterin war. Sie gab sich Mühe. Sie sprach beinahe so sauber wie Peter Lustig in Löwenzahn, das sie manchmal schauen durfte. Den Dialekt verstand sie noch, doch beherrschte sie ihn nicht mehr, und das war schade, aber, Laura war sich dessen heute bewusst, auch ein Privileg: Sie würde Luca nie etwas vorspielen müssen, nie würde sie ihre Stimme verstellen müssen vor anderen, nie so tun als ob. Natürlich würde Luca sie Mama nennen, er sollte die Nähe spüren, die das aufmachte, und die ihr selbst als Kind immer gefehlt hatte. Mama, ich hab Durst, und sie würde ans Fenster treten: Warte, ich komm gleich runter. Efeu rankte über die Wände, dazwischen eine bunte Wimpelkette. Sie bewegte sich sachte im Wind.

Dann sah sie die Frau. Unter der Kette, gleich bei der Bank vor der Tierarztpraxis, dort stand sie und starrte zu ihr rauf.

Irritiert wandte Laura den Blick ab. Als sie wieder hinsah, stand die Frau immer noch da. Nur ein paar Meter trennten sie voneinander – Laura, die im ersten Stock am Fenster stand, den nassen Schwamm in der Hand, und die Frau da unten, unter den Wimpeln. Wie eine Erscheinung. Nicht besonders groß, aber von kräftiger Statur, die Klamotten sportlich, das gebräunte Gesicht von gelblichem Haar umrandet. Sie trug Wanderschuhe. Aber dieser Blick voller Entschlossenheit, der sich direkt an Laura richtete, als spräche er zu ihr, mehr noch, als würden sie sich kennen. Laura spürte sofort: Wenn sie ihn zu lange erwiderte, nur eine Sekunde zu lang, verbrannte sie sich.

Sie senkte die Augen.

»Alles in Ordnung?«, fragte sie und trocknete die Handschuhe an der Hose ab.

Die Frau antwortete nicht.

Laura stieg vom Stuhl und rief Nils. »Du, da ist eine komische Frau im Hof.«

»Was?« Nils kam aus der Küche, er hatte schon ein paar weiße Flecken auf der Hose.

»Ne komische Frau. Im Hof.«

Nils ging ans Fenster. Die Frau starrte immer noch. »Kann ich Ihnen helfen?«, fragte Nils.

Die Frau antwortete nicht, rührte sich aber auch nicht vom Fleck.

Nils machte das Fenster zu und zuckte mit den Schultern. »Vielleicht hat sie sich nur hierher verirrt.«

11

Am Dienstag hatte Nils die Macs aufgebaut und sich sein provisorisches Büro eingerichtet. Kurz war auch Benjamin vorbeigekommen, hatte zurückhaltend die Wohnung gemustert und dann gesagt, dass das eben eine Wohnung zum Wohnen sei, die alte Wohnung hingegen hätte mehr zu ihrem Studio gepasst. Nils hatte seinen Ärger runtergeschluckt, Benjamins Aussage machte keinen Sinn. Die alte Wohnung war kleiner, und wenn man sich hier mal umschaute, konnte man sehen, dass sie nicht das einzige »Studio« waren, im Erdgeschoss gab es zum Beispiel noch ein Modelabel, er hatte in einem der bodentiefen Fenster Kleiderstangen gesehen, und darauf das Logo, modern und simpel, irgendwas Nachhaltiges. Es hatte ihn gefreut, es war der Beweis, dass sich hier was tat. Benjamin war sicher bloß sauer, weil Nils die alte Wohnung so kurzfristig und ohne Rücksicht zugunsten dieser Familienwohnung aufgegeben hatte.

Nils hatte Benjamin noch einen Kaffee angeboten, den dieser abgelehnt hatte, weil er noch ein Coworking Space in Mitte besichtigen wollte. Nachher hatte Nils eine Weile lang einen Tennisball gegen die Wand geworfen. Als Laura fragend zu ihm reinschaute, hatte er sich zusammengerissen und ein aufmunterndes Lächeln versucht.

»Ich geh dann mal zur Akupunktur«, sagte Laura. Der Geburtstermin war erreicht, doch Luca machte keine Anstalten sich nach draußen zu bewegen. »Bei dir alles okay?«

»Natürlich. Bei dir?«

»Ja, ja.« Laura lief aus der Wohnung.

Nils setzte sich an den Rechner und versuchte zu arbeiten. Er konnte nicht aufhören an Benjamin zu denken. Vielleicht würde er in diesem Coworking Space einen neuen Texter finden, oder eine Texterin, mit der er dann ein neues, innovativeres Studio gründen würde. Gemeinsam würden Benjamin und die Neue Nils' Kundenstamm abgraben und ihm alle Aufträge vermiesen. Er hatte Benjamin ja schon allen vorgestellt. Und alle waren sie so begeistert von Benjamin. Aber war das denn wirklich schlimm? Plötzlich war Nils sich nicht mehr sicher.

Da hörte er von unten das Auf- und Abschwellen lauter Stimmen. Eine tief und männlich; die andere lauter, dominanter, fast ebenso tief. Es dauerte eine Weile, bis er begriff, dass es eine Frau war, die da antwortete.

Nils hatte schon mal neben einem Paar gewohnt, das sich nachts um zwei am meisten hasste, endlose, schleifenartige Streits, die jedes Mal ausuferten, bis sie Liebe machten, heftig, gegen die Wand. Damals in Köln war das gewesen, mit Lisa, und eigentlich hatte er gehofft, dass ihm und Laura hier so etwas erspart bleiben würde. Nils kramte nach seinem Handy und suchte die Nummer der Hausverwaltung. Vielleicht war es ohnehin gut, einmal persönlich mit denen zu sprechen, sich vorzustellen, jetzt, wo sie eingezogen waren. Er würde den Streit von unten nicht erwähnen, nicht dass die Frau am Ende Probleme bekäme. Er würde sich einfach auf die Nachbarn berufen, das Treppenhaus sei etwas hellhörig, würde er sagen, er hätte gehört, der Hausmeister könne einem die Tür abdichten?

Es klingelte lange, doch niemand ging ran. Er probierte es ein zweites Mal. Diesmal klingelte es gar nicht mehr. Dabei wäre eigentlich, er hatte extra nachgeschaut, gerade Sprechzeit gewesen. Also eine E-Mail? Er tippte den Namen der Hausverwaltung noch einmal in die Suchleiste; eine E-Mail-Adresse fand er nicht.

Als er sein Dokument wieder öffnete, konnte er sich nicht mehr konzentrieren. Er beschloss, etwas frische Luft zu schnappen und sich ein alkoholfreies Bier zu holen. Er warf sich die Jacke über und verließ die Wohnung, dann lief er mit Schwung die Treppen runter. Kurz vor dem Erdgeschoss spürte er, wie seine Beine schwerer wurden, er musste sich einen Ruck geben weiterzugehen.

Im Tempelhofer Hafen hatte jemand Lautsprecher aufgestellt, der Bereich zwischen den Ladenflächen war mit Luftballons geschmückt. Ein Animateur versuchte zwei Kleinkinder zum Malen an einem der Spieltische zu bewegen. In der Konditorei saßen ein paar Rentner in Winterjacken und starrten ungerührt auf ihre Tortenstücke, im Schaufenster des Schreibwarenladens hing zwischen vorweihnachtlichen Girlanden immer noch die Werbung für den Schulstart nach den Sommerferien. Alles fühlte sich verschoben an, wie aus dem Bild gerückt. Das musste am Tag liegen. Nils holte sich ein paar Snacks und einen

Smoothie aus der Drogerie. Die Lust auf Bier war ihm vergangen.

Als er die Baustelle auf dem Mariendorfer Damm hinter sich gelassen hatte und zurück in die Straße bog, spürte er einen heimlichen und unerklärlichen Widerstand in sich aufglimmen.

Laura kam zwei Stunden später. Sie warf ihre Tasche in die Ecke, ihre Wangen waren rosig, das Haar vom Fahrtwind noch ganz durcheinander. »Ich soll scharf essen. Und Nelkenöl«, sie hielt ihm ein Fläschchen vors Gesicht. »Damit kannst du heut Abend mal meinen Bauch massieren … Was ist? Du machst so ein Gesicht.«

Sie sah gut aus. Und zufrieden.

Nils beugte sich etwas tiefer über das Regal, das er gerade zusammenschraubte. »Nichts.« Laura konnte manchmal eine richtige Nervensäge sein.

Sie hatte ein paar Packungen frische Kaffeebohnen besorgt und stellte jetzt überall in der Wohnung kleine Schälchen damit auf. Sie hatte, sagte sie, gelesen, dass Kaffeebohnen Gerüche binden könnten. »Und mit Essig müssen wir putzen, das soll auch helfen.«

Aus dem Augenwinkel sah er, wie ihr Blick über seinen Arbeitsplatz streifte, die verteilten Post-Its überall, das noch geöffnete Dokument. Er unterdrückte den Impuls seinen Laptop zuzuklappen und schraubte weiter am Regal herum.

Sie pirschte sich von hinten an ihn heran und schmiegte sich an ihn. »Hier sieht's ja schon fast aus wie immer«, sagte sie versöhnlich.

12

Sie hatte ein schlechtes Gewissen. Nils hatte so geschuftet in letzter Zeit, und sie hatte trotzdem an allem etwas auszusetzen gehabt. Sie war noch einmal allein in ihre alte Wohnung gefahren, hatte erst mal die Mokkakanne auf den Herd gestellt und Kaffee gemacht. Die Wassertropfen auf der Kesselunterseite sprangen knisternd weg, als die Platte heiß wurde.

Ein Palast. Das hatte ihr Vater gesagt, als er und die Mutter sie zum ersten Mal hier besucht hatten. Er hatte sich als Student nur ein winziges Zimmer im Studentenwohnheim leisten können. Ihr Herz hatte geklopft, sie hatte sich umgedreht, den Eltern den Balkon gezeigt, ohne Johann noch einmal in die Augen zu sehen. Obwohl die Wohnung nicht außergewöhnlich war – eine Altbauwohnung eben, wie sie jeder hatte, ein Zimmer groß, das andere klein, in der Küche kein Platz für eine Spülmaschine – war die Angst geblieben: Die Wohnung steht mir nicht zu, eigentlich gehöre ich nicht hierher; jeder Brief der Hausverwaltung lag erst einmal mehrere Tage auf dem Tisch, ehe sie sich mit zitternden Händen daran wagte ihn zu öffnen.

Jetzt war alles wieder da. In den alten Uni-Ordnern, Büchern, Reiseführern, die sie ewig nicht mehr aufgeschlagen hatte. Vergraben in den hintersten Schubladen: Bilder, die tatsächlich schon verblichen waren, wie aus einer anderen Zeit. Ihr zwanzigjähriger, immer etwas herausfordernder Blick in die Kamera, dahinter Elías. Kleine Zettelbotschaften, die sie sich geschrieben und sogar gemalt hatten, liebevoll und kindisch, mein kleiner Elías, mein Bärchen, deine Lauracita. Hatte die dem Spanischen so eigene Opulenz, die sie ja liebte, diese überbordende Nähe möglich gemacht? Oder war es das Bedürfnis, einer Geborgenheit hinterherzuspüren, wie sie ihr im Laufe der Kindheit abhandengekommen war?

Mit Nils brauchte sie das nicht. Er hatte keine Kosenamen für sie, war nicht mal »ihr« Nils, einfach Nils. Vieles war so abgeklärt mit ihm. Aber er war anders für sie da, auch jetzt. Und das Kind in ihrem Bauch war seines. Es war schon so groß, dass sie ihre Zehenspitzen nicht mehr sehen konnte, wenn sie stand. Wenn sie sich setzte, spürte sie sein Gewicht auf den Beinen.

Ein Palast, hatte Johann gesagt. Und doch war die Wohnung zu klein für ein Leben zu dritt.

Die Hausverwalterin ging sofort ans Telefon. Sie klang forsch, und wie immer begannen Lauras Hände zu schwitzen.

Sie nahm einmal tief Luft. »Mein Freund und ich erwarten ein Kind.«

»Herzlichen Glückwunsch!«

Die plötzliche Wärme in der Stimme der Verwalterin überraschte Laura, ließ sie mutiger werden: »Wäre es denn auch möglich, die dreimonatige Kündigungsfrist zu umgehen?«

Nachdem Laura aufgelegt hatte, hielt sie sich kurz am Tisch fest, und dann, als sie die Kraft geschöpft hatte, die sie jetzt brauchte, hob sie den Kopf und blickte sich um. Die Wohnung war immer noch randvoll. Kram, den ihr entfernte Verwandte zum Einzug geschenkt hatten. Eingetrocknete Saftglasabdrücke auf teils schon splitterndem Holz. Und in den Schubladen: Alte Rechnungen, zusammenhanglose Skizzen und Papiere, Socken, deren Gegenstücke für immer verloren gegangen waren. Sie begann zu fotografieren, was noch einen Wert zu haben schien, und erstellte Kleinanzeigen.

Nils würde sich freuen: Außer ihren Bildern und einigen Büchern würde sie nicht viel in ihr neues Leben mitnehmen. Es fühlte sich gut an. Wie die letzten Tage vor einer großen Reise. Draußen klarte der Himmel auf. Ein schmaler Streifen Sonne fiel zitternd auf den Tisch, als hätte jemand ein Licht angeknipst.

13

Nils holte sich ein Glas Wasser aus der Küche und warf einen beiläufigen Blick aus dem Fenster. Vor der Tierarztpraxis saß eine Frau mit einem kleinen, struppigen Hund, sie redete leise auf das Tier ein, während sie ihm den Rücken streichelte.

Der Hund sah ein bisschen aus wie Kiki. Eine kleine Terrierdame wie aus der Cesar Werbung. Lisa hatte die Hündin irgendwo gefunden und behalten, obwohl in ihrer Wohnung Haustiere ausdrücklich verboten waren. Nils hatte jedes Mal schweißnasse Hände, wenn er mit dem kläffenden und an der Leine zerrenden Tier durchs Treppenhaus musste.

Sie hatten sich mit einem Apfelkuchen um die Wohnung beworben. Der Vermieter war 85 und hatte noch gesagt: »Das ist ein sehr guter Kuchen, aber du hast ein schlechtes Gehalt. Du musst mehr an deine Frau denken!« Trotzdem hatten sie die Wohnung bekommen. Sie hatten sich riesig gefreut, mitten in Ehrenfeld, und Lisa hatte so über diesen Spruch gekichert: »Du musst mehr an deine Frau denken!« Sie fing an, das jetzt immer zu sagen, wenn ihr irgendwas nicht passte. Ein harmloser Spaß, doch für ihn war es irgendwann mehr gewesen als das.

Nils setzte sich an den Rechner, unschlüssig, was er tun sollte. Eigentlich hätte er Kisten auspacken müssen, Möbel aufbauen. Er hatte es Laura versprochen. Bis vor wenigen Tagen waren ihre Leben feinsäuberlich voneinander getrennt gewesen. Jeder hatte seine eigene Wohnung gehabt. Jetzt hingen sie aneinander, waren verbunden, wie mit einem unsichtbaren Faden. Und wenn er ehrlich war, hatte er sich das auch so gewünscht. So hatten es seine Eltern gemacht, so machte es Matze. Doch dann dachte er wieder an den Satz des ehemaligen Vermieters, »du musst mehr an deine Frau denken«, das unterschwellige Unwohlsein, das die Aussage damals bei ihm ausgelöst hatte, obwohl er doch 2200 Euro verdiente. Nicht schlecht für einen Junior-Texter. Was hätte Lisa gesagt, wenn sie wüsste, dass er heute, beinahe zehn Jahre später, immer noch kein Creative Director war, es nicht mal werden wollte? Und das, obwohl ein Baby unterwegs war?

»Sag ich dir doch, in der Badewanne.«

Nils schrak hoch.

Die Stimme klang so nah, fast als käme sie aus der Wohnung. Er hatte die Tür zum Studio offen gelassen, eine alte Gewohnheit, nur bei wichtigen Telefonaten schloss er sie. Er stand auf und sah prüfend in den Flur, natürlich war da niemand, auch im Wohnzimmer nicht.

Die Doppelflügel des Wohnzimmerfensters waren nur lose angelehnt. Nils riss sie auf. Bis gestern war es noch mild gewesen, beinahe zu mild für Mitte November. Heute schnitt ihm die Luft unerwartet eisig ins Gesicht. Der Hof war wie leergefegt, die Frau mit dem Hund verschwunden.

»Meine Tochter ist tot. Sie ist unter Wasser.«

Hatte noch jemand sein Fenster offenstehen? Nils hielt den Atem an. Das Bild, es drängte sich ihm auf, er sah den leblosen Mädchenkörper, blutleere Füße auf dem Wannenrand. Aber konnte das sein, hatte er richtig gehört? Das Herz hämmerte ihm wild gegen die Brust.

»Warum tut ihr denn nichts!«

Ja, warum tat er denn nichts? Wenn das stimmte, was die Stimme da sagte, dann war er Zeuge, er musste handeln! Er griff nach dem Handy; die Polizei, in solchen Fällen rief man die Polizei.

»Ja, ja, ja. Sie ist tot, sag ich doch, tot, in der Badewanne, ich hab die Beweise schon lange. Hab ich doch gestern schon erzählt. Die Frau vom Amt weiß auch Bescheid.«

Nils stutzte. Die Stimme redete weiter, laut, und doch gefasst, sie schien die Antwort ihres Gegenübers überhaupt nicht abzuwarten, kam wieder und wieder zurück auf die Tochter. Wie eine Kassette, dachte Nils, die immer zur gleichen Stelle zurücksprang.

Er beugte sich aus dem Fenster. Dann erst sah er, dass auch das Fenster in der Erdgeschosswohnung unter ihm offenstand.

Er war gekommen, weil er fragen wollte, ob alles in Ordnung war. Jetzt traute er sich nicht. Die Tür genau ein Stockwerk unter der eigenen war, das fiel Nils jetzt erst auf, obwohl er sie schon öfter im Vorübergehen gesehen haben musste, stark vergilbt, stellenweise blätterte die Farbe ab. Er drehte sich um, wollte gerade wieder die

Stufen nach oben nehmen, da knackte es, und die Tür sprang auf.

Ihr glattes, gelbliches Haar war von weißen Fäden durchzogen, und der Blick zitterte dunkelgrün wie Teichwasser, in das jemand einen Stein geworfen hatte. Nils erkannte in ihr sofort die Frau von neulich aus dem Hof.

»Oh hallo«, sagte er überrumpelt. »Ich wollte nur –«

Die Frau hob abwehrend die Hände. »Ihr denkt doch eh alle, wir sind Spinner.«

Dann knallte sie die Tür wieder zu.

Laura kam zwei Stunden später. Er erkannte ihre Schritte im Treppenhaus, sie waren schwer von der Schwangerschaft. Obwohl der Entbindungstermin sogar schon überschritten war, war sie beinahe ständig unterwegs. Als fürchtete sie, das Baby würde sie, wenn es einmal da wäre, an die Wohnung fesseln. Oder war es etwas anderes, war es vielleicht die Wohnung. Nils' Magen schnürte sich zu, ein kleiner, unerklärlicher Knoten.

Laura warf ihre Tasche auf den Boden und schmiegte sich an ihn. Sie roch nach Schweiß und Staub. »Bist du immer noch sauer?«

Er stand auf, legte den Kopf in ihren Haaren ab und umschlang ihren Bauch mit den Händen. Manchmal, wenn er Glück hatte, konnte er dann auch den Kleinen spüren. Inzwischen hatte er nicht mehr viel Platz. Seine Bewegungen waren langsam geworden. »Ich bin nur ein bisschen müde«, flüsterte Nils, »vielleicht werde ich krank.«

Laura lehnte sich an ihn, legte die Hände auf seine. »Ich freu mich, dass wir jetzt hier sind. Ehrlich.«

Am nächsten Tag hatten sie einen Termin bei der Frauenärztin. Laura setzte sich auf eine Kiste, um sich die Schuhe zuzubinden. Nils sah, wie sie mit den Schnürsenkeln kämpfte. Sie hätte längst die Stiefel auspacken müssen, da konnte man einfach so reinschlüpfen. Es wurde langsam kalt, morgens konnte man schon Raureif auf den Wiesen sehen.

»Komm«, sagte Nils und kniete sich hin, »lass mich mal.« Er legte ihren Fuß auf seinem Oberschenkel ab und band ihr eine Schleife.

Als sie an der Wohnungstür ein Stockwerk unter ihnen vorbeiliefen, passierte es wieder. Es knackte und die Tür sprang auf. Die Frau musste genau den richtigen Moment abgepasst haben. Nils fasste Laura am Arm und wollte sie weiterziehen, doch Laura machte sich los und streckte der Frau die Hand entgegen.

»Laura. Wir wohnen jetzt im ersten Stock.«

Die Frau nahm ihre Hand nicht. »Und die anderen, die von vorher?«, fragte sie misstrauisch.

»Was ist mit denen?«

»Sind die weg?«

»Ja, ausgezogen.«

»Der mit den langen Haaren auch?«

»Ja.«

Die Frau schwieg. Ihr Blick glitt über Lauras Bauch. »Ist da ein echtes Baby drin?«

Laura nickte.

»Darf ich mal anfassen?« Schon hatte sie die Hand auf Lauras Bauch gelegt. Eine kleine, fleischige Hand. Ihre Augen leuchteten schwach. Laura wich zurück. Instinktiv packte Nils sie am Arm und zog sie zu sich.

»Hätte letzte Woche schon kommen sollen«, sagte Laura, »aber er lässt sich Zeit.«

»Ein Junge?«

»Ja.«

Die Frau antwortete nicht. Nils spürte ihren Blick im Rücken, als sie das Haus verließen. Draußen legte er den Arm um Lauras Schultern. »Mega«, sagte er erleichtert, »das hast du echt mega gemacht.«

Laura lächelte steif, wie beiläufig strich sie sich über den Bauch. »Aber ein bisschen komisch war die schon. Sag mal«, sie stutzte, und er hielt den Atem an, »kennen wir die nicht irgendwoher? Diese Frau, im Hof, weißt du noch?«

Nils zuckte mit den Schultern. Der kleine Knoten in der Magengegend war wieder da. »Ich glaube aber, die ist harmlos.«

14

Die Frauenärztin lehnte sich in ihrem Stuhl zurück und guckte freundlich, aber streng. »Wenn Sie bis morgen keine Wehen bekommen, müssen Sie zur Einleitung ins Krankenhaus.«

»Ist das wirklich nötig?«, fragte Laura. »Früher hat man den Frauen ab Termin doch noch drei Wochen gegeben.« Sie hatte sich belesen, eine künstliche Einleitung war nie ein guter Anfang für eine Geburt.

»Früher«, sagte die Frauenärztin. »Aber machen Sie sich keine Sorgen. Ihr Kleiner ist jetzt schon ein richtiges Baby und liegt schön tief im Becken. Der ist startklar.«

»Was sind denn das für Flecken?« Nils deutete auf den Monitor. Laura war froh, dass er danach fragte. Seit Luca größer war, konnte man mit dem Ultraschall nur noch einzelne Körperteile einfangen, den kreisrunden Umriss des Kopfes, den Bauch.

»Das sind die Wasserpolster«, sagte die Frauenärztin, immer noch zu Laura gewandt: »Die Fruchtwassermenge hat schon etwas abgenommen. Viel länger dürfen wir das nicht rauszögern.«

Sie rief in der Hebammenpraxis an. Zum Glück bekam sie sofort einen Termin. Noch eine Akupunktur, vielleicht würde das helfen. Auf dem Weg spähte sie in die Auslagen der Schaufenster, Haushaltswaren, alles für einen Euro, russische Lebensmittel, eine Schneiderei, eine Textilreinigung. Kurz dachte sie an Friedrichshain, sie hatte, wenn sie Nils besucht hatte, immer gerne in den Auslagen gestöbert, handgetöpfertes Porzellan, Second Hand Pullover aus Alpaca Wolle, Fahrradrucksäcke aus recyceltem Meeresplastik. Nur ein einziges Mal hatte sie einen der Läden betreten und eine Seifenschale gekauft. Im Vergleich zu dort waren die Straßen hier wie leergefegt. Es war ja nicht ihr erster Spaziergang durch den Kiez. Sie war mit Nils zum Hafen geschlendert, der sich hinter dem gleichnamigen Einkaufscenter verbarg, dort hatten sie sich die Boote angeguckt und Fischbrötchen gegessen. Auf einem Dampfer wurde Hochzeit gefeiert, die Wiese neben dem Media Markt war mit hellblauen Ballons dekoriert, und kleine Kinder in Blumenkleidern purzelten dazwischen herum. Aber den Park, den sie jetzt durchquerte, kannte sie noch nicht, wie verwunschen lag er da, bunte Laubberge stapelten sich am Wegesrand. Sie konnte nicht widerstehen und lief einmal mitten hindurch, als Kind hatte sie nichts lieber getan als das. Sie hob den Blick. Durch die fast kahlen Baumkronen sah sie das Grau dahinterliegender Gebäude, zwischen den Stämmen glitzerte ein Teich.

Der Teich ihrer Kindheit, wie sehr erinnerte er sie daran, mit der Großmutter hatte sie dort die Enten gefüttert, altes Brot aus der Plastiktüte, in Würfel geschnitten. Sie hatte zugeguckt, wie die Enten das Brot mit zuckenden Bewegungen verschlangen. Die Erinnerung war da, wie ein unterbelichtetes Bild. Würde sie mit Luca nun hierherkommen, zu diesem neuen Teich? Würde sie sagen: guck mal, Luca, und ihm die Enten zeigen, seine ersten Enten, und: nein, die füttern wir nicht, Luca, sowas macht man nicht? Dieses neue Bild, das noch nicht war, und das andere, das zu lange her war, sie brachte sie kaum zusammen. Als trennte sie nicht ein halbes, als lägen mehrere Leben dazwischen.

15

Nils wartete in einem vietnamesischen Restaurant, bis Laura von der Akupunktur wiederkam. Er überflog die laminierte Speisekarte gerade zum dritten Mal, als sie auf den Stuhl ihm gegenüber sank.

»Ich brauch was Scharfes!«, sagte sie. »Und außerdem muss ich dir was zeigen.«

Sie zog ihr Handy aus der Tasche und legte es auf den Tisch. »Wisch dich da mal durch.«

Sie hatte Bilder gemacht. Eine schwarze Wand, davor eine große Kiste aus Sperrholz, mit Hängepflanzen begrünt. Auf dem Boden ein großer Perserteppich, sonst nichts.

Fragend sah Nils sie an.

»Da bin ich eben akupunktiert worden. Der Raum hat auch keine Fenster und ist so langgestreckt.« Sie strahlte. »Das ist gemütlich, obwohl der Raum an sich ein Problem hat.«

»Wie unser Wohnzimmer.«

»Naja, ein bisschen.«

Nils ließ das Handy sinken, der kleine Knoten in seiner Magengegend, etwas stimmte nicht, wollte sie ihn jetzt schon wieder darauf stoßen, er atmete aus. »Jedenfalls besser als das Zimmer, in dem du deine ersten Jahre verbracht hast.«

Laura runzelte die Stirn. »Was ist denn los?«

»Nichts.« Er konzentrierte sich auf ihre Hände, die jetzt nach dem Papier griffen, in dem die Stäbchen verpackt waren.

»Weißt du. Eigentlich war das sogar gemütlich. Also unsere erste Wohnung, damals. Hinter dem Sofa war so ein Spalt, da kam nur ich rein. Mein Kinderzimmer sozusagen.«

Nils legte ihr Handy zurück auf den Tisch. »Laura. Manchmal denke ich, du machst das absichtlich.«

»Was?«

»In der S-Bahn laut über den Sex von gestern Abend reden. So Sachen. Ich könnte im Boden versinken, jedes Mal.«

Ihre Augen blitzten. »Als ob das peinlich wäre, arm zu sein!«

»Quatsch. So hab ich das doch nicht gemeint.«

»Früher hab ich das ja schon gedacht«, sie streifte das Papier von den Stäbchen und faltete es, einmal und noch einmal und noch einmal; ein kleines, kompaktes Viereck. »Wenn jemand wissen wollte, wo ich geboren wurde, bin ich immer rot geworden. Als hätte mich jemand ertappt. Und dann hab ich gesagt: In Rumänien, aber eigentlich sind wir Deutsche. Dieses ›aber eigentlich‹, das war wie ein Zwang, das musste ich einfach sagen.«

»Du hast gespürt, dass deine Eltern sich schämen.«

»Ich hab wirklich gedacht, dass es da was zum Schämen gibt.« Beinahe herausfordernd sah sie ihn an.

Er griff nach ihrer Hand, spürte das zusammengefaltete Paket in der Handinnenfläche, spitz und etwas kratzig. »Es tut mir leid«, sagte er, »du hast mich missverstanden.«

Sie schüttelte den Kopf: »Ich weiß ja, das wird cool. Die neue Wohnung, meine ich jetzt.«

Der Kellner wischte den Tisch ab. Nils wollte ihn aufhalten für die Bestellung, doch er hechtete schon weiter zum nächsten Tisch.

Nils beugte sich wieder über Lauras Handy. Vielleicht würden sie in die Küche sogar eine Kochinsel bauen können. Fast wie bei Matze. Dessen Küche hatte ihn immer beeindruckt, unter wuchtigen Holzbalken im ehemaligen Gesindehaus. Nils liebte es da zu kochen, dem langen Klostertisch zugewandt, an dem die ganze Familie saß.

»Da brauch ich aber Werkzeug. Und Holz.« Er betrachtete Laura, deren Gesicht sich aufhellte. Es beruhigte ihn sie endlich zufrieden zu sehen. Sie waren so beschäftigt gewesen in letzter Zeit. Sie hatten gar keine Zeit gehabt einmal kurz innezuhalten und sich zu freuen. Sie hatten endlich eine Wohnung gefunden, eine wirklich gute Wohnung, und bald, bald schon waren sie zu dritt.

Die Wohnung empfing sie dunkel und zugestellt, Kisten und Kartons türmten sich in allen Ecken und versperrten den Weg. Außerdem roch es muffig, ein alter Kleiderschrank, nein, schlimmer, ein totes Tier, Nils nahm das ganz genau wahr. Er fürchtete, Laura würde es aussprechen und die Stimmung zum Kippen bringen, doch sie sagte es nicht, sagte überhaupt nichts dazu, ließ sich einfach von ihm weiterziehen, bis ins hintere Zimmer. Vorsichtig streifte er ihr den Pullover über den Kopf und knöpfte den Sport-BH auf. Er spürte eine heftige Lust in sich aufsteigen. Der ausgestülpte Bauch ließ sie kleiner wirken, die Brustwarzen waren leuchtende Teller. Nils wollte das irritierende Gefühl auskosten, das ihr Anblick in ihm auslöste, wollte es mit Laura teilen, aber er musste sich bremsen, damit nicht gleich alles wieder vorbei wäre. Er zog sie auf die Matratze. Sie setzte sich auf ihn und atmete stärker. Er griff nach ihrer Taille, früher hatte er immer deutlich ihre Knochen gespürt, jetzt waren auch sie unter der Rundung verschwunden. Er zog Lauras Gesicht runter zu seinem, spürte ihren Bauch, der im Weg war und drückte, er stieß die Zunge zwischen ihre Zähne.

Sie schloss die Lippen und drehte das Gesicht weg. »Weiter«, flüsterte sie und küsste seinen Hals.

Er verbarg seine Enttäuschung über die Zurückweisung, den kleinen Stich, den ihm das versetzt hatte, und drang wieder tief in sie ein. Er biss die Zähne zusammen, bis er mit einem unterdrückten Ausatmen kam.

»Du küsst mich gar nicht mehr richtig«, sagte er später, als sie nebeneinander auf der Matratze lagen, in die Stille hinein.

»Das sind immer noch diese blöden Hormone. Die machen mich so sensibel, mit dem Geruch.«

»Tut mir leid, dass ich so schnell gekommen bin. Das sind wahrscheinlich auch die Hormone.«

Laura lachte. »Das müsste man mal wissenschaftlich untersuchen. Du, aber es war trotzdem gut. Ehrlich.« Sie fuhr mit den Fingern durch sein Haar, drehte sich eine Haarsträhne um den Zeigefinger.

Mitten in der Nacht wachte er auf. Laura saß neben ihm, den Kopf nach vorne geneigt, sie summte.

»Ich glaub, es geht los«, flüsterte sie.

16

Nils war nervös. Alle paar Minuten klammerte sich Laura an ihm fest und atmete heftig in die anbrechende Dunkelheit. Sie zitterte vor Kälte; wenn sie ausatmete, stiegen kleine Dunstwolken auf.

Zuhause hatte er noch lachen müssen, unwillkürlich und wie aus Versehen war das Lachen aus ihm herausgebrochen. Vielleicht weil ihm das jetzt wirklich passierte, er hatte es unzählige Male in Filmen gesehen und jetzt passierte es, Laura hatte Wehen, sie bekamen ein Kind. Am Vormittag waren die Schmerzen offenbar noch gut auszuhalten gewesen; Laura hatte eine Kleinigkeit gekocht und geredet und selbst gelacht und laut überlegt, auf Claras Geburtstag zu gehen, aber dann, von einem Moment auf den anderen, war daran überhaupt nicht mehr zu denken gewesen, der Schmerz schnitt ihr die Luft zum Atmen ab. Die Größe des Ereignisses brach sich darin, konkretisierte sich langsam, Nils spürte das, auch jetzt, vor Haus 11, mit Laura, die in seinen Armen zitterte, weil ihr kalt war, und dann, weil es sie vor Schmerz beinahe zerriss. Er war nervös, aber er wollte, er durfte es nicht zeigen, er musste ruhig bleiben für sie.

Zuerst dachte er, er hätte Halluzinationen. Aber die Hippies mit den Schafen waren wirklich da. Er sah es in

Lauras ungläubigem Gesicht. Sie trugen Ponchos und riefen sich irgendwas zu, während sie die Schafe einfach so über das Klinikgelände trieben, direkt an Haus 11 vorbei und an Laura und Nils, in Richtung Wald. Später würde Nils immer an die Schafe denken. Irgendwie erinnerten sie ihn an dieses Bild, das Laura gemalt hatte, die Sanddünen, die aussahen wie weibliche Brüste. Ein Sinnbild menschlicher Nichtigkeit im Angesicht der Natur, die sich am Ende doch alles zurückholt. Zu glauben, man könne den Lauf der Dinge irgendwie kontrollieren, sich das Große zu eigen machen und unterordnen, war anmaßend. So hatte er das Bild immer gelesen.

Sechzehn Stunden später folgte er dem diensthabenden Anästhesisten in ein kleines Zimmer und nahm einen grünen Kittel und eine Kappe entgegen. Es war alles anders gekommen, als sie es sich vorgestellt hatten. Gegen Mitternacht hatte man Laura eine PDA gesetzt, dann hatten sie ein paar Stunden geschlafen. Am Morgen war der Muttermund zwar endlich offen gewesen, doch Luca lag verkeilt, das Gesicht nach vorne gerichtet statt nach hinten, und der Kopf steckte fest, kam an Lauras Beckenknochen nicht vorbei. Ein Sternengucker. Es war schon wieder Nachmittag, als eine Ärztin den Kreißsaal betreten und ihnen das Unvermeidliche mitgeteilt hatte. »Zehn Minuten«, hatte sie gesagt, »und ich will ein Ja von Ihnen hören.« Laura hatte angefangen zu weinen und wild den Kopf geschüttelt, »bitte, wenigstens eine halbe Stunde noch.« Ihr Haar war wirr, das Gesicht brannte heiß, sie hatte sich seit Stunden den Schmerz aus dem Körper geschrien, der wieder da war, seit die Wirkung der PDA nachgelassen hatte, so sehr, dass Nils gedacht hatte, etwas würde kaputt gehen in ihr. Er hatte gehofft, dass die Ärztin unerbittlich bleiben würde, aber die hatte die Lippen zusammengepresst und eingelenkt: »Okay, eine halbe Stunde, dann komme ich wieder.« Nils hatte also weiter ihre Hand gehalten, wir schaffen das, wir stehen das durch, und es hatte nichts, überhaupt gar nichts gebracht.

Der Anästhesist redete ohne Unterbrechung, aber Nils hörte kaum zu. Irgendwann sagte der Anästhesist, dass er hier warten solle, und verließ den Raum. Nils sank auf einen Stuhl, der grüne Kittel raschelte ein bisschen. Er merkte, wie seine Augen feucht wurden, war aber zu schwach, um dagegen anzukämpfen. Dann, endlich, durfte er zu Laura in den OP-Saal.

Sie lag ausgestreckt auf einer Liege, links und rechts hatten sie ihre Arme festgebunden. Sie hatte auch einen Kittel an, nur dass ihrer weiß war, mit Punkten.

Nils griff nach ihrer Hand, er riss sich zusammen, damit seine Stimme nicht wackelig klang. »Sieht man, dass ich lächele?« Er deutete auf die Maske in seinem Gesicht.

Laura nickte schwach. Sie hatte immer noch eine rote Nase, vom Weinen. Nils drückte ihre Hand. Der Anästhesist war jetzt wieder hier und erklärte ihnen ausführlich den Ablauf der kommenden Operation. Plötzlich standen sehr viele Menschen um sie herum, die Ärztin von eben, die Hebamme, ein paar Schwestern. Auf Höhe von Lauras Bauch hatten sie ein Tuch aufgespannt, Nils nahm es erleichtert zur Kenntnis, er wollte nicht sehen müssen, wie sie Laura aufschnitten. Er versuchte sich auf das, was der Anästhesist sagte, zu konzentrieren, verstand aber nur die Hälfte. Sie würden Bescheid sagen, sobald es losginge, sagte die Ärztin, sie müssten jetzt erst mal alles vorbereiten. Dann sagte sie, dass Laura mit etwas Druck ausatmen könne, ein bisschen wie bei einer normalen Geburt, und plötzlich hörten sie ein leises Wimmern. War das schon der Kleine? Wann hatten sie mit der Operation begonnen?

Tatsächlich, sie hoben das kleine Etwas in die Höhe und trugen es an ihnen vorbei zu einem Tisch, es hatte aufgehört zu wimmern, die Augen geöffnet und Arme und Beine weit von sich gestreckt. Es war wirklich ein Baby, ein lebendiges Baby, mit allem Drum und Dran, offenbar auch gesund, und gut sah es aus. Er spürte, wie ihn eine Welle der Erleichterung erfasste und mit sich forttragen wollte.

»Jetzt nicht ohnmächtig werden.« Der Anästhesist lächelte, er drückte ihm eine Schere in die Hand. »Wenn Sie wollen, können Sie die Nabelschnur durchtrennen.«

Nils war irritiert, sie war ja vorne schon ab. Fragend sah er den Anästhesisten an.

»Na dann mal los«, sagte der.

Es war nicht echt. Wie Automatik-Autofahren. Oder diese Kamele, die sie in Tunesien neben die Straße stellten, nur damit die Touristen dachten, oh, ein Kamel. Er spürte den zähen, fleischigen Widerstand unter der Klinge und drückte zu.

17

Nils hielt sich am Lenkrad fest. Ihm war schlecht und er war so müde, dass er die Lichter der ihm entgegenkommenden Autos mit den regelmäßig aufblitzenden Straßenpfeilern verwechselte, die schwarzen Silhouetten der Bäume ertranken im Grau der Straße, er blinzelte und riss die Augen auf. Nach Lucas Geburt hatten sie stundenlang zu dritt im Kreißsaal verbracht. Der Kleine hatte Lauras Brust gesucht und daran gesogen, als hätte er nie etwas anderes getan, und dann hatte Laura etwas gegessen. Jemand hatte ihnen zwei Schalen Getreidebrei mit Gemüse vorbeigebracht, Essen, das, wie er fand, für eine Klinik eigentlich in Ordnung war. Laura wirkte noch angeschlagen und zittrig; nach den ersten Bissen lächelte sie zum ersten Mal.

Um achtzehn Uhr hatten sie sie auf ihr Zimmer gebracht. Sie teilte es sich mit einer anderen Kaiserschnitt-Patientin, Familienzimmer waren keine mehr frei. Um halb zehn ließ er die beiden allein. Er war sich nicht sicher, ob er im Auto schlafen sollte oder doch lieber nach Hause fahren, entschied sich dann für Letzteres. Er drückte wie mechanisch aufs Gaspedal. Er hatte keine Kraft, sich die Tränen wegzuwischen. Zuhause schlief er sofort ein.

Schwärze, eine fast vollkommene Schwärze, als hätte er den Kopf unter Wasser. Seine Füße, er spürte deutlich die kalte Luft, sie schnitt in die vom Baden aufgeweichte Haut, dann nicht mehr. Kalte, leblose Füße waren das, er sah sie jetzt von oben. Das Rauschen des Wassers klingelte in seinen Ohren, er fuhr hoch, rang nach Luft, jemand klingelte an der Tür.

Er brauchte eine Weile, bis er begriff, wo er war. Und dass er jetzt Vater war. Er dachte an Lucas feines Gesicht, an seine gar nicht so winzigen, eher kräftigen Hände und Füße. Er rieb sich die Augen. Hatte es wirklich gerade geklingelt? Er tastete nach seinem Smartphone, es war kurz vor fünf, mitten in der Nacht.

Er öffnete die Tür. Ein verwahrloster Mann stand draußen im Flur, er hatte eine rote Nase und tiefliegende Augen. »Hey, sorry, dass ich störe, aber hast du nicht zufällig n Zehner für mich, den du mir leihen kannst, für'n bisschen Gras?«

Nils war so müde, dass er zweimal überlegen musste, ehe er Nein sagte und die Tür wieder schloss.

18

Dieses Wort: Scheitern. War das überhaupt anwendbar, auf so etwas wie eine Geburt? Das Gefühl erfüllte sie ganz. Das Zittern der Hände, der Arme, des ganzen Körpers, sie schaffte es kaum, das Baby, das sie ihr eben auf die Brust gelegt hatten, anzusehen. Sollte sie sich jetzt freuen?

Es war alles so schnell gegangen, viel zu schnell, nach den langen Monaten des Entgegenfieberns auf den Termin, den Stunden und Stunden im Krankenhaus. Stattdessen die Masken, das Piepen, der Geruch nach Desinfektionsmitteln und dann, so plötzlich, dieser kleine, fremde Mensch. Sie berührte, immer noch zitternd, seine Hand. Seine Finger klammerten sich um die ihren, hielten sich daran fest. Ihre Zähne klapperten so sehr, dass sie befürchtete, sie könnte sich versehentlich auf die Zunge beißen. Es war so anders, so anders als sie sich das alles vorgestellt hatte.

Die Hebamme lächelte aufmunternd. Ihre Stimme drang kaum zu ihr durch, Laura musste zweimal nachfragen, ehe sie verstand: »Sei nicht traurig. Es ist okay.«

Nach drei Tagen im Krankenhaus durften sie Luca endlich mit nach Hause nehmen. Laura hatte die Operation trotz allem gut verkraftet. Klar, die Narbe schmerzte noch, ein brennendes Pochen, das sie an die letzten Nächte erinnerte, in denen sie immer wieder wie zwanghaft zu dem Moment von Lucas Geburt zurückgekehrt war, und dann hatte sie geweint, sie konnte nicht anders, es überkam sie und schüttelte sie, dabei wollte sie das gar nicht, wollte stark sein und zuversichtlich für das Neugeborene in ihren Armen. Sie fühlte sich, als hätte man sie der Geburt ihres Sohnes beraubt.

Als Clara vor drei Monaten Paul zur Welt gebracht hatte, hatte sie ihr von der tiefen Euphorie erzählt, die sie empfunden hätte, als ihr Sohn mit der letzten Presswehe aus ihr herausgeglitten sei. »In dem Moment vergisst du alles«, hatte sie gesagt. Doch Laura konnte nicht vergessen. Die Euphorie stellte sich nicht ein. Erst als sie am dritten Tag das Entlassungsformular unterzeichnet hatte, erst als sie jetzt die Klinik verließ, fiel der Druck etwas von ihr ab.

Luca wachte auf, als sie ihn in die Wohnung getragen hatten und auf die Matratze zwischen sich legten. Er blinzelte und streckte die Beine aus. Laura und Nils guckten sich an. Sie waren jetzt zu dritt. So fühlte sich das also an. So klein Luca auch war, füllte er doch etwas aus, das vorher nicht da gewesen war.

Auf dem Tisch stapelten sich die Pakete und Karten. Glückwünsche und Geld von Lauras Familie. Eine winzige Waldorf-Puppe von Clara, mit einem Schnuller, den Nils gleich zur Seite legte, denn sie würden, sagte er, keinen Schnuller brauchen. Auch seine Eltern hatten ein

Paket geschickt, in dem Henry lag, eine rot-blaue Stoffschildkröte mit eingebauter Spieluhr, die schon Nils als Baby getröstet hatte. Obwohl sie Henry liebevoll restauriert hatten, schnurrte er seine Melodie immer ein bisschen zu schnell herunter.

Sie waren Anfänger. Ständig hatten sie Angst, dass Luca zu dick angezogen sein könnte oder zu dünn, dass sie ihn im Schlaf versehentlich zudecken oder ihm die Luft abdrücken würden, dass er einfach aufhören könnte zu atmen.

War er süß? Ja, würde Nils sagen, natürlich war er süß, der süßeste Sohn, den man nur haben konnte. Für Laura blieb es mehr ein verwundertes Zur-Kenntnis-Nehmen: So sieht er also aus. Luca, der eigentlich lang war, 56 Zentimeter bei der Geburt, versank in den winzigen Babyklamotten, die Hose reichte ihm fast bis unter die Achseln, der Body schlackerte. Er hatte schon ein paar Haare, eher blond als schwarz, die sich am Hinterkopf zu einem lustigen Kringel formierten. Seine Füße waren riesig. Wenn er nicht gerade trank, was er oft tat, schlief er, nur wenn sie ihn wickelten, schrie er fürchterlich und strampelte mit den Beinchen. Er hasste es an- und ausgezogen zu werden. Auch nachmittags kam es immer öfter vor, dass er weinte und nicht zu beruhigen war, so als dämmerte ihm langsam, dass er nicht zurück in Lauras Bauch würde kriechen können. Dann zogen sie Henry auf, und manchmal, wenn Luca nicht aufhören wollte zu weinen, taten sie nichts anderes als das: Ein, zwei, drei Henrys, fünfzehn, sechzehn, siebzehn Henrys.

Die Hebamme, die täglich zur Nachsorge vorbeischaute, schimpfte mit Laura, wenn sie aufstand und durch die Wohnung lief. »Es heißt Wochenbett, nicht Wochensofa«, sagte sie, wenn Laura sie im Flur begrüßte. Aber Laura hielt es kaum aus, einfach nur herumzuliegen, das hatte sie noch nie gekonnt, auch wenn sie krank war nicht. Sie hielt es kaum aus, Nils dabei zuzusehen, wie er die zerknitterten T-Shirts auf den Wäscheständer knüllte, ohne sie vorher wenigstens einmal auszuschlagen. Und es war unerträglich, morgens hungrig darauf zu warten, dass er ihr endlich ein paar Brote schmierte und den Kaffee aufsetzte. Dazu kamen die zerrissenen Nächte, die an ihr zehrten, mehr, viel mehr, als sie erwartet hätte.

Meinten sie es zu gut? Sie, die in die Schwangerschaft so unbedarft geschlittert waren, wollten nun alles besonders richtig machen. Sie probierten sogar Stoffwindeln aus, ein Experiment, das besser klappte als gedacht. Warum denn auch nicht. Laura wusste, dass ihre Mutter das kaum verstehen würde. Anna hatte in Rumänien jeden Abend Windeln abgekocht und sehnsüchtig auf das nächste Paket mit den Plastikwindeln aus Deutschland gewartet.

Wenn Luca an ihrer Brust eingeschlafen war und sie ihn in die Rundung des Stillkissens auf der Matratze legte, um schnell unter die Dusche zu springen oder einen Kaffee zu trinken und die warme Tasse mit beiden Händen zu umschließen – solche Momente waren selten und kostbar. Zu wertvoll, um sie am Handy zu verschwenden, die vielen Nachrichten zu lesen, andere zu beantworten: Endlich, ihr seid Eltern, wie geht es euch, schickt doch mal Bilder.

Nils tat, was er konnte. Er versuchte zu helfen. Und doch, manchmal kam es ihr vor, als hätte er angefangen, kleine Ausflüchte zu suchen, um sich aus dem Staub zu machen. Vielleicht, weil er die Hilflosigkeit nicht aushielt, die er empfand, wenn sie das schreiende Baby an die Brust drückte und schmerzverzerrt die Zähne zusammenbiss, während er nichts, gar nichts, tun konnte. Er musste sich nutzlos vorkommen. Zum Glück hatte er genug andere Dinge zu tun. Kisten auspacken, Regale und Lampenschirme montieren, zum Baumarkt fahren. Er brachte Lebensmittel mit, und Nachrichten von draußen, einem Draußen, das Laura jetzt sehr fern vorkam. Die neue Wohnung war zu einem eigenen, geschlossenen Reich geworden. Hier gab es nur sie, Nils und Luca. Den Geruch, der sie anfangs immer abgestoßen hatte, bemerkte sie nicht mehr, als wären sie schon mit ihm eins geworden. Vielleicht rochen sie selbst schon so.

19

In der Dunkelheit unterm Fenster sammelte sich Schrott: Verbogene Alurahmen alter Fahrräder, Müllsäcke, Wanderstiefel. Ein Schuh lag, der andere stand. Nils wunderte sich, dass ihm das bei Tag nie aufgefallen war. In den Wochen nach Lucas Geburt war es ruhiger gewesen im Haus, die Nachbarin aus dem Erdgeschoss war ihm nicht mehr begegnet. Doch ihr Fenster war gekippt, obwohl die Temperaturen inzwischen unter Null gesunken waren. Innen brannte Licht. Als er das Treppenhaus betrat, rutschten seine Schultern unwillkürlich in die Höhe.

Er hatte eine Art Vorstellungsgespräch gehabt, mit Benjamin, in dessen neuem Coworking Space. Auf einem der Schreibtische ein Kaktus, ein paar großblättrige Pflanzen vor den Fensterfronten und dazwischen, lose im Raum verteilt: Drei Männer und eine Frau in dunklen, weit geschnittenen Klamotten teurer Labels, die mehr oder weniger desinteressiert auf ihre Tastaturen hämmerten. Nur die Mistelzweige aus vergoldetem Metall, die von den hohen Decken herabhingen, deuteten auf die Vorweihnachtszeit hin.

Ein Schreibtisch war noch frei, sie wollten ihn kennenlernen, zumindest hatte Benjamin das behauptet, der ihn herumführte und ihm etwas exaltiert, so schien es Nils, seinen neuen Arbeitsplatz zeigte und den, der noch frei war. Die anderen hatten nur zerstreut aufgesehen, als er ihn vorgestellt hatte, und dann gleich wieder auf ihre Bildschirme gestarrt. Nils hatte Benjamin so vieles fragen wollen und sich dann doch nicht getraut, weil er sich nicht sicher war, ob sie zuhörten oder nicht. Zum Beispiel hätte er gerne gefragt, wie genau Benjamin sich das denn vorstellte, sollten die anderen, die in den schwarzen Klamotten, bei ihnen mitmachen? Oder blieben sie ein Zweierteam? Benjamin schien mehr vorzuhaben. Ein Rückgriff auf L. A. schien das zu sein, interdisziplinär, international, die Frau war Graphikerin, einer der Männer programmierte, man würde sich die Jobs wahrscheinlich nur so zuschieben. Da lohne sich die Miete für den Schreibtisch dann schon, sagte Benjamin tatsächlich in diesem Moment.

»Die Miete für den Schreibtisch«, sagte Nils.

»550 Euro sind das, und wie ich finde, sehr fair.«

»550 Euro.«

»Naja, guck dich doch um. Wir sind in Mitte. In einem Highend-Hinterhof-Loft.« Benjamin trat ans Fenster, zeigte beinahe theatralisch über die Dächer. Es war später Nachmittag, die Dezembersonne stand tief.

Nils kniff die Augen zusammen. Ja, das hier war ein Highend-Hinterhof-Loft. Ein Richtiges, nicht so ein dunkler Schlauch wie die neue Wohnung.

Während er die Treppen in den ersten Stock nahm, regte sich Nils immer noch darüber auf. Er hatte gehofft, dass Benjamin sich umentscheiden und doch mit ihm in der neuen Wohnung weitermachen würde. Dann hätte

Benjamin ihn weiter mit zweihundert Euro unterstützen können. Sie hätten es nötig gehabt. Gerade jetzt, wo Laura keine Reisen mehr machte und so gut wie kein Elterngeld bekam; wo sie doppelt Miete zahlte, weil sie die Kündigungsfrist ihrer alten Wohnung verpasst hatte.

Er hatte sie beruhigt, damals, nach dem Test. »Wir schaffen das«, hatte er gesagt, und ihr damit ein Versprechen gegeben, obwohl nichts sicher war. Doch 550 Euro waren zu viel. Er würde Benjamin absagen müssen. Was würde dann passieren, würde Benjamin sich von ihm trennen?

Nils zog den Schlüssel aus der Hosentasche. Er stockte. Vor ihrer Wohnungstür lag etwas. Es dauerte ein paar Sekunden, ehe er begriff: Eine Krippe. So eine richtige Holzkrippe mit Stroh drin und ein paar Tieren, und in der Mitte lag ein kleiner Jesus. Die Krippe stand in einem alten Karton zwischen Kippen und Müll und zusammengeknülltem Papier. Irgendjemand hatte sie ihnen vor die Tür gestellt. Es war Advent, aber das hier, Nils durchschaute es sofort, war mehr, diese Krippe war für Luca bestimmt, für das neue Baby im Haus; Jesus, den Heilsbringer, als Geschenk zur Geburt. Nils, der sonst selten eine Gänsehaut bekam, stellten sich die Haare auf. Er musste das Ding wegschaffen, bevor Laura es sah.

20

Endlich hatten sie die Wohnung für einen Spaziergang verlassen. Luca blinzelte im winterschwachen Sonnenlicht.

Als sie zurückkamen, standen Lauras Eltern vor der Tür. Laura, die gerade noch die letzten Stufen zur Wohnung erklomm, erstaunt, dass sie von der kurzen Treppe tatsächlich außer Atem war, wusste nicht, ob sie lachen oder weinen sollte. »Ich hab doch gesagt, ich melde mich, wenn wir so weit sind.«

Anna strahlte: »Ich dachte, du freust dich! Wir wollten euch überraschen. Ist das Geld angekommen?«

Nils kam gerade mit dem Kinderwagen hinterher. Er wirkte zerstreut, als hätte er hinter sich etwas vergessen.

Anna und Johann redeten inzwischen auf Luca ein, »du bist aber süß«, »hat dir deine Mama gar keinen Schal angezogen«, bis er aufwachte und zu weinen begann. Nils warf Laura einen beschwichtigenden Blick zu. Er schloss die Tür auf.

»Ist halt total unaufgeräumt«, sagte Laura, während sie Luca aus dem Kinderwagen nahm und ihren Eltern voran ins Wohnzimmer stiefelte. »Und ein Sofa haben wir auch noch nicht.«

Sie setzte sich auf den einzigen bequemen Stuhl, den sie hatten, ein Eames-Replikat von Benjamin, knöpfte die

Bluse auf und legte Luca an die Brust. Der Schmerz schoss ihr ins Gesicht. Anna, die ihr in Schuhen und Jacke gefolgt war, beugte sich über Luca.

»Soll ich ihn nehmen?«

»Lass ihn doch erst mal trinken.«

»Ist der nicht zu dünn angezogen? Draußen ist es eisig.« Anna fummelte mit der Hand an Lucas Nacken herum. »Ich hab noch einen Baby-Schneeanzug dabei. Von Stella McCartney. Gab es reduziert bei TK Maxx.«

»Anna, ich hab dir doch gesagt, dass wir keine Klamotten mehr brauchen. Wir haben schon drei Anzüge von Matze bekommen.«

»Aber keinen von Stella McCartney.«

»Nein. Keinen von Stella McCartney.« Instinktiv schlug Laura den Kragen der Bluse höher. Der Stoff war hart von der eingetrockneten Milch und hatte gelbliche Flecken. Luca trank, als ob es ums Überleben ging. Der Schmerz strahlte bis in den Hinterkopf. Wann würde das endlich aufhören? Anna würde ihr die Frage nicht beantworten können. In Rumänien hatte man um das Stillen nicht so viel Aufhebens gemacht. Damals war vieles anders gewesen, doch wenn Laura fragte, wurde Anna sehr vage, behauptete, sie hätte alles vergessen. Wann kam mein erster Zahn, wann habe ich Laufen gelernt, wann mein erstes Wort gesagt? Nichts davon konnte Anna beantworten, immer wich sie aus, und der Blick glitt ins Leere.

»Wollt ihr euch nicht setzen?«, fragte Laura.

»Nein, nein.«

»Kommt, setzt euch doch, bitte.« Laura deutete auf die

Klappstühle von Nils' Balkon, die sie an seinen ehemaligen WG-Tisch gestellt hatten. Provisorien.

»Wir stehen lieber, nach der langen Fahrt. Wo ist eigentlich das schöne weiße Ledersofa, das wir dir gegeben haben«, fragte Anna.

»In meiner alten Wohnung. Das wollte ich verschenken.«

»Was, wirklich? Schade!«

»Willst du es wiederhaben?«, fragte Laura flapsig.

»Du hast den Palast noch?« Endlich sah Johann sie an.

Laura drehte sich hilfesuchend zu Nils. »Es ist ja kein Palast«, sagte sie matt.

»Naja«, sagte Nils, »dein Papa hat schon Recht. Wenn du nicht endlich die Kündigung abgibst, zahlen wir noch einen Monat doppelt, das geht einfach nicht. Du hast doch schon mit deiner Verwalterin gesprochen.«

Laura atmete aus. Nach Lucas Geburt hatte sie es einfach nicht mehr geschafft sich darum zu kümmern.

»Die Tochter meiner russischen Arbeitskollegin hat sich jetzt eine Wohnung in Dubai gekauft«, sagte Anna. »Stell dir vor, den Mann hat sie am Gepäckband kennengelernt, am Flughafen! Warte, ich zeig dir die Bilder.«

Sie zog ihr Handy aus der Tasche und wischte sich durch Fotos, eine Hochzeit im weißen Märchenkleid, spiegelglatte Böden und goldene Hussen über den Stühlen.

Laura vermied es genauer hinzusehen. »Also eigentlich hat der Mann die Wohnung gekauft«, sagte sie, »und nicht die Tochter deiner russischen Arbeitskollegin.«

Anna zuckte mit den Schultern: »Eine Frau braucht auch jemanden, der ein bisschen auf sie aufpasst.«

Laura sah sie fassungslos an. Klavier, Latein, Abitur, und nichts davon war gut genug. Und darauf lief es dann hinaus. Die Künstlerin mit Baby im Arm. Ob das schon immer der geheime Plan ihrer Mutter war?

Luca war inzwischen eingeschlafen. Laura legte ihn zurück auf die Matratze. Anna rieb sich indessen die Hände mit Desinfektionsgel ein, als wüsste sie von nichts. Sie nippte an ihrer Wasserflasche. Sie brachten ihre eigenen Flaschen mit, Pet-Flaschen von Aldi, für jeden eine. Sie hielten es für unhygienisch, aus der gleichen Flasche zu trinken. Früher gab es für jeden eine, auch für Laura. Sie rissen das Label in unterschiedlichen Mustern ein, um sie auseinanderzuhalten.

Jetzt standen sie hier und sahen sich an, und für einen Moment war das Schweigen zwischen ihnen so dicht, als könne man es mit dem Messer schneiden. Laura dachte an die Nachbarin, die schäbige Tür genau ein Stockwerk unter der eigenen, hinter der sie so plötzlich hervorgekommen war, an jenem Tag kurz vor Lucas Geburt. Hatten ihre Eltern den Dreck schon bemerkt, vor dem Haus, im Gebüsch unter den Fenstern? Was würden sie sagen, wenn sie wüssten, dass so jemand hier wohnte, nur ein Stockwerk weiter unten?

Eigentlich brauchte Laura die Meinung der Eltern auch gar nicht zu hören. Sie wussten ja, dass Nils die Wohnung ausgesucht hatte, und wie er schuftete, um es hier schöner zu machen. Deshalb lobten sie den Sandkasten im Innenhof, und die Schaukel, toll wäre das, perfekt für

Luca, sogar ein Modelabel im Hinterhof. Wow. Sie hatten einen Narren an Nils gefressen, besonders Anna. Manchmal ertappte Laura ihre Mutter dabei, wie sie ihn von der Seite so anstarrte, mit halb geöffneten Lippen. Vielleicht weil man, wenn man seinen Namen in die Suchmaschine eingab, den Bruder fand und seitenweise runterscrollen konnte. Vielleicht glaubte Anna ja wirklich, Laura hätte es geschafft und eine gute Partie gemacht. Da musste die Wohnung sie einfach enttäuschen.

21

Irgendwann einmal war es doch anders gewesen. Früher, lange bevor ihr Vater das Haus gekauft hatte. Sie hatte das Vertrauen gehabt, in Johanns, auch in Annas Arme kriechen zu können, jederzeit. Die Trauer über diese Entfremdung, darüber, wieder einen ganzen Tag aneinander vorbeigeredet zu haben, hing Laura nach, als sie am nächsten Morgen auf der Matratze erwachte. Das Laken fühlte sich weichgescheuert und etwas körnig an. Neben ihr riss Luca im Schlaf die Arme in die Höhe, wimmerte kurz und schlief weiter. Seine Lippen bewegten sich, wahrscheinlich träumte er vom Trinken.

Lauras T-Shirt war nass. Aus der Brust tropfte Milch. Sie konnte sich immer noch nicht an das Gefühl gewöhnen. Als ob sie seit der Geburt ein bisschen Tier geworden wäre. Sie musste an einen ihrer Dozenten an der Akademie denken, ein mittelmäßiger Künstler. Das sei der entscheidende Nachteil für Frauen in der Kunstszene, hatte er gesagt. Stillende Frauen könnten keine Kunst mehr. Sie, die Studierenden, hatten den Kommentar schweigend zur Kenntnis genommen, ehrfürchtig, weil er das sagte, und er ja schon ein Künstler war, ein richtiger Künstler, der ständig irgendwo ausstellte, über den man Artikel schrieb. Sie hatten nicht widersprochen, keiner von ihnen. Der Dozent hatte es ja auch so lustig gesagt, augenzwinkernd. Die stillende Frau haha. Ein tolles Motiv allenfalls, das schon. Jetzt hätte sich Laura eine solche Objektivierung nicht mehr gefallen lassen. Sie malte momentan nicht, aber sie könnte es, jederzeit. Wieso auch nicht. Und doch, war es nicht ein Elend, wie sie hier lag, ihr T-Shirt klebte am Körper und alles roch nach saurer Milch. Wirklich, wie ein schlechter Gag. Und sie traute sich noch nicht mal aufzustehen und sich endlich die Haare zu waschen, denn was, wenn Luca ausgerechnet dann, wenn sie eingeseift unter dem Strahl stand, zu weinen begann?

»Ich finde, du machst das falsch«, sagte Nils später, als sie beim Frühstück saßen. »Du darfst nicht immer so rational argumentieren.«

»Wie meinst du das.« Laura strich Luca über den Kopf, mehr um sich selbst zu beruhigen als ihn. Die Brüste brannten wie Feuer.

Sie hatte inzwischen tatsächlich geduscht, und natürlich war Luca genau dann aufgewacht und hatte sich nicht mehr beruhigen lassen, nicht jedenfalls von Nils, der ungeduldig mit ihm vor der Dusche auf- und abgelaufen war. Sie hatte es gerade noch geschafft sich ein frisches T-Shirt überzustreifen und ihre Brille zu suchen, an Kontaktlinsen war gar nicht zu denken. »Warum schneidest du dir nicht einfach die Haare kurz«, hatte Nils dann auch noch gefragt. Sie hatte ihren Ärger runtergeschluckt. Die Haare waren so ziemlich der letzte Luxus, den sie sich gönnte, seit Luca da war.

Jetzt tropften sie, noch ungekämmt, ihr T-Shirt nass.

»Sag einfach, dass du es nicht magst. Punkt.«

»Dass ich was nicht mag?« Sie füllte sich mit der linken Hand etwas mehr Müsli in die Schale. Zwei getrocknete Beeren purzelten über den Tisch. Laura warf einen entnervten Blick aus dem Fenster, ließ ihn über den Hof gleiten, am liebsten wäre sie rausgerannt; sie fühlte sich wie festgebunden. Da sah sie die Nachbarin. Obwohl es draußen frostig kalt sein musste, trug sie Bermudas und ein kariertes Shirt. Breitbeinig stand sie da, die Arme in die Hüften gestemmt, den Kopf in den Nacken gelegt. So guckte sie hoch, mit bohrendem Blick. Laura blinzelte.

»Naja, dass sie uns Geschenke aufdrücken, die wir nicht brauchen. Du sagst dann, das ist doof, weil. Also, weil wir nur Sachen aus Holz wollen, oder Bio, oder dass wir ihn nicht überfordern wollen mit so viel auf einmal.«

Konnte die Nachbarin sie denn sehen? Konnte sie Luca sehen, an ihrer Brust? Laura wischte den Gedanken beiseite, ihre Mutter, die Geschenke, »was bitte«, sagte sie, »ist denn falsch daran, dass ich das begründe!«

Anna hatte natürlich nicht nur einen Schneeanzug dabei gehabt. Nach und nach hatte sie diverse Marken-Babyhemden mit Stehkragen ausgepackt, mehrere Paar Socken, eine Plastikrassel und ein Pappbilderbuch, das einen jedes Mal, wenn man es aufklappte, mit einer mechanischen Melodie nervte. Und Laura hatte alles zurück in die Tüte gelegt und den Kopf geschüttelt, das wollen wir nicht, wir haben keinen Platz dafür, sehr vehement und auch ein bisschen wütend. Erst als die Eltern am Abend wieder gefahren waren, hatte sie das schlechte

Gewissen gepackt, Johanns gebeugter Rücken tauchte wieder vor ihrem inneren Auge auf, Annas aufgebügelte Bluse, sie hatten sich Gedanken gemacht und sie überraschen wollen, sie hatten es bloß gut gemeint.

»Aber das ist doch nur vorgeschoben«, sagte Nils. »Es ist doch egal, ob Bio oder nicht, darum geht es dir doch gar nicht. Indem sie die Sachen mitbringen, sagen sie dir ja, dass sie dich nicht ernst nehmen.«

»Nee, Nils.« Die Nachbarin stand immer noch da. Laura atmete aus, versuchte ihre Gedanken, die ohnehin fahrig waren, seit sie wegen Luca kaum schlief, zu ordnen und bei der Sache zu bleiben. »Das ist ein kulturelles Ding. Die haben einfach ein anderes Verhältnis zum Schenken. Wenn ich dem Code entsprechen wollen würde, müsste ich mitspielen und laut Nein! rufen, das ist doch nicht nötig, bitte bitte nicht, und sie: Aber doch! Und so geht das dann hin und her, und am Ende verstecken sie ein paar Scheine in meiner Hosentasche, wenn ich nicht hingucke. Was soll ich denn machen, außer ihnen immer wieder zu sagen, dass mir die Dinge nicht gefallen.«

Nils schüttelte den Kopf. »Siehst du. Du machst es schon wieder. Sag doch einfach, was du fühlst. Also dass es dich ärgert oder traurig macht. Das werden sie doch verstehen.«

»Nils, überleg doch mal: Jetzt können wir die Sachen noch zurückgeben. Aber in ein, zwei Jahren kriegt Luca das mit und ist enttäuscht. Wie sollen sie es denn sonst kapieren? Ich will, dass Luca den Wert der Dinge kennenlernt.«

Wenn Laura an die Wohnung in Neukölln zurückdachte, hatte sie beinahe das Gefühl zu ersticken. Sie war immer noch zu voll. Und nichts davon hatte ihr gefehlt, seit sie hier war. Sie sah Lucas Zimmer schon vor sich: Ein paar Regale mit Körben voller ausgewählter Holzspielsachen. Vielleicht ein Pikler-Dreieck, oder ein Klettergerüst, es würde gut rechts in die Ecke passen, da, wo kein Fenster war. Die Decke war hoch genug für ein Stockbett, mit Kaufladen unten drin. Vielleicht würde Nils sich überreden lassen und eines bauen. Und das war es dann auch schon. Sie stellte sich vor, wie sie hier in der Küche sitzen würden wie jetzt, mit einem Kaffee in der Hand, während Luca dort spielte. Wenn seine Tür offenstand, würden sie einmal quer durchs Wohnzimmer direkt in sein Zimmer gucken können. Toll würde das werden, oder nicht?

Luca war eingeschlafen. Laura stand vorsichtig mit ihm auf. Noch einmal sah sie hinaus in den Hof. Die Nachbarin war nicht mehr dort.

22

Es war jetzt schon über eine Woche her: Er hatte die Krippe in die Tonne im zweiten Hinterhof gleiten lassen und noch zwei Säcke darübergelegt. Manchmal, wenn er aus dem Fenster guckte, erinnerte er sich daran. Es war ihm unheimlich, beinahe meinte er dann wieder das Wasser rauschen zu hören, leblose Füße auf dem Wannenrand. Mittlerweile quollen die Tonnen über, neue Säcke sammelten sich auf dem Boden darum herum, doch niemand kam, um sie zu leeren.

Ein Klopfen ließ ihn hochfahren. Laura stand in Wollsocken im Türrahmen und grinste. »Weißt du noch, damals bei dem Koreaner, als sich der Spatz auf deine Stuhllehne gesetzt hat und du vor Schreck den halben Tisch umgeworfen hast?«

»Haha.«

»Ich find das ja echt süß, dass du so ängstlich bist.«

»Naja. Schläft er?«

Sie nickte und dann wedelte sie mit einem Stück Papier. »Ich würd das jetzt mal eben zur Post bringen. Passt du auf, falls er aufwacht?«

»Was ist das?«

»Ein Brief ans Jugendamt, damit die eine ordentliche Familie für Luca finden, und nicht so einen Haufen wie uns.«

Er lächelte. »Die Kündigung?«

»Nachher feiern wir das.« Sie schlüpfte in die Stiefel, warf sich den Mantel über, und schon war sie weg.

Nils schlich ins hintere Zimmer. Luca schlief auf der Matratze, die Arme neben sich ausgestreckt. Und dann Laura, so fröhlich, mit dem Brief in der Hand. Kurz hatte er das Gefühl, in einen Abgrund zu gucken.

Seit Benjamin dem Coworking Space beigetreten war, lag er nachts vor Anspannung manchmal wach. Erst gestern hatte er sich durch ein altes Positioning geklickt und überlegt, ob er dem Product Manager schreiben und hier anknüpfen, ob er alleine weitermachen sollte: *Du bist geerdet. Du weißt genau, worauf du dich verlassen kannst. Aber du liebst den romantischen Hauch des Unbekannten. Aurevoir, ein Käse, dem du vertrauen kannst, ein Käse, der dich überrascht. Wie ein Picknick unterm Eiffelturm.*

Ein Käse, dem du vertrauen kannst. Unfassbar, dass sie dafür so gut bezahlt wurden. Das Ziel von Aurevoir? *Er transportiert dich in eine andere Welt. Dank Aurevoir ist alles nicht mehr wichtig: Der Ärger mit dem Chef, der letzte Streit mit deinem Partner, die Wehwehchen deiner Kinder. Aurevoir macht alles wieder gut. Aurevoir transformiert.*

Wie viel Zeit seines Lebens war dafür draufgegangen? Stunden um Stunden, wie damals in Köln, als er noch für Red Circles gearbeitet hatte. Immer wieder warf jemand neue, steil klingende Sätze in den Raum, die dann ewig diskutiert und schließlich durch andere, mutmaßlich bessere ersetzt worden waren. Und die Leute glaubten das. Sie aßen den Käse ja selbst, sie kauften ihn im Supermarkt und fühlten sich schon transformiert, wenn sie ihn nur aufs Kassenband legten und auf die Kasse zurollen sahen.

Luca dagegen, wie er auf der Matratze lag und schlief – das Gefühl überwältigte ihn immer noch. Das hier war groß.

»Wie wär das: Du verdienst das Geld«, hatte er zu Laura gesagt, »und ich kümmer mich um den Kleinen.«

»Und wer stillt ihn dann, wenn ich auf Kuba bin?«

»Nicht auf Kuba. Du machst deine Kunst, du wirst berühmt!«

»So geht das aber nicht. Der Kunstmarkt ist nicht berechenbar, das ist nicht wie beim Tischtennis.«

»Hast du es denn wirklich ausprobiert?«

»Ich bin nur realistisch.«

»Realistisch wäre, wenn du deinen Erfolg mit einkalkulierst.«

»Ich versuch nur mich zu schützen. Positiv überrascht werden kann ich dann immer noch.«

Er hatte sie zweifelnd angesehen. »Vielleicht hast du nur Angst es geschehen zu lassen.«

»Also gut«, hatte sie gesagt. »Vielleicht ist es so. Ein alter Kinderschwur, ehrlich gesagt.«

»Aha?«

»Ich hab einfach zu viel Fantasie. So kann ich wenigstens nicht enttäuscht werden.«

Er hatte nicht gewusst, was er darauf hätte entgegnen sollen. Ihm war das völlig unverständlich vorgekommen, völlig fremd, vielleicht sogar ein bisschen krank.

Luca öffnete die Augen und streckte sich. Er blinzelte. Verzog das Gesicht.

Wo blieb Laura so lange? Nils pflückte seinen Sohn von der Matratze, legte ihn mit dem Kopf gegen seine Schulter und wanderte durch die Wohnung, während er eine erfundene Melodie summte. Es schien zu wirken, Luca gähnte und guckte mit schmalen Augen auf Nils' Pullover. Wahrscheinlich faszinierte ihn das rote Muster. Viel mehr würde er noch nicht erkennen können, dreißig Zentimeter, hatte Nils gelesen, so weit reichte Lucas Welt. Er war immer noch so leicht, dass Nils Angst hatte, er könnte ihm versehentlich wehtun.

»Nicht weinen«, flüsterte er.

Doch Luca verzog den Mund und dann weinte er los, laut und verzweifelt. Nils legte ihn bäuchlings auf den Unterarm und massierte ihm mit der Handwurzel den Bauch. Der Fliegergriff, sie hatten ihm den Trick in der Klinik gezeigt. Luca beruhigte sich wieder, ein Speichelfaden baumelte ihm aus dem Mund und tropfte aufs Parkett. Nils atmete erleichtert aus.

»Meine Tochter, Alter, hörst du das nicht?«

Er erstarrte, erkannte sie gleich, an ihrer rauen, tiefen Stimme.

»Hörst du nicht! Die haben meine Tochter gefickt!«

Er überprüfte die Fenster. Die Flügel im Badezimmer klapperten leise, als er sich näherte, sie waren nur angelehnt. Er spähte in den Hof. Da war niemand. Nur vor den bodentiefen Fenstern des Modelabels stand einer und rauchte, schnippte die Kippe neben den Sandkasten, trat sie aus und verschwand im Haus.

»Die fisten und vergewaltigen sie!«

Nils presste sich gegen die Wand neben dem Fenster, so dass man ihn von außen nicht sehen konnte. Sein Herz pochte so sehr, dass er fürchtete, es würde ihm gleich aus dem Mund hüpfen. Die Badewanne, dachte er, die Krippe vor der Tür, und jetzt reagierte die Stimme auf Luca, mehr noch, es war, als spräche sie zu Nils, als verlangte sie nach einer Antwort, die nur er ihr geben könnte. Die Angst grub sich ihm spitz in den Magen. Plötzlich dachte er wieder an Laura, irgendetwas stimmte nicht, hatte sie gesagt, sie fühlte es, irgendetwas war komisch, der Geruch, diese Frau? Sie hatte es nicht gewusst, und er hatte es nicht hören wollen, sich über sie geärgert, sie überstimmt: »Wir schaffen das, Laura, wir kriegen das hin.«

Luca hustete einen Klecks Milch auf Nils' Ärmel. Er plärrte wieder los. Sein Weinen füllte die Stille, die kurz entstanden war, mit einer langgezogenen, auf- und abschwellenden Klage.

»Schhh«, sagte Nils. »Mama kommt gleich.«

Luca heulte mit offenem Mund, und zum ersten Mal in seinem Leben kullerte ihm eine Träne über die Backe.

Nils fischte sein Handy aus der Hosentasche. Wo blieb Laura. Er ließ es klingeln, sie ging nicht ran.

»Glaubst du, ich weiß nicht Bescheid? Ich lass mir das nicht gefallen! Ich hol sie, hörst du mich, du Hure! Ich hol sie mir zurück!«

Luca weinte lauter.

»Verdammt«, zischte Nils und hielt ihm den Mund zu.

Luca schrie.

Was machte er da? Erschreckt über sich selbst ließ Nils

die Hand sinken und wog Luca wieder tröstend im Arm, während er durch die Wohnung wanderte und fieberhaft nach einer Lösung suchte. Kein Henry, keine Rassel, kein Knistertuch in Sicht. Wo hatte Laura den Kram nur hingeworfen? Ein Schnuller hätte jetzt geholfen, aber er hatte den Schnuller, den Clara ihnen nach der Geburt geschenkt hatte, ja sofort weggeräumt. Dann sah er, was zu tun war: Auf der Kiste neben der Schlafzimmertür lag zusammengeknüllt die Trage.

Er fand Laura bei Kaufland an der Kasse. Sie hatte einen Weihnachtsstern aufs Band gelegt, Vorhänge, Bananen, Müsli, Milch: Lauter Sachen, die sie so dringend nicht gebraucht hätten, die auch er hätte besorgen können.

Sie wirkte überrascht, als er sich neben sie in die Schlange fädelte. »Was machst du denn hier?«

Nils deutete verärgert auf Luca, der friedlich in der Trage saß, mit halb geschlossenen Augen. »Hast du den Brief noch?«, fragte er.

Laura schüttelte triumphal den Kopf. »Ist sogar schon verladen worden. Direkt in die Kiste und runter zum Wagen.«

Für ein paar Sekunden schloss Nils die Augen. Als könnte er die Zeit anhalten und zurückdrehen, nochmal von vorn anfangen: Laura, mit Wollsocken in der Tür, den Brief in der Hand. Ich weiß nicht, ob das Sinn macht, Laura, würde er sagen, aber vielleicht hattest du Recht. Lass uns auf dein Gefühl hören, lass uns abwarten, und in einem Monat wissen wir mehr. Er öffnete die Augen, sah Laura, wie sie die Bananen vom Kassenband nahm und in den Rucksack schob, wie sie ihr Portemonnaie zückte und die Kassiererin anlächelte, immer so freundlich, sah Luca, der jetzt sicher an seinem Bauch döste. Es war zu spät.

23

Kaum waren sie zurück, schob Laura den falschen Eames von Benjamin ans Küchenfenster und kletterte darauf. Jedes Mal, wenn sie einen der Vorhangringe durch die schwarze Alustange fädelte, ein Relikt der Vormieter, kippelte der Stuhl ein bisschen.

Nils merkte, wie seine Hände feucht wurden. Er hielt es fast nicht aus zuzugucken. »Seit wann kaufst du denn Vorhänge im Supermarkt?«

»Ich find den gar nicht so schlecht. Guck mal«, sie zupfte am Label, »hier steht 100 Prozent Bio-Baumwolle.«

»In deiner alten Wohnung hast du die Vorhänge nie zugemacht. Nicht mal nach dem Duschen oder beim Sex.«

Laura antwortete nicht. Sie stellte sich wieder auf die Zehenspitzen und fädelte den nächsten Ring ein, der Stuhl kippelte.

Nils atmete aus. Eigentlich ging es ihm auch überhaupt nicht um den Vorhang. Sie mussten reden! Aber gab es denn etwas, was sie wissen musste? Wenn er an das dachte, was er vorhin gehört hatte, spürte er eine Trägheit, die seine Gedanken zäh machte.

»In zwei Wochen ist deine Wohnungsübergabe. Oder?«, sagte er, obwohl er die Antwort schon kannte.

»Ganz genau.«

»Vielleicht müssen wir die noch renovieren, hat deine Verwalterin dazu was gesagt?«

»Noch nicht.«

»Wir haben hier alle Hände voll zu tun, das schaffen wir nie. Warum hast du mich nicht vorher gefragt? Wir hätten nochmal darüber sprechen müssen. Das ging alles viel zu schnell.«

Laura ließ den Vorhang sinken. »Nils, wir haben darüber gesprochen. Du hast gesagt, ich soll es tun und jetzt hab ich es getan. Das lässt sich jetzt nicht mehr ändern. Und außerdem, was ist denn dein Problem? Ist doch gut, dass wir die alte Wohnung los sind.«

Nils schwieg. Laura schüttelte den Kopf und dann widmete sie sich wieder dem Vorhang. Es war nicht ganz leicht, Nils sah das, sie war ein bisschen zu klein, kam trotz Eames nur auf Zehenspitzen richtig ran. Aber sie bat ihn nicht um Hilfe.

»Was ist eigentlich mit dem Geruch«, sagte Nils irgendwann, seine Stimme kam ihm brüchig vor. »Meinst du, wir kriegen den jemals weg?«

Laura runzelte die Stirn. »Ich gehe davon aus.«

»Was, wenn der tiefer sitzt, wenn hier wirklich was modert.«

»Quatsch. Weißt du, was ich denke?« Sie hielt inne und guckte ihn an, der Vorhang hing an ihr herab wie ein Kleid. »Ich denke, das waren die Katzen. Wenn wir hier oft genug geputzt, gekocht und gewaschen haben, dann ist das weg.«

Das Schimpfen und Fluchen, das er ein paar Wochen lang kaum wahrgenommen hatte, begleitete ihn fortan wieder, es drängte sich ihm auf, oft gerade dann, wenn Laura neben Luca eingedöst war. Dann war es manchmal so still in der Wohnung, dass er das Gefühl hatte, die Wände fielen ihm entgegen, und er lauschte in die Stille hinein, bis er es hörte. Meyer hieß die Frau, das hatte er mittlerweile herausgefunden, es stand auf ihrem Klingelschild und auch am Briefkasten.

Laura schien nichts davon mitzubekommen. Es war, als ob sie, seit Luca geboren war, in ihrer eigenen Welt lebte. Manchmal, wenn er sie ansprach, war er sich nicht sicher, ob sie ihn überhaupt hörte, ob sie ihn sah. Er fühlte sich wie abgestellt, ertappte sich dabei, eifersüchtig zu sein auf seinen Sohn, der jetzt Lauras sämtliche Aufmerksamkeit auf sich zog. Sie hatte Pläne geschmiedet, und manchmal, wenn Luca es zuließ, setzte sie sich an den Tisch und überarbeitete Nils' Skizzen für die neue Küche, für ein neues Bett. Sie hatte sich fest vorgenommen, es schön zu machen, behauptete, sie fühlte sich wie ein Gast zwischen Nils' Dingen, nachdem es doch bis vor kurzem noch genau andersherum gewesen war. Jetzt schliefen sie auf seiner Matratze, aßen von seinem Geschirr, manchmal trug Laura sogar seine T-Shirts. »Aber ich finde, die Wohnung sollte was von uns beiden haben. So wie Luca. Guck doch mal! Er hat eindeutig deine Haarfarbe und deine kurze Nase.«

Sie zwickte Luca sachte in die Backe, strich ihm über den Haarflaum, der schon dichter geworden war und langsam anfing den Milchschorf zu überdecken. Drei Wochen war er jetzt alt.

Luca sah sie an, dann ihn. Plötzlich lächelte er.

Und obwohl es noch kein bewusstes Lächeln war, nur ein Reflex, und sein Blick dabei ins Leere glitt, machte Nils' Herz einen Sprung.

Laura hatte, sie gestand es ihm jetzt wie beiläufig, während sie an ihrem Tee nippte und die Tasse halb auf der Skizze abstellte, wo sie einen Kringel hinterließ, ihren Vater gefragt, ob er Nils beim Aufbau der Küche helfen würde.

»Du hast was«, sagte Nils.

»Tut mir leid«, sie guckte ihn an. »Ich dachte, das hilft. Es geht alles so langsam.«

Er nahm die Tasse vom Papier und wischte die Unterseite ab. Er dachte an diese Frau, Frau Meyer, ihr Schimpfen und Fluchen, war es möglich, dass Laura recht hatte, wenn sie es ignorierte; dass er das alles größer machte, als es war? Lauras Planerei setzte ihn unter Druck. Sie hatte schon die Küchenschränke der Vormieter verkauft, und sogar den Herd. Jetzt spülten sie das Geschirr im Badezimmer ab, der neue Backofen stand noch uneingebaut zwischen ihnen auf dem Tisch. Nils versorgte sie fast ausschließlich im türkischen Café von nebenan, dort gab es Take-Away-Salate, Gebäck und Kaffee für wenig Geld.

Vier Wochen. So lange wohnten sie jetzt hier. Seit Lucas Geburt hatte Laura die Wohnung fast nicht mehr verlassen. Anders Nils. Er hatte noch eine Ahnung von der Außenwelt, die Adventszeit hatte begonnen und neulich den ersten Schneeregen mit sich gebracht, Graupelkörner, die bei der ersten Berührung mit dem Asphalt sofort wieder geschmolzen waren. Wenn er nach einem solchen Ausflug wieder nach Hause kam, überwältigte ihn das Chaos in der Wohnung jedes Mal. Und Laura, ausgerechnet Laura, litt nun offenbar mehr darunter als er. Jetzt, wo Luca da war, schien sie sich nach Ordnung zu sehnen. Doch die unausgepackten Kartons stapelten sich überall. Dazwischen lagen lose die Klamotten, die nicht mehr in den Kleiderschrank passten. Es gab noch kein Sofa, weil Laura das Sofa ihrer Eltern inzwischen verschenkt hatte. Sie hatte es so gewollt, das Sofa war sperrig und aus abgewetztem Leder, das sich, er stimmte ihr da ja zu, unter den nackten Oberschenkeln kalt und etwas klebrig anfühlte; der kalifornische Überwurf, den er Laura extra vorbeigebracht hatte, verrutschte bei jeder Bewegung. Jetzt sollte eben alles perfekt werden. Er fand das übertrieben, er wäre zufrieden gewesen mit ein paar Provisorien hier und da, aber schließlich gab er nach. Vorerst hatten sie also die Matratze aus Lauras Wohnung geholt und auf den Wohnzimmerboden gelegt, an die halbe Wand mit der Durchreiche, die Wohnzimmer und Küche voneinander trennte. Morgens, wenn die Sonne noch tief stand, fand sie ihren Weg durch die Fenster, umhüllte den Küchentisch mit ihrem Licht, drang vor bis in diesen Teil des Wohnzimmers. Oft setzte sich Laura dann dort auf die Matratze und stillte Luca, den Rücken gegen die süßlich riechende Wand gelehnt, und wenn sie fertig und er eingeschlafen war, legte sie ihn manchmal hier ab.

24

Ihm gaben sie Kosenamen. Wenn Nils ihn wickelte, sagte er: »Komm her, mein Großer.« Wenn Laura ihn hochnahm, sagte sie: »Mein kleiner Schatz.« Einmal sagte sie das auch zu Nils, es rutschte ihr so raus, als es schnell gehen musste, Luca war eingeschlafen, er sollte im Maxi Cosi angeschnallt werden, doch mit dem Schneeanzug waren die Gurte zu kurz. »Zieh doch einfach dran«, hatte er gesagt, und sie: »So geht das aber nicht, mein Schatz.« Sie hatte lachen müssen. Sie selbst waren einander, und es war ihnen wichtig, dass es so war, dass es auch gut so war, immer nur Laura, immer nur Nils.

Jetzt, Mitte Dezember, kam die Hebamme nicht mehr täglich, sondern nur noch zweimal die Woche zur Nachsorge.

»Echt schön habt ihr's hier«, sagte sie einmal. »Man kann schon langsam erkennen, wie das wird. Bis Weihnachten ist das richtig gemütlich.«

Laura lächelte, ihr Herz klopfte wild. »Ja«, sagte sie, »wir haben so ein Glück gehabt.« Sie strich Luca über den Kopf, drehte seine wenigen Haare zwischen den Fingern, sandfarben, wie die von Nils. »Du, aber sag mal, findest du nicht, dass es manchmal komisch riecht?«

Die Hebamme zuckte die Schultern. »Meinst du den Haschisch-Geruch? Ist doch normal in Berlin.«

»Haschisch-Geruch?«, fragte Nils, der mit einem Buch in der Hand vorbeigegangen und stehen geblieben war.

»Ja, ich glaub, das hab ich vorhin auch gerochen«, sagte Laura, »als ich im Bad gelüftet hab. Das kam irgendwie von da unten.«

Die Hebamme schüttelte lachend den Kopf. »Ganz ehrlich, es gibt Schlimmeres. Sowas wie hier findet man nicht mehr für das Geld.«

Später ließ Nils Wasser in die Eckbadewanne laufen. Die Hebamme hatte ihnen geraten Luca zu baden, ohne Seife, nur ein paar Tropfen Olivenöl und Muttermilch sollten sie ins Wasser geben. Der Nabel wäre einigermaßen abgeheilt, und die meisten Neugeborenen würden das lieben. Das handwarme Wasser gäbe ihnen eine Geborgenheit, die sie nur aus der Zeit im Bauch kannten.

»Ist das nicht gefährlich, Luca in der großen Wanne? Wir haben doch noch diese Plastikwanne von Ikea«, sagte Laura,

»Quatsch. Er kann doch mit mir zusammen da rein.«

»Wenn du meinst«, Laura drückte ihm Luca in die Arme. »Ich hol das Öl und pump euch was ab.«

Sie setzte sich auf eine Kiste im Wohnzimmer, zog den BH runter und legte die Kappe der Handpumpe über die geschwollene Brust. Tröpfchenweise landete die Milch in der Flasche, quälend langsam, erst durchsichtig, dann weiß. Im Badezimmer rauschte schon das Wasser.

»Bringst du noch das Bratenthermometer«, rief Nils.

»Sofort!« Dankbar, mit dem Pumpen aufhören zu können, stand Laura auf. Es dauerte eine gefühlte Ewigkeit, bis sie die richtige Kiste gefunden hatte, die mit den Küchenutensilien. Sie hatte gerade begonnen sie zu durchwühlen, da hörte sie Nils.

»Fuck! Fuckfuckfuckfuck!«

Etwas in ihr verhärtete sich. Sie sah schon Luca vor sich, seinen kleinen, ihr in wenigen Wochen vertraut gewordenen Körper, leblos, in Nils' Armen. Aber er weinte, ein Glück, sie hörte ihn weinen. Sie rannte, riss die Tür zum Badezimmer auf.

Luca lag auf einem Handtuch am Boden. Er war rot verschmiert bis unters Kinn. Sie stürzte zu ihm, tastete ihn mit fliegenden Händen ab, nichts. Alles schien in Ordnung zu sein.

»Konntest du denn nicht warten«, schrie sie Nils an, sagte dann leiser: »Warum hast du denn nicht einfach gewartet«, obwohl sie ja wusste, dass Nils nicht Schuld daran war.

Nils kniete in der Badewanne und untersuchte den Hahn. Eine rostrote Pampe stotterte klumpig über seine Füße und kreiselte in den Abfluss.

Es stank nach faulen Eiern.

25

»Das Wasser war ganz klar«, sagte Nils, als der Handwerker ein paar Stunden später endlich eintraf. Angenehme Stärke. Warm, aber nicht zu heiß. Er war sich sicher gewesen, hatte deswegen nicht auf Laura gewartet, die seit mindestens fünf Minuten nach dem Thermometer suchte. Nils hatte sich in die Wanne gesetzt, mit Luca auf dem Schoß. In den letzten Tagen war es in den Altbauräumen trotz der Heizung nie ganz warm geworden, und Nils hatte es genossen, wie sich die Wärme nun allmählich in seinem ganzen Körper ausbreitete. So eine Badewanne hatte er sich immer gewünscht. Seine Eltern hatten in ihrem Reihenhaus nur ein fensterloses Bad gehabt, mit einer alten Wanne aus den Siebzigern, wo man sich gar nicht richtig anlehnen konnte, weil man immer diesen Drehgriff für den Ablauf im Rücken hatte. Auch Luca hatte entspannt ausgeatmet, die Wärme war ihm schon ins Gesicht gestiegen, und dann hatte Nils die Augen geschlossen, nur kurz, während er noch auf Laura wartete, die ihnen ja die abgepumpte Milch bringen wollte. Als er die Augen wieder geöffnet hatte, war alles rot. Lucas kleiner Körper war rot. In schmutzigen Schlieren rann das Wasser über Lucas Arme, plätscherte ihm schmierig um den Bauch, überzog alles mit einem rötlichen Film. Entsetzt ließ Nils den Blick auf seine eigenen Hände sinken; auch seine Hände waren rot. Er hatte wohl geschrien, er war sich fast sicher gewesen, dass es Blut sein müsse. Er hatte sofort Lucas Nabel untersucht, vielleicht hatte die Hebamme vergessen, dass Luca dort eine Entzündung gehabt hatte, nachdem ihm der Nabelschnurrest abgefallen war. Dann erst hatte er den Strahl bemerkt, das sich rasant immer dunkler färbende Wasser, das aus dem Hahn schoss, die ersten rostroten Klumpen.

»Ich versteh das nicht«, sagte er jetzt zum Handwerker, »wie kann denn sowas passieren?«

Der Handwerker hatte mittlerweile die losen Fliesen beseitigt, hinter denen der Rohrzugang war. Er zuckte mit den Schultern. »Wundern tut mich hier gar nix mehr. Habt ihr mal die Messie-Wohnung gesehen? Also von der da unten?«

»Nee.«

»Sowas hab ich noch nie erlebt, ehrlich, in den ganzen Jahren nicht.« Der Handwerker griff nach dem Dichtungshanf. Komisch sah das aus, als hielte er ein Büschel Haare in der Hand. »Und das mag was heißen, wenn ich sowas sage.«

26

»Ich fick sie, die dreckige Hure da oben!«

Nils fuhr hoch.

»Ich fick ihr dreckiges Kind in den Arsch!«

Die Stimme hörte sich so nah an, viel zu nah. In der Wohnung war es dunkel, kein Licht drang von draußen herein. Es war mitten in der Nacht.

»Ich will meine Tochter sehen!«

Nils schüttelte sein Handy, so dass die Taschenlampe anging. Kurz leuchtete er rüber zu Laura. Er hoffte, dass sie nichts gehört hatte, auch diesmal nicht. Doch Laura war wach. Sie saß schon aufrecht neben ihm auf der Matratze und kniff im Schein der Lampe die Augen zusammen. Luca stöhnte und drehte den Kopf im Schlaf auf die andere Seite. Nils atmete auf; die Nacht war ohnehin schon unruhig gewesen, Laura hatte Luca gerade erst gestillt.

»Dreckige Hure.«

Nils bedeutete Laura mit einem Blick zu warten und stand auf. Er holte das Brotmesser aus der Küche, schlich auf Zehenspitzen zur Tür und lauschte. Nichts. Draußen war alles wieder ruhig.

Er legte das Messer auf einen der unausgepackten Umzugskartons im Schlafzimmer; er wagte es noch nicht, sich wieder hinzulegen.

»Was war das?«, flüsterte Laura.

»Ich weiß nicht, ich glaub, das war Frau Meyer.«

»Wer?«

»Die Frau unter uns. Die Komische. Aber ich glaub, sie ist jetzt weg.«

Laura guckte ihn ungläubig an. »Meint die uns?«

»Keine Ahnung.« Nils hatte das Gefühl, vor Lauras Augen zu versinken, als wäre das Parkett unter seinen Füßen plötzlich weich. Hastig schlüpfte er zurück unter die Decke.

»Sind die Fenster alle zu?«, hörte er Laura fragen.

»Ich glaub schon. Ich glaub, das war im Treppenhaus.«

Laura schlang den Arm um seine Hüfte und rollte sich neben ihm zusammen. Ihr Körper fühlte sich wieder so schmal und klein an wie früher. Sie roch fast nicht mehr nach Blut. Die Nähe zu Laura, ihre nackte Haut an seiner, ausgerechnet jetzt.

Sie trug immer noch diese riesigen Netzunterhosen aus dem Krankenhaus, in die sie dicke Binden gelegt hatte, die mehrmals täglich gewechselt werden mussten. Nils störte das nicht. Vor der Geburt hatten sie oft miteinander geschlafen, wenn sie ihre Periode hatte. Das Blut rann dann wie eine hellrote Spur die Innenseite ihrer Oberschenkel herunter. Doch dieses Blut war anders. Es machte ihm Angst in sie einzudringen, Angst, dass etwas in Laura zerreißen könnte und das Blut dann nicht mehr zu stoppen wäre.

Beinahe ohne es zu merken, hatte er sich ihr zugewandt.

Er war hart geworden, seine Hand zwischen ihre Beine gewandert, sein Mund an ihre Schläfe.

»Ernsthaft«, flüsterte Laura, »nach dem, was eben passiert ist?«

Nils atmete aus. »Sorry. Es ist nur – wir haben schon seit Wochen nicht mehr.«

»Ich weiß.« Laura umrandete mit dem Finger sein Gesicht. »Ich bin nur so müde. Wirklich. So müde.«

Sie senkte die Augen. Er hatte das Gefühl, dass es nicht alles war. Als ob auch sie, seit sie Luca zur Welt gebracht hatte, vor irgendetwas Angst hätte.

27

Am Morgen machte Nils Pfannkuchen. Also nicht richtig, denn sie hatten ja keinen Herd, und auch keine Küche, sondern Tiefkühl-Pfannkuchen aus dem Supermarkt. Er wärmte sie im Backofen auf, der immer noch zwischen ihnen auf dem Tisch stand. Luca lag in seiner Kinderwagenschale auf dem Boden und blinzelte.

»TK-Pfannkuchen sind so ein Sakrileg«, sagte Laura und kratzte mit dem Fingernagel irgendwas Eingetrocknetes von der Tischplatte. »Ich glaub, sowas hab ich noch nie in meinem Leben gegessen.«

Nils grinste. »Tennis-Food. Hat meine Mama früher manchmal gemacht, wenn's schlecht gelaufen ist.«

»Läuft es denn schlecht?« Laura pulte sich den Dreck unter dem Fingernagel hervor und schnipste ihn weg.

Unten schrie wieder die Stimme von letzter Nacht, dumpf und voller Wut. Sie kannte sie schon. Sie hatte sie natürlich wahrgenommen, hier und da, wenn sie mit Luca in der Küche saß, oder auf der Matratze unter der Durchreiche. Sie hatte bereits vermutet, dass es die Nachbarin war, die neulich im Hof gestanden und zu ihr hochgeguckt hatte. Aber jetzt war Luca wichtig, und alles andere war ihr auf seltsame Weise egal gewesen. So war das eben in Mietshäusern, irgendein Nachbar war doch immer mal komisch. Sie hatte Vorhänge gekauft, hatte wirklich geglaubt, sich dahinter verbergen zu können.

Heute Nacht hatte sich allerdings etwas verändert. Die Stimme bohrte sich nun so drängend zwischen sie, dass Laura mit zunehmender Unruhe spürte: das, was da unten passierte, ging sie etwas an.

Nils öffnete den Ofen und wendete vorsichtig die Pfannkuchen. Laura hatte das Gefühl, dass er ihrem Blick auswich. Sie wusste, dass, wenn sie ausspräche, was ihr auf der Zunge lag, ein Kartenhaus zusammenfallen würde.

Die Stimme wurde lauter. Als hätte sie ihre eigene Wohnung verlassen, als käme sie wieder aus dem Treppenhaus, wie in der Nacht. Nils warf Laura einen fragenden Blick zu. Und dann krachte es.

Laura sprang auf.

Etwas krachte gegen die Wohnungstür, erst einmal, dann noch einmal, dann immer und immer wieder. Nils rannte los, sein Stuhl knallte um. Laura drehte sich kurz panisch um die eigene Achse, was mache ich nur, was mache ich, ehe sie Luca aus der Schale riss und ihm folgte.

Einzelne Splitter brachen aus der unteren Kassette der Tür und flogen aufs Parkett. Nils stand mit dem Pfannkuchenwender in der Hand im Wohnungsflur und sah zu. Es war so unwirklich. Ich fick sie, ich fick ihr dreckiges Kind in den Arsch, hatte die Frau letzte Nacht geschrien, und Laura hatte sich darüber erschreckt und war dann doch wieder eingeschlafen, eine Hand auf Lucas Bauch, der sich hob und senkte, hob und senkte. Der warme Frottee seines Schlafanzugs unter ihren Fingerkuppen.

Jetzt war Luca still. Ganz wach und still. Laura drückte ihn an sich. Sie sah zu Nils, wie er ausharrte, immer noch reglos vor der zitternden Tür, warum rührte er sich denn nicht, worauf wartete er!

»Nils«, brüllte sie, »tu doch was!«

Nils fuhr herum, wie außer sich sah er sie an. »Was soll ich denn machen!«

»Keine Ahnung, hol eine Waffe!«

Nils starrte auf den Pfannkuchenwender in seiner Hand. Wäre Luca nicht gewesen, Luca in ihrem Arm, sie hätte sich auf Nils gestürzt, ihn geschüttelt, irgendein Messer gesucht.

Aber da sagte Nils: »Hörst du nicht?«

»Was!«

»Es ist vorbei!«

Er hatte Recht. Kein Geräusch mehr, nichts.

In der Tür klaffte ein kleinkindgroßes Loch. Laura konnte den roten Teppich aus dem Hausflur dahinter sehen, er schimmerte im Licht.

Sie standen noch eine Weile so da, Nils mit dem Pfannkuchenwender in der Hand, als wollte er damit zu einem Schlag ausholen.

Und Laura mit Luca.

28

»Wo ist mein Handy«, sagte Nils stumpf. Seine Hände zitterten, er legte den Pfannkuchenwender beiseite und klemmte die Hände unter die Achseln.

»Weiß ich doch nicht«, flüsterte Laura.

Lucas Weinen schraubte sich in die Höhe und hallte unangenehm schrill gegen die kahlen Wände. Nils wünschte sich augenblicklich, Luca möge damit aufhören, als könnte er sie verraten, als könnte er das Wüten im Hausflur noch einmal heraufbeschwören. Laura schaukelte ihn etwas hilflos im Arm, wie eine Puppe. Nils hielt die stumme Frage in ihrem Blick fast nicht aus. Er ertrug es nicht, darin zu lesen, was er selbst gerade erst zu begreifen begann: Das hier war eine Katastrophe.

Er wandte sich ab und durchforstete die Zimmer, fand sein Handy schließlich in der Hosentasche. Er wählte ganz automatisch, als hätte er es schon tausendmal getan, wie damals, als Kind, wenn sie Polizei spielten: »Hallo, hier Nils Hoffmann, jemand hat gerade unsere Tür eingetreten, schicken Sie eine Streife vorbei, schnell.«

»Eingetreten, aber jetzt ist er weg?«

Die Stimme am anderen Ende der Leitung klang betont gelassen, fast heiter. Warum fragten sie nicht zuerst nach der Adresse, so wie es sich gehörte, wenn man bei der

Polizei anrief, glaubten sie ihm etwa nicht? Er musste sich zusammenreißen, um nicht laut loszuschreien. Er starrte auf Luca, der immer noch quengelte, floh dann ins hintere Zimmer. Hier konnte er in Ruhe sprechen, seine Gedanken sammeln, was genau war eigentlich eben passiert? Er fühlte sich wie überrannt.

Als er aufgelegt hatte, sank er auf einen der unausgepackten Kartons im Wohnzimmer, einen von diesen scheiß Kartons, die hier überall rumstanden und einen nicht klar denken ließen.

»Lass uns mal bei denen von gegenüber klingeln«, sagte Laura. »Die sollen uns mal sagen, was hier eigentlich los ist.«

29

Blondiert, Weltraum-Leggings, Adidas-Schlappen. Ein bisschen wie diese Schauspielstudentinnen, die mit ihr eine Weile lang am Einlass eines Theaters gejobbt hatten. Im Hintergrund saugte jemand zu elektronischer Musik.

Laura war überrascht, dass ihr überhaupt jemand geöffnet hatte. Aber natürlich, war heute nicht Samstag? Seit Luca geboren war, hatte sie jeden Überblick über die Wochentage verloren.

Die Nachbarin sah Laura fragend an, musterte dann die Holzsplitter zwischen ihren Füßen, die ramponierte Tür hinter ihr. »Wow. Peggy hat echt nicht mehr alle Tassen im Schrank.«

»Wer?«

»Na wegen der klingelt ihr doch?«

»Du meinst die aus dem Erdgeschoss«, sagte Nils, »Frau Meyer, die immer nach ihrer Tochter ruft.«

»Ja klar. Die hat ja wieder die ganze Nacht rumgeschrien. Ihre Tochter in eurer Badewanne. Blablabla.«

»In unserer?« Laura spürte eine ungekannte Kälte im Bauch, ein eisiger Fleck, der sich immer weiter ausdehnen wollte.

»Hä, das müsst ihr doch wissen. Hat euch das niemand gesagt?«

»Nein!«

»Shit.« Sie dachte kurz nach, fügte dann hinzu: »Klingelt doch mal im zweiten Stock. Da wohnt auch eine Familie. Die können euch bestimmt mehr erzählen.«

In diesem Moment polterten Schritte von oben und Laura dachte schon, das wäre sie jetzt, Frau Meyer, Peggy, aber es waren nur zwei kurzhaarige Frauen in kastenförmigen schwarzen Klamotten. Sie rasten grußlos und in ein englischsprachiges Gespräch vertieft an ihnen vorbei. Wie beiläufig streiften ihre Blicke über das Loch in der Tür.

Laura presste Luca fester an sich und stieg die Treppen hoch, das eisige Brennen in der Magengegend trieb sie an. Nils folgte ihr.

Im zweiten Stock öffnete ein drahtiger Typ in Fahrradausrüstung. Er war offenbar auf dem Sprung, um zu einer Wochenendtour aufzubrechen.

»What the fuck«, sagte er, »das ist so krank.«

Er redete mit leicht süddeutschem Akzent. Hinter ihm erschien eine stämmige Frau, ein zweijähriger Junge lugte durch ihre Beine.

»Ich bin übrigens Moritz, das sind Ella und«, er deutete auf den Jungen, »Karl. Er hat auch Angst vor Peggy, stimmt's, wir gehen immer ganz schnell an der Tür vorbei? Habt ihr schon die Bullen gerufen?«

»Die kommen gleich.«

»Gut.« Moritz kramte in einem Schränkchen im Flur und reichte Nils eine Visitenkarte. »Und da steht die Nummer von ihrem Betreuer drauf. Herr Rechel heißt der. Hat Mick irgendwann im ganzen Haus verteilt, als schon mal Alarmstufe rot war. Passiert immer mal wieder, wenn die ihre Medikamente nicht nimmt.«

»Warte – wer ist Mick?«, sagte Nils.

»Ihr bester Kumpel. Der wohnt eigentlich woanders, glaub ich, aber hängt die ganze Zeit bei ihr rum. So'n bisschen untersetzt, rote Nase, wuscheliges Haar.«

Laura sah fragend zu Nils. Er nickte langsam und wusste offenbar, von wem die Rede war. Sein Gesicht hatte jede Farbe verloren. Wie viel hatte er ihr verschwiegen, und warum? Vorhin, als er auf der Kiste gesessen hatte, mit dem Telefon in der Hand, hatte er ihr auf einmal so leidgetan. Am liebsten hätte sie ihn umarmt und ihm gesagt, dass sie es schaffen würden, dass sie da wieder rauskämen, auch wenn sie selbst noch nicht genau wusste, wie. Doch die Wut war schon da, und jetzt schwelte sie in ihr, rieb sie innerlich wund. Nur Luca auf ihrem Arm, der ahnungslos gähnte, bremste sie. Sie riss sich zusammen: »Was passiert denn in solchen Phasen wie jetzt. Also wenn sie ihre Medikamente nicht nimmt?«

»Sie schreit rum. Dass sie ihre Tochter sehen will und so weiter. Vor ein paar Monaten ist sie auch mit dem Messer durch den Flur gerannt und hat danach die Reifen von dem Auto zerstochen, das immer im Hinterhof parkt. Irgendwas mit einer Frau Winter. Keine Ahnung, wer das ist. Das sagt sie oft. Aber am meisten hat sie's auf eure Wohnung abgesehen. Deswegen sind eure Vormieter ja ausgezogen.«

»Deswegen?«

»Haben die euch das nicht gesagt? Ruft den Betreuer an. Und den SPDi.«

»Den was?«, fragte Nils.

»Das ist der Sozialpsychiatrische Dienst«, sagte Laura, ohne ihn anzusehen. Clara hatte mal einen Mitbewohner gehabt, der sich wochenlang in seinem Zimmer verbarrikadierte und die Miete nicht mehr zahlte. Sie war damals ständig im Kontakt mit dem Sozialpsychiatrischen Dienst.

»Vielleicht können die jemanden herschicken, der hilft«, sagte Moritz, wieder an Nils gewandt. »Und die Bullen. Immer gleich die Bullen rufen.«

Laura erinnerte sich plötzlich an ihre erste richtige Begegnung mit der Frau, an die kleine, schwitzige Hand, die so unerwartet schnell auf ihrem Bauch gelegen hatte.

Peggy.

Alle im Haus nannten sie offenbar so. Sie nahmen sich das heraus, als würden sie sie kennen; eine Vertrautheit, die unfair war, und trügerisch, die falscher nicht sein konnte, weil sie einseitig war. Und sie setzte etwas voraus, ein Wissen, eine Vorgeschichte, die gar nicht gegeben schienen, nicht vorausgesetzt werden konnten. Oder gab es eine? Laura spürte wieder den eisigen Fleck in der Magengegend. »Ist die Tochter denn, also gibt's die wirklich?«

Ella nickte. »Hat das Jugendamt ihr weggenommen.«

30

Ihr Vater hatte Nils beim Aufbau der Küche helfen sollen, heute, so war es abgemacht. In der Aufregung hatte Laura das völlig vergessen.

Sie drückte Nils Luca in den Arm und suchte den Handfeger. Dann begann sie zu kehren, zerborstenes Holz, weißer Lack, Fragmente der Tür, die überall im Flur verteilt waren.

Nils legte ihr die Hand auf die Schulter, »Laura«, sagte er leise, »das bringt doch nichts.«

Laura wischte sich verstohlen eine Träne aus dem Gesicht und kroch weiter über den Boden. Dabei wusste sie ja, dass es zwecklos war. Das Loch klaffte in der Tür wie eine Wunde. Sie konnte noch so viele Splitter aufkehren. Es würde nicht einfach wieder verschwinden.

»Ich komm euch lieber nicht zu nah«, sagte Anna eine halbe Stunde später. Sie verteilte umständliche Küsschen, links und rechts auf die Backe, möglichst weit von den Mündern entfernt. »Im Büro geht gerade ein Virus um, und seit gestern hab ich auch so ein Kratzen im Hals.« Dann beugte sie sich über Luca, den Laura wie ein Schild in den Armen hielt.

Johann klopfte erst Nils, dann Laura verlegen auf den Oberarm.

»Schnell, kommt rein.« Laura scheuchte sie in die Wohnung und verschloss die Tür hinter ihnen. »Unsere Nachbarin denkt, wir haben ihrer Tochter was angetan.«

Die Eltern setzten sich etwas ratlos auf zwei Kisten und stellten die unausgepackten Reisetaschen neben sich ab. Laura fühlte sich verantwortlich, es war schließlich ihre Idee gewesen Johann um Hilfe zu bitten. Jetzt hätte sie Anna und Johann am liebsten in eines der Zimmer geschoben und die Tür hinter ihnen geschlossen, um Nils zur Rede zu stellen, ihn anzuschreien und ihm die Meinung zu sagen, sich in seine Arme zu werfen, sich beruhigen zu lassen. Alles, was sie wollte, war allein zu sein mit Nils.

Nils lief zwischen ihnen auf und ab, das Handy am Ohr, immer wieder ließ er es bei Herrn Rechel, dem Betreuer dieser Frau, klingeln. Nichts, niemand ging ran. Schließlich hinterließ er eine fahrige Nachricht auf der Mailbox.

Laura versenkte die Nase in Lucas Haaren, sog seinen warmen Babyduft ein, nach Haut und Talg und Milch. »Was machen wir denn jetzt nur.«

Johann machte eine wegwerfende Handbewegung. »Wir hatten auch schon verrückte Nachbarn, sowas kommt vor. Die wird sich schon wieder beruhigen.«

»Ja?« Laura sah ihren Vater wütend an.

Die Klingel ließ sie hochfahren.

31

Laura sah sie erst auf den zweiten Blick. Sie hatte sich schon wieder auf den Treppenabsatz zwischen Erdgeschoss und erstem Stock verkrochen und spähte von dort zu ihnen rauf. Das Haar hatte sie unter einer grauen Wollmütze versteckt. Trotz der Kälte trug Peggy Meyer nur ein Unterhemd.

»Ich will meine Tochter sehen«, brüllte sie.

Ein Mann, Mitte vierzig schob sich vor sie, er trug eine an den Ellenbogen zerschlissene Jacke und hatte tiefliegende, traurige Augen. »Mensch Peggy«, sagte er schleppend. »Deine Tochter ist nicht hier, das weißt du doch.« Das musste Mick sein.

»Ich hab sie doch gehört. Die haben die da oben in der Badewanne, die vergewaltigen die. Seit Monaten hör ich mir das an. Aber jetzt ist Schluss.«

»Du verwechselst uns«, sagte Laura, ihr Herz klopfte heftig, »Manuel und Patrick sind doch ausgezogen.«

»Sie hat recht«, sagte Mick.

Peggy sah ihn ungläubig an. »Ich hab sie weinen gehört! Ich hör sie noch immer.«

»Das war unser Sohn«, sagte Laura, und Nils guckte sie an und schüttelte den Kopf, nicht, das geht sie doch nichts an. Laura war das egal, sie musste es versuchen, sagte noch einmal: »Unserer, weißt du noch, ich war schwanger?«

Peggy ballte die Fäuste. »Ich mach dem ganzen Spuk bald ein Ende. Ich hab schon das BKA informiert. Die werden die Wahrheit erfahren!«

»Dann geh und schau nach«, sagte Mick.

»Ich trau mich nicht«, sagte sie, plötzlich ängstlich, und versteckte sich halb hinter ihrem Freund, »Mick, geh du.«

Mick stieg die Treppen rauf.

Nils ließ ihn durch, und Laura, die keinen Ton rausbekam, konnte ihn nicht mehr aufhalten. Er trampelte an ihnen vorbei, mitten durch die Splitter, die an seinen Schuhen hängenblieben und sich überall verteilten. Im Badezimmer stemmte er die Arme in die Hüften und rief: »Bin im Badezimmer, deine Tochter ist nicht hier!« Dann musterte er die Eckbadewanne, grinste kurz und fügte, Nils zuzwinkernd, hinzu: »Hier gibt's ja nicht mal ne Badewanne!« Er stapfte weiter ins Büro, ins Schlafzimmer, schließlich an Lauras Eltern vorbei durchs Wohnzimmer in die Küche: »Auch in der Küche: Keine Tochter!«

Als er die Wohnung endlich wieder verlassen hatte und im Flur stand, rang Laura nach Luft. Sie fühlte sich wie überrollt. Die Ruhe der Wochen nach der Geburt war endgültig zerstört, dieser Ort wie entweiht.

Mick guckte seine Freundin an: »Ich sag's doch, keine Spur von ihr, nicht hier.«

»Bist du ganz sicher?«

»Hab ich dich schon mal angelogen, Peggy?«

»Hast du auch überall nachgeschaut?«

»Überall. Und jetzt komm endlich, wir gehen.« Er zwinkerte Laura und Nils noch einmal zu, packte Peggy sachte an der Schulter und zog sie zurück ins Erdgeschoss.

Im Wohnzimmer brüllte Luca. Wie lange schon? Laura hörte es erst jetzt. Sie nahm ihn aus Annas Armen und hielt sich an ihm fest. Sie hatte ein anhaltendes Fiepen in den Ohren, das ihre Gedanken vollkommen durcheinander brachte. Ihre Mutter hatte rote Flecken im Gesicht, der Vater dagegen gab sich immer noch Mühe ruhig und gelassen zu wirken.

Der Polizist, der kurz darauf eintraf und in ihrem Flur stand, den Oberkörper gepanzert unter der Uniform, Schlagstock im Gürtel, erschien Laura wie die letzte Bestätigung, dass ab jetzt nichts mehr normal sein würde. Instinktiv drückte sie Luca fester an sich. Abwechselnd berichteten sie und Nils, was passiert war, schließlich überließ Laura ihm, der zwar nicht kohärenter erzählte, aber definitv den größeren Drang zu reden hatte, ganz das Wort.

Der Polizist lächelte müde. »Und was soll ich da tun?«

»Können Sie sie nicht mitnehmen?«

Er lachte. »Was meinen Sie, wie viele eingetretene Türen es jeden Tag in Berlin gibt. Jetzt nehmen wir erst mal eine Anzeige auf. Wie war nochmal der Name?«

»Meyer«, sagte Nils, »Ich glaub, Peggy Meyer.«

»Peggy?«

»So nennen sie alle hier.«

»Also gut. Peggy Meyer. Geboren wann?«

»Keine Ahnung.«

»Ungefähr?«

Sie sahen sich an. Es war schwer zu sagen, wie alt Frau Meyer war. Etwas an ihr entzog sich. Auf eine Weise sah sie alt aus, älter, deutlich älter als Laura und Nils, zehn Jahre, fünfzehn, zwanzig Jahre älter, sie wussten es nicht.

Laura erhaschte einen Blick auf seinen Zettel, Sachbeschädigung hatte er darauf gekritzelt. »Moment. Ist das nicht eher versuchter Einbruch?«

»Naja, sie ist ja nicht in die Wohnung eingedrungen, oder? Hat Sie nicht körperlich attackiert, Sie eingesperrt oder anders Ihrer Freiheit beraubt?«

»Sie hat unsere Tür eingetreten.«

»Eben.«

»Sie hat uns auch bedroht«, sagte Nils. »Sie hat gesagt, sie macht dem ganzen Spuk bald ein Ende.«

Der Polizist hielt inne. »Aha«, er dachte kurz nach, riss einen zweiten Zettel ab und notierte etwas. »Bedrohung kann ich auch aufnehmen. Und einen Rat, bevor ich gehe. Rufen Sie den Sozialpsychiatrischen Dienst an. Und jedes Mal, wenn was passiert, immer gleich 110. Kein falsches Zögern.«

Bevor er ging, drehte er sich noch einmal um. Er lächelte matt: »Das wollen Sie jetzt vielleicht nicht hören. Aber ich an Ihrer Stelle würde mich nach einer neuen Wohnung umsehen. Solche Probleme lassen sich nicht lösen.«

32

Lauras Eltern saßen immer noch ratlos auf den Kisten, umgeben von der Schar ihrer Taschen. Äpfel und Orangen, Brot, Käse, Lebkuchen und Plätzchen. Nett gemeint, aber in Nils lösten die vielen Mitbringsel ein zwiespältiges Gefühl aus. Auf dem Weg nach Berlin hatten Lauras Eltern auch noch ein Keramikspülbecken abgeholt, das Nils über Kleinanzeigen organisiert hatte. Jetzt lag das Becken in Luftpolsterfolie gehüllt neben der Dunstabzugshaube.

Johann warf einen ungeduldigen Blick auf die Uhr. »Wollen wir langsam loslegen?«

»Ich weiß gar nicht, ob das jetzt noch Sinn macht, hier eine Küche aufzubauen«, sagte Nils.

Laura starrte Nils an. »Du meinst jetzt aber nicht, dass wir wirklich wieder ausziehen sollen?«

»Keine Ahnung. Vielleicht müssen wir.«

»Boah«, Laura fuhr sich mit der Hand über die Augen, sie holte tief Luft. »Das kann jetzt nicht dein Ernst sein.«

»Laura, wenn sogar die Polizei das sagt!«

»In einer Woche ist Wohnungsübergabe! Von der alten Wohnung! Ich hab extra eine vorzeitige Übergabe ausgemacht, wegen der doppelten Miete. Wir haben jetzt keine Zeit für sowas.«

»Weil du mich nicht gefragt hast!«

»Du spinnst doch! Du wolltest doch unbedingt, dass ich endlich kündige. Dabei wusstest du die ganze Zeit, was los war!«

»Jetzt sag bitte nicht, dass du nichts mitgekriegt hast!«

»Nein«, schrie Laura, »ich hab nichts mitgekriegt! Was hätte ich denn mitkriegen sollen? Wir haben ein Baby, Nils, und seit es da ist, bin ich anscheinend blind und taub für alles andere!«

Sie fing an zu weinen.

Nils schwieg. Als sie vor ein paar Tagen mit der Verwalterin durch Lauras alte Wohnung gegangen waren, hatten sie die Dübellöcher nicht zugespachtelt, die Flecken an den Wänden nicht überstrichen, auch nicht aufgeräumt, nicht einmal geputzt. Kein Wunder, dass sich das Gesicht der Verwalterin zusehends verdüstert hatte: »Schaffen Sie es denn, die Wohnung bis Weihnachten zu renovieren?« Laura hatte sie erschrocken angesehen: »Was meinen Sie damit, renovieren?« Nils hatte es kaum glauben können.

»Ist ja nicht so schlimm«, sagte in diesem Moment Johann, der nichts von der Verwalterin wissen konnte und offenbar weiter an die Nachbarin dachte. »Die wird sich schon wieder einkriegen.«

Laura schüttelte wütend den Kopf. Dann sagte sie mit wieder fest gewordener Stimme: »Ich würde jetzt erst mal Manuel und Patrick anrufen und fragen, was das soll.«

Obwohl es inzwischen beinahe Mittag war, klang Manuel verschlafen: »Hä, welche Frau?«

»Die unter uns. Die Verrückte. Die immer so Zeug redet.«

»Ach die. Nö. Die hat vielleicht öfter mal den Hip Hop aufgedreht, das war's.«

»Manuel, die hat uns heute Morgen die Tür eingetreten.«

Am anderen Ende der Leitung war es still. Irgendwann sagte Manuel: »Sorry, ich weiß grad echt nicht, was ich dazu sagen soll.«

Nils legte auf und fuhr sich mit der Hand durchs Haar. Er atmete ein paar Mal ein und aus, dann schleuderte er das Handy zu Boden, es schlitterte über die Fliesen der leeren Küche.

Anna hatte mittlerweile die Seifenspender in Küche und Bad durch handliche Desinfektionsgels ergänzt und weitere Tuben auf dem Regal im Wohnzimmer aufgereiht.

»Die sind krebserregend«, sagte Laura.

»Ja?«

»Hab ich dir eigentlich schon mal gesagt.«

»Echt?«

»99,9 Prozent der Bakterien gehen auch mit Seife ab.«

Anna nickte, gab einen riesigen Klecks von dem Gel auf ihre Handinnenfläche und verrieb sie gründlich.

Johann hatte sich eine Kiste an den Tisch geschoben und versuchte skeptisch den Zettel zu entziffern, auf dem Laura von Hand die Produktnummern der Unterschränke notiert hatte, die für die Küche noch zu besorgen waren. »Sicher, dass das alles so stimmt?«

»Ganz sicher«, sagte Laura.

Nils beugte sich auch über den Zettel und runzelte die Stirn. »Laura. Ich hab da kein gutes Gefühl, wenn wir das jetzt –«, er sah auf sein Smartphone, das sich im Krebsgang über den leeren Küchenboden bewegte. »Shit. Patrick ruft an.«

Sie hatten das Handy zwischen sich auf den Tisch gelegt und auf Laut gestellt, und so lauschten sie mit gesenkten Augen, die Köpfe in die Hände gestützt.

»Ich hab gerade nochmal mit Manuel gesprochen und wir wollen ehrlich zu euch sein. Das mit der Tür ist einfach zu fucked up.«

Patrick schwieg kurz, sie hörten, wie er sich räusperte, wie er nach Luft rang, ehe er fortfuhr. »Wir kennen Peggy natürlich. Wir hatten ein gutes Verhältnis zu der. Am Anfang haben wir sie noch zu uns eingeladen und so. Wir haben ja sogar mal zusammen gekocht. Sie hat manchmal meine Haare angefasst, die sind so schön, hat sie immer gesagt, ob sie sie berühren darf. Dann wurde uns das irgendwann zu viel. Wir haben mehr Distanz gebraucht, die war einfach zu creepy und wollte die ganze Zeit was von uns. Wir dachten, die ist vielleicht deshalb sauer auf uns.«

»Ich stand immer am Badezimmerfenster und hab geraucht,« sagte Manuel. »Sie hat mich so krass beschimpft und bedroht. Einmal, ich bin grad nach Hause gekommen, da ist sie richtig auf mich losgegangen. Ich hab auch eine Aufnahme gemacht, mit dem Handy. Ich würd die auch der Hausverwaltung oder der Polizei vorspielen, wenn ihr wollt. Ich hab echt immer gedacht, das bezieht sich nur auf uns, das schwör ich euch. Ich dachte, sie hätte sich vielleicht in Patrick verliebt. Und weil er das nicht erwidert hat, ist die sauer. Ich war fest davon überzeugt, wenn wir weg sind, beruhigt sich alles.«

»Und Laura war ja auch hochschwanger«, sagte Patrick. »Wir haben gedacht, verdammt, wir müssen die schonen, wir können die jetzt nicht mit sowas belasten.«

33

Laura spürte die verstohlenen Blicke ihrer Eltern im Rücken. Sie taten so, als beschäftigten sie sich mit Luca. Ihr Vater hielt ihn auf dem Schoß, während die Mutter eine Tempopackung knistern ließ. Doch Laura wusste, dass sie zuhörten.

»Gerade weil sie schwanger war, hättet ihr uns das sagen müssen«, sagte Nils endlich.

Laura schloss die Augen.

Wie waren sie hierhergekommen? Wo war der verdammte Weg zurück? In der Bar, da hatte es angefangen. In diese Bar waren sie und Nils bei ihrem ersten Treffen ja dann gegangen, nachdem sie ihren Tee im *Nathanja und Heinrich* ausgetrunken und unterwegs noch ein Stück Pizza gegessen hatten, fragende Blicke, etwas lag in der Luft, also noch eine Bar? Laura hatte schnell überschlagen, wo in der Nachbarschaft sie am längsten nicht mit einem Date gewesen war, es war ihr unangenehm, von den Barkeeperinnen mit ständig wechselnden Kurzzeitbekanntschaften gesehen zu werden, wie sie einander die immergleichen Fragen stellten, immer wieder aufs Neue Überraschung und Aufregung heuchelten. Dann war ihr das *Frollein Langner* eingefallen, dort war sie schon sehr lange nicht mehr gewesen, zu viele Tischtennisfreaks mit Thinkpads, komisch ausgestellten Hosen und Karohemden, die ihnen ihre Mütter in den frühen Nullerjahren zu Weihnachten geschenkt hatten.

Das einzige freie Sofa war im Raucherbereich. Nils besorgte Schorlen. Er trinke zurzeit keinen Alkohol, hatte er ihr schon im *Nathanja und Heinrich* verraten, als sie wissen wollte, was es mit dem Tee auf sich hatte. Da war es wieder, dieses Gefühl, ihn irgendwie beschützen zu müssen, vor dieser Bar und den etwas dümmlichen Leuten darin, die den Alkohol zelebrierten wie fünfzehnjährige Vorstadt-Kids.

»Rhabarber oder Apfel?« Nils setzte sich vorsichtig neben Laura und hielt ihr zwei Flaschen hin.

»Apfel.«

Das Sofa war zu weich, man sank darin ein und rutschte unwillkürlich ein Stück zusammen, es hatte auch keine Lehne, an der man Halt hätte finden können. Nils lächelte verlegen und guckte so, und da dachte Laura, scheiß drauf, und küsste ihn. Er küsste sie zurück. Es war aufregend. Sie mochte es, wie er roch, wie er schmeckte. Auch, wie er küsste. Aus dem Augenwinkel sah sie, wie die beiden Jungs auf dem Sofa gegenüber grinsten.

»Sollen wir zu dir?«, sagte Nils ein paar Sekunden später. Sie nickte erleichtert. Die fast vollen Getränke nahmen sie mit.

»Das heißt, du bist ein bisschen berühmt«, sagte er später, als sie schon verschwitzt nebeneinander im Bett lagen und Laura von ihrer Malerei erzählt hatte, den paar Ausstellungen und verkauften Bildern, von denen sie nie wirklich hatte leben können.

»Quatsch.«

»Komm, gib's zu, ein ganz klein bisschen.«

»Weißt du, früher, da dachte ich immer, ein Künstler ist was Heiliges. Künstler wird man nicht, erst recht nicht eine wie ich. Künstler ist man. Dann haben sie mich angenommen, also an der Akademie. Ich konnte es erst überhaupt nicht glauben. Für ein paar Jahre war ich Teil von diesem ganzen Zirkus. Die gehen auch alle in den Supermarkt und kaufen sich Klopapier.«

Nils lachte. »Mein Bruder ist ziemlich bekannt. Matze Hoffmann, kennst du?«

»Wer?«

»Witzig, sonst bin ich immer der Bruder von. Das nervt so.«

»Ich kenn mich mit Promis null aus. Die kannst du neben mich setzen und ich erkenn sie nicht.«

»Sehr sympathisch.«

Ein Bruder also, hatte sie gedacht. Ein Verbündeter, durch den sich die Last auf den Schultern etwas verteilte. »Sag doch mal, was macht der denn? Also dein Bruder.«

Nils pickte einen Fussel vom Kissen. »Tischtennis. War sogar mal bei *Wetten, dass..?*. Als es *Wetten, dass..?* noch gab.«

Laura lachte. »Tischtennis.«

»Wieso?«

»Ist das nicht eher was für die, die eigentlich Tennis spielen wollen, aber nicht gut genug sind?«

Nils grinste. »Tischtennis gehört eigentlich den Chinesen. Dass Matze es da mal so weit bringen würde, hätte niemand von uns gedacht. Und es hat mit Tennis so viel zu tun wie eine Ente mit einer Gans. Sagt einer, der mal ziemlich gut Tennis gespielt hat.«

»Hast du?«

»Schon, ja«, Nils strich mit der Hand über ihre Taille. »Wollen wir nochmal oder macht man das nicht?«

Jetzt saß Nils vor ihr, den Kopf in die Hände gestützt. Manuel und Patrick hatten längst aufgelegt. Nils sah sie an, enttäuscht und wütend.

Laura schloss die Augen und atmete aus. Als sie sie wieder öffnete, war alles unverändert. Ihre Eltern waren immer noch da, und Anna guckte so alarmiert wie früher, wenn Laura eine Prüfung geschrieben hatte, mit fieberhafter Erwartung im Blick hing sie an Nils. Er würde die beste Entscheidung für ihre Tochter treffen, würde sie, wenn es sein müsste, hier wieder rausholen. Als ob Laura nicht selbst darüber entscheiden könnte, ob und wo sie rausgeholt werden musste.

Laura griff nach dem Papier, auf dem sie die Nummern der noch fehlenden Korpusse notiert hatte. Sie hatte sich alles schon vorgestellt. Die Sperrholz-Küche, das Zimmer von Luca. Unmöglich, jetzt wieder bei Null anzufangen. Es würde sie Monate kosten. Sämtliche Wohnungsportale nach passenden Anzeigen durchforsten, Wohnungen vormerken, Makler und Maklerinnen anschreiben, warten. Vor allem warten. Warten unter den ausgeschriebenen Wohnungen, die eigentlich alle zu teuer waren, lächeln, Smalltalk, positiv auffallen zwischen den zehn, zwanzig, manchmal fünfzig anderen Menschen, oft junge Familien wie sie, Fotos ausdrucken, Bewerbungen schreiben, immer mit einem persönlichen Touch, immer vergeblich. Mit dem Unterschied, dass da jetzt auch Luca war.

34

Das Studio war so zugestellt, dass man kaum laufen konnte. Geschweige denn denken. Nils schob ein paar Kartons beiseite und stopfte sich eine Picknickdecke in den Rücken.

Er hatte es nicht länger ausgehalten, den Blicken von Lauras Eltern ausgesetzt zu sein, die ihn zurückwarfen auf dieses eine Gefühl, das eisern von ihm Besitz ergriffen hatte und alles, was ihn umgab, ins Wanken brachte. Er hätte Laura warnen müssen. Und er hätte es tun müssen, lange, bevor Luca auf die Welt gekommen war, an jenem ersten Tag, als er sie mit seinem Smart im Regen abgeholt hatte und dann mit zu ihr in die Neuköllner Wohnung gegangen war. Er hätte ihr sagen müssen, dass auf ihn kein Verlass war. Dass er irgendwie das Gefühl hatte, nicht ganz fest mit beiden Beinen auf dem Boden zu stehen, und dass er manchmal so traurig war und nicht wusste, warum. Stattdessen hatte sie ihm vertraut, und jetzt standen sie hier, hatten sich in diese Sackgasse manövriert. Er musste sie wieder heil aus der Sache rausboxen, weil Väter das so machten, sein Vater hatte das doch so gemacht, und Lauras Vater machte das so, selbst Matze wurde seiner Vaterrolle mit scheinbar spielender Leichtigkeit gerecht. Kurz dachte er an früher, Matze und er im

See, nur bis zu dem Häuschen, hatten die Eltern gesagt, und dann hatte er Matze trotzdem unters Wasser gedrückt, und Matze, kleiner, aber immer schon kräftig, rächte sich, der See schloss sich schwer und kalt über seinem Kopf, während er nach Luft rang und Wasser atmete, nichts als Wasser.

Als der Deal stand, hatte er Matze angerufen. »Wir haben was! Zwar ohne Balkon, aber dafür ist das Tempelhofer Feld ganz nah, und auch so ein Binnenhafen, mit Schiffen drauf.« Warum war es ihm so wichtig gewesen, was sein kleiner Bruder dazu sagte? Natürlich hatte der seine Begeisterung nicht geteilt. »Ich an eurer Stelle würd ja eher was mit Garten suchen. Wenn ihr schon unbedingt in der Stadt bleiben wollt.«

Als ob es so leicht wäre, eine Wohnung mit Garten zu finden, man muss ja nur wollen. Matze sagte das oft, wer will, kann alles erreichen, unreflektierte Kapitalisten-Sprüche. Klar, er hatte die Schule abgebrochen für sein Tischtennis, man musste es ihm nachsehen. Aber Matze hatte doch überhaupt keine Ahnung. Nachdem Emil auf die Welt gekommen war, hatten er und seine Frau sich diesen riesigen Gutshof bei Frankfurt gekauft, mit einem eigenen Fluss und einer halb verfallenen Mühle, ihm gehörten drei Pferde, sechs Ziegen, fünfzehn Zwergkaninchen und genauso viele Hühner. Das Geld kam bei ihm einfach so rein. Neuerdings machte er auch Werbung für Lidl, mit dem Slogan »Matze mag's frisch.« Und jetzt kam er Nils, dem nichts einfach so zugeflogen war, nie, mit schlauen Ratschlägen.

»Ich hab's dir ja gesagt«, würde Matze sagen, »Berlin

ist halt kein Ort für Kinder.« Und dann Benjamins Schadenfreude, dem die neue Wohnung von Anfang an nicht gut genug war.

Nils betrachtete finster das Kärtchen, das ihm der Nachbar aus dem zweiten Stock in die Hand gedrückt hatte. Rechtsanwalt Klaus-Dieter Rechel, Strafrecht und Betreuungen. Was bedeutete das überhaupt? Kam er manchmal da unten vorbei und unterhielt sich mit ihr, kümmerte er sich darum, dass sie regelmäßig ihre Medikamente nahm? Oder vertrat er sie vor Gericht, wenn es schon zu spät war? Würde er seine Mailbox abhören, die Nachricht, die Nils ihm aufgesprochen hatte? Nils wischte sich mit dem Handrücken die Augen trocken, Tränen, die ihm übers Gesicht gelaufen waren, fast ohne, dass er es gemerkt hätte. Aber draußen warteten Luca, Laura und ihre Eltern. Er musste bloß die Tür aufmachen, und schon würden sie sich erwartungsvoll zu ihm umdrehen. Er griff nach seinem Handy, fand ihn gleich: Der Anwalt mit verwehtem Haar neben einem Gipfelkreuz, die Funktionsjacke stach leuchtend in den bleiweißen Himmel hinein. »Mein Anliegen«, stand in großer Schrift darunter, »ist es, denjenigen zu helfen, die sich nicht mehr selbst helfen können, zum Beispiel wegen einer Krankheit oder Behinderung.« Unerreichbar kam er Nils vor, da oben, auf seinem Gipfel.

35

Sie waren dann tatsächlich noch zu Ikea gefahren, Johann und Nils. Im Laufe des Nachmittags hatten sie in einer typisch Kilian'schen Hauruck-Aktion fast die komplette Küche aufgebaut. Und die ganze Zeit stand Nils wie neben sich, was mach ich hier eigentlich, fragte er sich, warum tu ich das. Ist das hier wirklich eine gute Idee. Aus dem Augenwinkel sah er Lauras Vater, wie der schuftete, die Leiter hoch- und runtersprang wie ein Zwanzigjähriger, die Kabelkanäle verlegte und die Dunstabzugshaube montierte, den Geschirrspüler und den Kühlschrank in die Höhe hievte, sich schließlich auf dem Boden hin- und herwälzte, um die Korpusbeine anzupassen. Einmal riss er sich mit einem Nagel die halbe Fingerkuppe auf und wollte nicht mal ein Pflaster. Er machte keine Pause. Am Morgen eine Tasse Milch mit einem trockenen Brötchen, das reichte Johann bis zum Abend.

»Hast du keinen Hunger?«, fragte Nils ihn gegen drei vorsichtig.

»Nein, nein, aber iss du ruhig was, wenn du willst«, sagte Johann und setzte die Keramikspüle vorsichtig in die eben ausgefräste Arbeitsplatte.

Nils hatte dann natürlich auch nichts gegessen. Während sie arbeiteten, erzählte Johann ihm Geschichten, die er selbst schon mit Nachbarn erlebt hatte. Zum Beispiel die von diesem Kerl, der sich immer ans Fenster gestellt und in die Trompete geblasen hatte, wenn Johann mit der Schubkarre vorbeigelaufen war. Damals, als Johann gerade das Haus in Nürnberg gebaut hatte. Der Mann hatte in einem verfallenen Häuschen gewohnt, das direkt an das neu gekaufte Grundstück der Familie Kilian angrenzte. Seit zehn Jahren waren sie in Deutschland und das Geld war immer noch knapp. Bis auf den Rohbau machte Johann deshalb alles selbst, deckte das Dach und setzte Fenster ein, strich die Fassaden, pflasterte Wege, bepflanzte den Garten. Er ignorierte den Nachbarn mit der Trompete, nahm ihn hin wie etwas, das eben dazugehörte, eine deutsche Marotte, Lokalkolorit. Erst zwei Jahre später waren sie ihn endlich los.

Laura, die immer, wenn Luca es zuließ, beim Aufbau der Küche zuguckte, konnte sich daran offenbar nur dunkel erinnern. »Ich war ja erst elf«, sagte sie knapp, »was meint ihr, ich hätte die Insel vielleicht noch ein Stück weiter in Richtung Fenster gerückt?« Sie war immer noch blass, hatte kaum einen Bissen runtergekriegt, als Anna ihr kurz zuvor einen Teller mit Lebkuchen hingestellt hatte. Der Schreck von heute Morgen saß zu tief, Nils sah ihr das an.

Was hätten sie getan, wenn ihnen so etwas passiert wäre wie Johann damals? Neben dem Grundstück, auf das sie sich kurz zuvor für dreißig Jahre verschuldet hätten? Diese Härte, die Johann an den Tag legte. Nils fühlte sich im Vergleich wie einer von den nach Blumenwiese duftenden Waschlappen, mit denen sie jetzt immer Lucas Po abwischten.

Es war Abend, draußen war es längst dunkel, als Laura schließlich einen Gedanken aussprach, mit dem auch er selbst sich schon längst herumschlug: »Sollen wir heute Nacht nicht lieber in meiner alten Wohnung schlafen? Ich fühl mich hier irgendwie nicht sicher.«

Die Küche war so gut wie fertig, nur die Fronten fehlten noch. Gerade hatten sie noch ein paar Bretter genommen und das Loch in der Tür provisorisch zugenagelt.

Nils guckte zu Lauras Eltern, er zögerte. »Aber wir können die Wohnung nicht allein lassen. Nicht so.«

Es war, als ob Johann nur darauf gewartet hätte, dass er ihm auch diesen Ball noch zuspielte. »Keine Sorge. Wir halten die Stellung.«

»Das ist viel zu gefährlich!« Laura sah Nils wütend an. »Geht doch lieber in ein Hotel.«

Die Eltern blieben unbeirrt. »Wir haben hier alles, was wir brauchen.«

In Lauras alter Wohnung roch es vertraut, nach ihren Kleidern, nach Staub. Durchs Fenster sah Nils einen Polizeiwagen, der vor dem gelben Haus gegenüber in der Dunkelheit parkte, der Schreck durchfuhr ihn plötzlich, dann die Erkenntnis: aber wir sind ja jetzt hier. In den Fenstern blinkte Weihnachtsbeleuchtung, irgendwo in der Ferne wummerte ein Beat. Nils erinnerte sich, heute war Samstag, immer noch. Selten war ihm ein Tag so lang vorgekommen wie dieser.

Sie würden nicht bleiben können. Nils wurde fast schwindlig, wenn er an die nahende Wohnungsübergabe dachte. Wie lange, eine Woche, hatte Laura gesagt? Manchmal öffnete er eine Schranktür und ihm fielen Dutzende zusammengepresste PET-Flaschen entgegen, oder Stapel von Jutebeuteln. Und das, obwohl Laura behauptete, schon ordentlich ausgemistet zu haben. Das war eine Facette, die ihn bisher nie an ihr gestört hatte. Jetzt beunruhigte sie ihn. Diese Unfähigkeit, die Fäden zusammenzuhalten, auf die Gefahr hin, dass einem alles entgleitet, durfte nicht übergreifen auf ihn und auf Luca.

Die Verwalterin hatte Laura inzwischen ja sogar einen Bericht geschickt, in dem sie die Wohnung wie ein Dreckloch beschrieb. Spinnweben überall, ein vor Schmutz starrendes, schwarzes WC, völlig beschädigte Tapete, Schimmel im Badezimmer. Da wartete Arbeit auf sie: Wände neu tapezieren und streichen, Türen und Fenster von innen lackieren, auch die Heizungen und Heizungsrohre, das rissige Handwaschbecken ersetzen, Verfugung im Badezimmer nach Entfernung des Schimmelpilzes teilweise erneuern. Fachgerecht. Nils würde das nie allein stemmen können, nicht nach dem, was ihnen in der neuen Wohnung gerade passiert war.

Am nächsten Morgen hatte er einen bitteren Geschmack im Mund. Vielleicht lag es an Laura, an dem Chaos in ihrer Wohnung, gepaart mit dem schrecklichen Erlebnis vom Vortag, dass er nur wirres Zeug geträumt hatte. Er versuchte sich zu erinnern, die einzelnen Bestandteile in eine sinnvolle Ordnung zu bringen, aber nur eine Szene kehrte mit fast grausamer Deutlichkeit zu ihm zurück: Laura sah aus wie damals, als sie sich kennengelernt hatten, sie hatte sogar die bunte Jacke wieder an. Abgesehen von der Jacke war sie nackt. Sie kniete in der Wanne und hatte sich tief über den Abfluss gebeugt.

»Wo ist Luca?«, sagte er.

Sie drehte sich zu ihm und guckte ihn an. Sie wirkte bleich, die Augen sehr hell, fast durchsichtig. Sie deutete auf den Abfluss, und dann hatte sie plötzlich ein Büschel Haare in der Hand, gelb, wie dieses Hanf, das der Handwerker neulich dabei hatte, um die Rohre abzudichten. Sie zog daran und je mehr sie zog, desto mehr Haare kamen heraus, der ganze Wannenboden war schon voll damit, wie Schlingpflanzen legten sie sich ihr um die Knöchel.

»Das sind ihre Haare«, sagte sie.

Er wollte, dass sie damit aufhörte, dass sie die Haare da wieder reinstopfte, was würde der Handwerker sagen? Und wo, verdammt nochmal, war Luca?

»Hast du gehört?«, sagte Laura. »Die Tochter.«

»Konntest du auch nicht schlafen?« Laura hatte ihn angeguckt, mit vor Müdigkeit glasigen Augen. Plötzlich hatte sie ausgesehen wie in diesem Traum.

Nils war ihrem Blick ausgewichen. »Null.«

»Ich musste die ganze Nacht daran denken. Ich mach mir Sorgen um meine Eltern.«

36

Kurz vor neun rief Laura ihre Mutter zum ersten Mal an. Nur die Mailbox ging ran. Die Panik schnürte ihr den Brustkorb zu. Sie sah wieder die Nachbarin vor sich, ihre kräftige Gestalt in Wanderschuhen, sture Entschlossenheit im Blick. Was hatte Peggy Meyer getan? Oder hatte sie etwas getan?

Laura starrte auf die Ziffern auf ihrem Display, es war ganz sicher die richtige Nummer. Sie drückte wieder auf Wählen. Sie stellte sich vor, wie Peggy jetzt doch in die Wohnung eingedrungen war, nachdem Mick sie am Tag zuvor so gründlich in Augenschein genommen hatte. Die nur notdürftig zugenagelte Tür war kein Hindernis mehr. Aber Mick war kein Komplize, das traute sie ihm nicht zu.

»Was ist denn los?« Annas Stimme, vertraut in ihrer müden und doch mädchenhaften Art, sie klang erstaunt.

Laura atmete auf. »Endlich. Geht's euch gut?«

»Ja. Wieso?«

»Konntet ihr schlafen?«

»Sehr gut.«

»Gar nichts von der Frau gehört?«

»Nein, nein!« Anna klang fröhlich. Als sei nie etwas

passiert, als sei alles, die Nachbarin, die Tür, nur ein schlechter Traum gewesen.

»Warum bist du denn nicht rangegangen? Ich hab mir Sorgen gemacht!«

»Ich war bloß unter der Dusche.«

Laura ließ das Handy sinken.

Nils' Arme legten sich wie ein Mantel um ihre Schultern, hielten sie fest.

37

Am Dienstag nieselte es, als sie aus dem Auto stiegen. Nils half Laura dabei, Luca in die Trage zu binden. Sie verbarg ihn schützend unter den Ausläufern ihrer offenen Jacke.

Manuel und Patrick warteten schon vor der Toreinfahrt der Hausverwaltung. Patrick hatte seinen mageren Körper fröstelnd in einen übergroßen schwarzen Mantel gehüllt. Manuel sagte etwas. Laura sah nur, wie sich seine Lippen bewegten. Das Hämmern auf der benachbarten Baustelle sog alle Geräusche auf und verwob sie zu einem schrillen Teppich aus Tönen, die man kaum mehr auseinanderhalten konnte. Oder vielleicht kam es Laura auch nur so vor, weil es in ihrem Kopf rumorte, als stocherte ein kleiner Mann mit einer Stricknadel darin herum, seit Frau Meyer ihnen die Tür eingetreten hatte. Lange nicht mehr hatte Laura sich beim Abschied von den Eltern auf so widersprüchliche Weise allein gelassen gefühlt.

Nils dagegen wirkte seit dem Wochenende wild entschlossen, den Dingen eine neue Wendung zu geben. Gleich am Montag hatte er es nochmal bei Frau Meyers Betreuer probiert, ohne auf dessen Rückruf zu warten. Diesmal war er durchgekommen. Laura hatte sich auf den Stuhl neben Nils sinken lassen und mitgehört.

»Was soll ich denn machen?«, hatte Herr Rechel gesagt. »Wir haben sie schon zweimal für eine Woche weggesperrt. Wenn ich jetzt nochmal mit einer Kurzzeit-Maßnahme komme, lacht mich der Richter doch aus. Gehen Sie zum Sozialpsychiatrischen Dienst.«

Nils hatte ihn beim Wort genommen und dort angerufen, das hatte ihm schließlich auch der Nachbar geraten.

Eine Frau, Ludwig oder Ludovic, Laura hatte es nicht genau verstanden, hatte gesagt: »Ich sehe da ehrlich gesagt nicht so ganz, was ich für Sie tun kann. Frau Meyer hat einen rechtlichen Betreuer, wenden Sie sich an den.«

»Haben wir«, hatte Nils entgegnet. »Der meinte, wir sollen uns an Sie wenden.«

»Hat Frau Meyer denn nur Ihre Tür beschädigt oder ist sie in Ihre Wohnung eingebrochen?«

»Naja –«

»War sie drin?«

»Nein.«

»Und hat Sie auch nicht angefasst.«

»Nein –«

»Sehen Sie. Beobachten Sie die Situation. Wenn nochmal was passiert, rufen Sie an.«

Nachdem sie aufgelegt hatte, hatte Nils noch eine Weile grimmig auf sein Handy gestarrt. Laura hatte geschwiegen. »Und wenn wir zur Hausverwaltung gehen«, hatte sie schließlich gesagt.

Nils hatte sie müde angesehen. »Und dann?«

»Wir gehen da hin, mit einem deutlichen Brief in der Hand, und wir nehmen Manuel und Patrick mit, vielleicht auch Marie. Wir fordern ihre fristlose Kündigung.«

»Das tut uns so leid«, sagte Patrick jetzt im Hinterhof. Hier war das Hämmern nicht mehr so laut. Er schaute Laura und Nils aus großen Augen an. »Das hätten wir wirklich never ever erwartet.«

Manuel nickte. »Marie wäre voll gerne mitgekommen, aber sie muss arbeiten.«

»Wisst ihr, wo lang?«, unterbrach ihn Nils.

Er schüttelte den Kopf. »Ist auch unser erstes Mal.«

Es dauerte eine Weile, bis sie im Gewirr der Aufgänge den richtigen gefunden hatten. Wortlos stiegen sie die Treppen rauf, klingelten und warteten. Durch die Fenster im Treppenhaus konnte man die Dächer der benachbarten Häuser und die Baustelle sehen. Ein Haus war komplett entkernt worden. Was wohl mit den Bewohnern passiert war? Es blieb keine Zeit länger darüber nachzudenken.

»Marquardt«, ein Mann streckte ihnen die Hand entgegen. Betont lässig, schwarzes Shirt, Jeans und von Müdigkeit umrandete Augen.

Er führte sie in einen Konferenzraum. Auf dem großen runden Tisch stand schmutziges Geschirr, in der Mitte, zwischen Lametta und Tannenzweigen, die Reste eines Schokoladenkuchens.

Nils übergab Herrn Marquardt den Brief, und Patrick sagte: »Wir fragen uns einfach, warum im Juli nichts passiert ist. Sie haben sie ja nicht mal abgemahnt oder so.«

»Im Juli?«

»Da hatte sie doch auch so eine Phase. Ständig rumgeschrien, und dann ist sie noch mit dem Messer durch die Gegend gerannt und hat die Reifen von dem Auto zerstochen, das da immer im Hinterhof parkt. Wir haben Sie doch ständig angerufen deswegen.«

Laura sah rüber zu Nils, der sich an der Mappe mit den Dokumenten festhielt, der Durchschrift der Anzeige von Samstag, den Bildern von der Tür.

»Achso?« Herr Marquardt zuckte mit den Schultern. Wusste er überhaupt, dass er zu den wenigen gehörte, die in ihrer Arbeit wirklich was bewegen konnten? Laura wollte ihn schütteln, er sollte aufwachen und sich gerade hinsetzen und dann sollte er etwas tun.

»Manuel, hast du nicht eine Aufnahme dabei?«, fragte sie.

Der nickte und drückte auf Play. Die rauchige Stimme von Frau Meyer erfüllte den Raum.

»Ich schlag dir richtig auf die Fresse, du verdammter, dreckiger Bastard! Warte mal ab, was ich mit dir mache, ich schneide dir richtig die Fresse jetzt auf!«

Laura starrte auf Lucas Kopf. Unter den noch dünnen Haaren pellte sich die Haut. Die Hebamme hatte gesagt, das wäre völlig normal, nach der langen Zeit im Fruchtwasser, aber Laura ertappte sich immer dabei, wie sie versuchte, die Schuppen abzuziehen. Aus den Augenwinkeln sah sie die betretenen Gesichter der anderen, sogar die Sekretärin war wie versteinert im Türrahmen stehengeblieben.

Manuel stoppte die Aufnahme. Plötzlich war es sehr still im Raum.

Irgendwann sagte Herr Marquardt: »Waren Sie schon bei der Polizei?«

»Natürlich.«

»Und?«

»Die haben das aufgenommen und sind dann wieder gegangen. Die haben nicht mal da unten geklingelt.«

Herr Marquardt schüttelte den Kopf. »Nein, ich meine, waren Sie bei der Polizei? Gehen Sie da besser nochmal persönlich hin. Direkt auf die Wache.«

»Okay. Aber Peggy muss weg«, sagte Laura, »da führt kein Weg dran vorbei.«

»Das wird nicht einfach, das kann ich Ihnen gleich sagen. Ich ruf mal unseren Anwalt an.« Er stellte sich ans Fenster, mit dem Rücken zu ihnen, und telefonierte hinter vorgehaltener Hand.

Sankt Martin, Sankt Martin, Sankt Martin war ein kluger Mann, hat Kleider nicht, hat Lumpen an. Laura sang es immer falsch. Nicht mit Absicht, der Text kam ihr in den Sinn, jedes Mal, als ob er so und nicht anders gehörte. Und vielleicht traf das auch auf Peggy zu, vielleicht war sie einfach klüger, vielleicht wusste sie mehr, wusste etwas über Laura, über ihre Beziehung zu Luca, was ihr selbst noch verborgen war.

Nils tippte sie an. »Oder, Laura, was meinst du?«

Laura schreckte hoch. »Hmm?«

»Es ging ja gerade um eine mögliche Räumungsklage. Wenn das passiert, und wir gehen ehrlich gesagt davon aus, dass das so ist, also dass Peggy nach der Kündigung ja nicht einfach von selber Leine ziehen wird, dann helfen wir natürlich.«

Räumungsklage. Kündigung. Leine ziehen. Die Worte entglitten Laura wie glitschige Fische, wenn sie in Gedanken danach greifen wollte, was bedeuteten sie? Würden die Worte ihnen wirklich helfen, würden sie, wenn es soweit war, das Loch wieder schließen, das sich nun einmal geöffnet hatte, würde es je wieder zugehen?

»Natürlich«, sagte sie.

»Das wird sich allerdings ziehen«, sagte Herr Marquardt. »Ein halbes Jahr oder länger kann das schon dauern. Kann sein, dass Sie dann protokollieren müssen, oder aussagen vor Gericht. Momentan gibt es einen ähnlichen Fall in Düsseldorf, da haben wir so einen vandalistischen Mieter, der seine Nachbarn mit Kieselsteinen bewirft. Mit dem sind wir seit zehn Monaten beschäftigt. Gehen Sie auf jeden Fall nochmal zur Polizei, erstatten Sie so viele Anzeigen wie möglich. Spielen Sie denen unbedingt die Tonaufnahme vor.«

Unten auf der Straße rief Manuel etwas gegen das Getöse der Baustelle an, mit einem fragenden Blick zu Patrick. Der schlug den Mantel noch enger um den Körper.

Nils entriegelte das Auto. »Sollen wir euch ein Stück mitnehmen?«

Laura war fassungslos. Sie schnallte Luca an und schob sich hinterher, auf den Mittelsitz der Rückbank, damit auch Patrick reinpasste.

Im Auto war es ungemütlich, kalt, feucht, zu eng. Patricks Wollmantel streifte Lauras Oberarm, seine Jeans berührte ihr Bein. Und Manuel, der vorne neben Nils saß, stank nach Zigaretten. Draußen nieselte es immer noch, Menschen duckten sich unter Schirmen, wie Schatten huschten sie durch die sich langsam ausdehnende Dunkelheit.

»Wollen wir das machen«, fragte Laura, »also sollen wir nochmal zur Polizei?«

»Wir haben doch schon Anzeige erstattet«, sagte Nils.

»Ja«, sagte Manuel, »ich an eurer Stelle würd erst mal warten. Vielleicht bringt die fristlose Kündigung schon was.«

»Aha«, sagte Laura und hielt sich an ihren Knien fest.

38

In der Wohnung war es so klamm, als sei die Kälte mit ihnen hereingekrochen, durch das Loch in der Tür. Sie drehten alle Heizkörper auf. Die Stäbe blieben kalt. Nur die Heizung im Schlafzimmer rauschte leise. Laura zog sich die Wollsocken an und kletterte mit Luca gleich unter die Decke.

»Ich bleib noch ein bisschen«, sagte Nils und nickte in Richtung Wohnzimmer. Er fühlte sich immer noch nicht wohl bei dem Gedanken, hier zu sein. Sie hatten aber keine Wahl, Lauras Wohnung musste so schnell wie möglich geräumt werden.

Mit Lauras Eltern hatten sie über das Geschehene nicht reden können. Er und Laura hatten das Thema immer wieder hervorgekramt. Doch die Eltern hatten nur verlegen auf ihre Fingerspitzen geguckt und geschwiegen, als seien das Überspanntheiten der Kinder, die sie lieber untereinander regeln sollten. Kurz vor der Abfahrt hatten sie dann auch noch darauf bestanden gemeinsam essen zu gehen, obwohl das schwierig war mit Luca, und dann hatten sie ihre Reisetaschen wieder in den Kofferraum des schwarzen Mercedes geladen, ein letzter Blick zu Luca, »passt ihr auch gut auf ihn auf«, höfliche Küsschen zum Abschied, »die Mütze ist ja verrutscht«. Laura und Nils hatten ihnen noch nachgeguckt, und dann, plötzlich, hatte Nils ein solches Gewicht auf den Schultern gespürt, als säße Peggy Meyer, und nicht nur sie, nein, als säße das ganze Haus ihm im Nacken, als drückte es ihn nach unten, so sehr, dass er nach Atem rang.

Er schob die zweite Matratze weg von der halben Wand, die Küche und Wohnzimmer voneinander trennte, bis an die gegenüberliegende Seite, von der aus man den Wohnungsflur überblicken konnte. Hier knüllte er sich die zusammengerollte Bettdecke in den Rücken. Jetzt konnte er die Tür sehen, das behelfsmäßig über das Loch genagelte Brett, etwas größer als eine Katzenklappe. Heute Nachmittag hatte ihnen Herr Marquardt versprochen, deswegen einen Handwerker vorbeizuschicken. Da hatte Nils noch nicht geahnt, dass die Heizung ausfallen würde und dass sie dringend auch einen Heiztechniker brauchen würden.

Seine eigenen Worte schossen ihm wieder durch den Kopf: »Wir gehen ehrlich gesagt davon aus, dass Peggy nicht einfach von selber Leine ziehen wird.« Und dann dieser Satz von Laura: »Peggy muss weg.« Hatten sie das tatsächlich heute so zu Herrn Marquardt gesagt?

Peggy, alte Freundin, du trittst mir die Tür ein? Dann stecken wir da jetzt zusammen drin, darf ich vorstellen, Nils, mein Name, den kann man nicht abkürzen, einfach Nils also, und das sind Laura und Luca, nein, dafür gibt es auch keine Spitznamen, tut mir sehr leid. Oder ist das dein wirklicher Name, Peggy, ist das deine Geschichte, die Geschichte deines Namens, hat der Randbezirk, in dem du vielleicht aufgewachsen bist, dich zu der gemacht, die wir in dir sehen? Die fluchen kann, dass einem die Sinne vergehen, aber nicht weiß, wo oben und wo unten ist? Die ihre Tochter sieht, wo sie nicht ist, und die so wütend ist, und ängstlich zugleich. Die, zack, einfach mal die Tür ihrer Nachbarn eintritt?

Die Übergriffigkeit seiner Gedanken war ihm bewusst. Laura wäre sicher verärgert gewesen. Aber Nils hatte das Bedürfnis zu reden, ohne Rücksicht auf Befindlichkeiten, vielleicht mit jemandem, der nicht involviert war, nicht so wie Laura, nicht wie die Nachbarn oder die Ämter. Er dachte an Anke und Deniz, seine besten Freunde aus Köln. Wie lange hatten sie nichts voneinander gehört? Wie sollte er jetzt einfach da anrufen, nach so langer Zeit, mit so einer Geschichte im Rücken.

Er wählte wie automatisch, er kannte die Nummer ja immer noch auswendig. In letzter Zeit hatte er sich seltener gemeldet. Außer nach Lucas Geburt, da hatten sie natürlich telefoniert und später hatte er die obligatorischen Bilder geschickt. »Toll, so ein süßer Kerl«, hatten seine Eltern geschrieben, »wann dürfen wir kommen?« Darauf hatte er dann nicht mehr geantwortet. Die Eltern wurden alt, er hatte jetzt eine eigene Familie; beides war wie ein langsames Auseinanderrücken, der Vorbote eines Abschieds, der ihn betrübte.

»Hey, was gibt's denn?«

»Mama?«

»Nils! Wie schön, dass du anrufst. Gerade ist es nur leider ganz schlecht. Wir fahren doch morgen mit Matze nach Hamburg.«

»Achso. Ich dachte, wir können kurz reden. Wie's euch geht und so?«

»Es ist gerade wirklich ungünstig. Wir sind auf dem Sprung, wir müssen noch Papas neue Brille holen, und gleich machen die zu.«

»Aber kommt ihr da nicht an Berlin vorbei? Also morgen?«

»Oh je. Das sagst du mir jetzt? Ihr habt doch gesagt, ihr braucht noch etwas Ruhe.«

»Jetzt fände ich es irgendwie gut, wenn ihr da wärt.«

»Puh. Da muss ich mal mit dem Papa sprechen. Wir könnten es versuchen.«

»Okay.«

»Ich hab ja auch noch eine Hose für Luca. Ich freu mich, wenn wir den endlich mal sehen dürfen. Ist denn alles gut bei euch?«

»Ja.« Nils blinzelte. »Ich weiß nicht, nein.«

Kurz nach elf kletterte Laura von der Matratze und baute sich, in die Decke gewickelt, vor ihm auf. »Willst du nicht mal ins Bett kommen?«

»Gleich.« Er hatte sich noch einmal aufgerafft und den Akkuschrauber geholt, hatte die fehlenden Küchenfronten montiert und die Griffe drangeschraubt, jetzt stellte er nur noch alles richtig ein.

»Ich dachte, du renovierst morgen meine alte Wohnung.«

»Übermorgen«, sagte Nils. »Morgen kommen meine Eltern.«

»Deine Eltern.«

»Ist doch in Ordnung, oder? Ich hab das vorhin spontan ausgemacht. Die fahren ja morgen nach Hamburg, da liegen wir auf dem Weg.«

Laura schwieg. »Bist du denn sicher, dass das jetzt eine gute Idee ist?«

»Deine waren doch auch schon da.«

»Ja! Bevor das mit der Tür passiert ist!« Sie deutete auf den Akkuschrauber. »Sei mal lieber vorsichtig, nicht, dass die da unten uns hört.«

»Ich hab's ja schon fast geschafft.« Nils stand auf, stellte sich neben Laura und betrachtete mit verschränkten Armen sein Werk. »Na, was sagst du?«

»Schon cool.«

»Ja.«

Die Küche war jetzt beinahe fertig. Fast wie aus dem Katalog. Quadratisch und solide. Ein Sinnbild dessen, was er sich erhofft hatte. Für die Fronten hatte er ja nicht einfach irgendein Sperrholz genommen, sondern russische Seekiefer, deren Marmorierung morgens, im Sonnenlicht, erst so richtig zur Geltung kam. Das gab einen tollen Kontrast zum schwarzen Keramikwaschbecken. Und die Kochinsel – man konnte von beiden Seiten daran arbeiten und das Essen rüberreichen wie im Restaurant. Währenddessen konnte man aus dem Küchenfenster gucken, auf die efeuumrankte Backsteinmauer von schräg gegenüber, auf die bunten Wimpel, die sich immer ein bisschen im Wind bewegten, die Tauben auf den Fensterbrettern. Diese Küche, dachte er, würde sie daran erinnern, dass es auch anders hätte laufen können. So hätten sie in einem anderen Leben auch dastehen können, seitwärts verschoben, aber nur leicht.

»Hier riecht's aber nach Shit! Da wird man ja high, wenn man das nur riecht«, sagte seine Mutter lachend, als sie und sein Vater am nächsten Tag vor der Tür standen. Dann deutete sie auf das zugenagelte Loch: »Krass. Oh Mann, ihr Armen.«

Nils fiel in ihre Arme, dann reichte er ihr Luca.

Sie streifte sich die Schuhe von den Füßen, fand sofort den Wickeltisch im Bad. »Ich hab dir eine Hose mitgebracht«, sagte sie zu Luca, »mit Segelschiffen. Die probier ich dir gleich mal an.« Sie schaltete den Heizstrahler ein und legte Luca darunter ab, als hätte sie seit seiner Geburt nichts anderes getan. Sie hatte auch noch eine kleine Holzkuh dabei, und für Laura einen selbstgemischten Stilltee.

Natürlich fanden sie die Küche »toll«. Sein Vater öffnete jeden einzelnen Schrank und schüttelte immer wieder ungläubig den Kopf. »Wie hast du das nur gemacht?«

Aber als sie kurz darauf zusammensaßen – in Jacken, weil alle Heizkörper außer dem im Schlafzimmer immer noch streikten; der Vater hatte Luca auf dem Schoß, während sie Kaffee tranken und Kuchen aßen, aus dem türkischen Café von nebenan – und Nils ihnen noch einmal in aller Ausführlichkeit berichtete, was passiert war, mit Peggy Meyer und der Tür, da wurden sie schlagartig ernst.

»Oh Gott«, sagte die Mutter. »Ihr müsst sofort hier weg.«

Nils schwieg, verlegen guckte er Laura an.

»Könnt ihr nicht erst mal in deine alte Wohnung zurück? Die sollen gefälligst mit euch zurücktauschen.«

»Das machen die nicht. Ich hab sie schon gefragt«, sagte Nils.

»Du hast was?« Laura ließ die Tasse sinken.

»Die haben mich auf den Vertrag verwiesen, den wir mit ihnen gemacht haben.«

»Was sind denn das für Idioten?«, sagte die Mutter.

»Ich fass es nicht!« Laura umschloss die Tasse mit beiden Händen, die Knöchel stachen weiß hervor. »Und du fährst die zum Dank noch durch die halbe Stadt.«

Nils wandte den Blick ab.

Als hätten sie nie wirklich hierhergehört, zerrannen ihm alle Pläne, Projekte, Ideen zwischen den Fingern und er wusste nicht mehr, wo er stand. »Aber es bewegt sich doch was«, sagte er schließlich. »Die Hausverwaltung hat ihr gestern fristlos gekündigt.«

39

»Peggy ist tot, die kann mich am Arsch lecken.«

Laura presste ihr Ohr an die Tür. Micks Singsang hallte durchs Treppenhaus. Sie spürte, wie etwas in ihrem Kopf Klick machte und einrastete.

»Peggy ist tot, jetzt kann sie niemandem mehr was.«

Laura war allein. Nils war vor einer Stunde zum Renovieren in die alte Wohnung gefahren. »Sicher, dass du hierbleiben willst?«, hatte er gefragt, und sie hatte genickt. »Ja, ich glaub schon.« – »Geh doch zu Clara«, hatte er vorgeschlagen. Aber das hatte sie nicht gewollt. Allein die Vorstellung, in Claras lichtdurchfluteter Wohnung zu sitzen, die vielen Fragen, die Clara ihr stellen würde, hartnäckig und etwas ungläubig, »na komm schon, jetzt übertreibst du aber.« Clara fand immer, dass Laura es doch gut erwischt hatte im Leben, dass sie die Dinge zu schwer nahm. Seit Luca da war, hatten sie sich nicht mehr gesehen.

Mick wanderte das Treppenhaus rauf, er war schon ein paar Stockwerke weiter oben, der Klang seiner Stimme hallte nur noch gedämpft zu Laura herunter. Er klingelte überall, an jeder Tür, nur nicht bei ihr. Er sagte irgendwas von einem Rechtsanwalt, verteilte er wieder die Kärtchen?

»Mit dem Messer«, sagte er, »jetzt ist sie mit dem Messer auf mich los. Sie, auf mich. Kannst du dir das vorstellen?« – »Ich hab sie angezeigt, die Hure, sollen die Bullen sich um sie kümmern, ich bin durch. Hab ich nicht immer alles für sie getan?«

Ein Nachbar antwortete, ein anderer auch, vernünftige, ruhige, geduldige Stimmen, alle hier waren offenbar per Du mit Mick. Türen öffneten sich, Türen schlossen sich, Mick wanderte weiter, Peggy ist tot.

Nein, Peggy war nicht tot. Laura hörte ihr scepperndes Husten, einmal brüllte sie etwas. Hatten sie sich gestritten, weil Peggy die fristlose Kündigung bekommen hatte? Wussten sie, wer dahintersteckte? Gestern hatte man nichts von unten gehört, keinen Ton.

Nils' Eltern waren erst am späten Nachmittag gefahren. Vorher hatten sie noch zusammen eine Runde durchs Viertel gedreht. Der Vorplatz des Hafencenters war festlich geschmückt gewesen; ein Weihnachtsmann verteilte Prospekte. Laura hatte an die Geschenke gedacht, die sie nicht besorgt hatte, aber da liefen sie schon wieder zurück, an der Baustelle vorbei, und dann hatten Nils' Eltern Luca ein paar dicke Schmatzer auf die Wangen gedrückt und waren in ihrem VW-Bus weiter nach Hamburg gedüst. Emil war mittlerweile zwei und interessierte sich sehr für Bälle. »Der wird mal ein Sportler«, hatte Klaus verkündet, »wir haben ihm deinen alten Kinder-Tennisschläger geschenkt.« Nils hatte das mit glasigem Blick zur Kenntnis genommen. Seinen Tennisschläger hätte er wahrscheinlich lieber Luca vererbt.

»Nichts als Probleme«, sagte Mick in diesem Moment

im Treppenhaus, »immer Probleme, wenn ich ihr nicht helfen kann, wer dann.«

Laura eilte ins Schlafzimmer und versicherte sich, dass Luca noch da war, dort, im Halbdunkel, dass er atmete, dass er schlief. Die Decke war verrutscht. Wie süß er aussah in der Hose mit den Segelschiffen. Sie hatte gedacht, er müsste da erst reinwachsen, doch sie passte perfekt. Laura stopfte die Enden der Decke unter ihm fest. Der Heizkörper neben der Matratze war immer noch lauwarm.

40

Nils zerknüllte den Einkaufszettel in seiner Hand, während sich die Schiebetüren des Baumarkts für ihn öffneten. Zwei große Eimer Farbe, zwei lange Pinsel für die Ecken, einen breiten Pinsel für die Kanten, zwei Tuben Raufaserspachtel, eine Tube normalen Spachtel, eine große Farbrolle, zwei Rollen Kreppband, Verdünnung zum Reinigen und feines Schleifpapier. Damit, ein Grinsen huschte ihm unwillkürlich übers Gesicht, eine humpelbumpelfreie Oberfläche hergestellt werden kann. Und mindestens zwei große Auslegeplanen. Außerdem: eine große Leiter, zwei kleine Mischeimer, Leuchtstrahler, ein Kasten Wasser, ein paar Flaschen Rhabarberschorle. Und dann natürlich das Handwaschbecken. Er hatte sich Youtube-Tutorials angesehen, er würde selbst ein Neues montieren, das würde schon irgendwie gehen.

Vor den Farbregalen griff Nils instinktiv nach dem Premium Weiß, aber dann zögerte er, nein, er würde die Farbe verdünnen und dann mehrfach streichen. Es fühlte sich gut an, einen Plan zu haben, ein warmes, wattegleiches Gefühl war das, er ließ sich einsinken und zog traumgleich durch die Regale des Baumarkts, er würde alles tun, nur um das Gefühl noch ein wenig länger auszudehnen.

Später, als er die Farbeimer in Lauras Wohnung schleppte, begriff er, dass es schwierig werden würde. Er hätte doch das Premium Weiß kaufen sollen. Er breitete die Planen aus, klebte Leisten und Lichtschalter ab und legte die Rolle und die Pinsel bereit. Er stellte sich die Box auf den Boden und verband sein Handy damit, leiser Pop, den er sonst nie hörte, und durch die Fenster filterten sich Sonnenstrahlen. Er griff nach einem der Pinsel, tauchte ihn in den Eimer und sah zu, wie sich die Borsten mit weißer Farbe vollsogen.

41

Durch die nur provisorisch reparierte Tür hörte man deutlich, was draußen passierte. Unten knallte irgendwas aufeinander, dumpfe Schläge, wie Metall auf Holz, dann eine helle Mädchenstimme, ganz anders als die von Peggy: »Hör auf, du tust mir weh. Hör auf!«

Die Angst packte Laura mit Wucht. Sie hielt sich am Türrahmen zum Schlafzimmer fest und versuchte zu atmen.

Sie betrachtete Luca, der weiter dort im Halbdunkel schlief, er seufzte und drehte den Kopf auf die andere Seite. Sie musste sich zusammenreißen. Dieses Klicken im Kopf, der trockene Mund, die Angst um das Kind. Obwohl ein stiller Zweifel an ihr nagte, bot nur der Weg, den die Hausverwaltung vorgeschlagen hatte, Anlass zu etwas Hoffnung: Kündigung. Räumungsklage. Ein halbes Jahr oder länger, hatte Herr Marquardt gesagt. Und so lange würde die Angst sie begleiten. Bis sie die Angst eines Tages vielleicht so gewöhnt wäre, dass sie sie gar nicht mehr bemerkte.

Laura riss sich los und schlich ans Fenster. Auf der Bank vor der Tierarztpraxis saßen zwei Mütter in Wintermänteln und hielten ihre Gesichter in die fahle Sonne. Vielleicht Nachbarinnen aus dem Vorderhaus, Laura kannte sie nicht. Sie hatten ihre Kinderwagen neben sich abgestellt, eine von ihnen rauchte. Die Tür wurde aufgerissen und ein Mann in einer blauen Jacke, die Kapuze tief im Gesicht, lief mit abgehackten Schritten und hochgezogenen Schultern an ihnen vorbei. Laura glaubte ihn noch fluchen zu hören, als sie ihn längst nicht mehr sehen konnte.

Und dann war da plötzlich Mick. Die weite Jacke stand wie ein aufgeplusterter Insektenpanzer von seinem Oberkörper ab, zwei große Taschen baumelten ihm um die Schultern. »Ich hau ab«, brüllte er und stampfte mit dem Fuß auf wie ein trotziges Kind, »ich mach das nicht länger mit. Schau doch alleine, wo du bleibst.«

Er entfernte sich ein paar Meter, aber beim Sandkasten überlegte er es sich anders, drehte sich um und stellte seine Taschen auf dem Boden ab. »So weit ist es jetzt gekommen, Peggy, siehst du, was du getan hast.«

»Hau ab«, brüllte sie von innen. »Ich will deine verdammte Fresse nicht mehr sehen.«

»Ja, ich gehe«, brüllte Mick, »mich siehst du nie wieder. Nie wieder, hast du gehört. Nie wieder.«

Er ging. Die Frauen auf der Bank drehten sich nicht nach ihm um.

42

Nils dachte an Laura und Luca. Kurz spürte er, wie sich alles in ihm sträubte bei dem Gedanken, zu ihnen in dieses kalte, dunkle Loch zurückzukehren. Er griff nach dem Handy. Laura hatte zweimal versucht ihn anzurufen. Er brachte es nicht über sich mit ihr zu sprechen, nicht jetzt. Er wollte das Handy gerade wieder in die Hosentasche schieben, da ploppte die E-Mail von Benjamin auf: »Auflösung der UG.«

Monatelang hatte Benjamin ihn überredet, aus der Gesellschaft mit beschränkter Haftung eine Unternehmergemeinschaft zu machen, obwohl sie dafür eine Steuerberatung brauchten und eine komplett andere Buchführung, 1500 Euro pro Jahr würde das kosten, die sie natürlich aufteilen würden, sagte Benjamin, und Nils hatte es nicht verstanden, er hatte nie ein gutes Gefühl bei der Sache gehabt. Später hatte Benjamin ihm dann den wahren Grund verraten, sein Vater würde ihm ziemlich viel Geld vererben und in der GmbH würde das vielleicht mit drinhängen. Nils hatte also unterzeichnet, obwohl irgendwie schon der Wurm drin war mit Benjamin, irgendwas passte nicht, aber vor Benjamin hatte es auch mit der großen Agentur nicht gepasst, vielleicht lag es an ihm, vielleicht hatte sein Vater doch recht, wenn er sagte, er wäre kein guter Teamplayer, mehr Tennis als Fußball. Vielleicht schuldete Nils es Benjamin, sich mehr Mühe zu geben. Stattdessen hatte er sich gar nicht mehr gemeldet, seit Benjamin ihm das Coworking Space gezeigt hatte. Es war einfach zu viel gewesen, erst Luca, dann die Sache mit Peggy, jetzt renovierte er, da war keine Zeit gewesen für 25 Prozent, nicht mal für fünf, er hatte Benjamin und die Projekte einfach komplett von der Prioritätenliste gestrichen und ihm nicht mal Bescheid gesagt. Und das war ein Problem, natürlich war es das, denn für lange Durststrecken hatte er nicht genug Geld zurückgelegt, und Lauras Elterngeld half ihnen nicht weiter. Er beschloss ihn anzurufen.

Benjamin ging sofort ran, ein gehetztes, fast herausforderndes: »Ja.«

Nils lauschte kurz in sein Schweigen hinein, aber da kam nichts, keine Frage, kein Zeichen der Nachsicht, Benjamin schwieg, bis es unangenehm wurde. »Ich hab gerade deine Mail gesehen. Auflösung der UG?«

»Läuft's nicht irgendwie darauf hinaus? Erst ist das Studio weg, dann ghostest du dich aus allen unseren Projekten raus.«

»Ich hab doch gesagt, wenn Luca kommt, mach ich erstmal weniger. Und wenn du wüsstest, was bei uns gerade los ist.«

»Ich war noch nicht fertig. Dieses Ich, Ich, Ich die ganze Zeit, ich hab das so satt. Im Studio ja genauso. Wir machen immer alles so, wie du dir das vorstellst. Ich will connecten, neue Leute treffen. Innovation! Wenn ich ehrlich bin – ich hab das Gefühl, du bremst mich aus.«

Nils sah Benjamin richtig vor sich, mit seinem Dutt und der hochgekrempelten Hose und dieser Adidas-Trainingsjacke mit den rosa Streifen, lässig sollte das aussehen, aber eigentlich war es sündhaft teuer gewesen. Benjamin brauchte jeden Morgen eine Stunde, um am Ende den Eindruck zu erwecken, als fiele ihm diese eine Strähne rein zufällig so in die Stirn, als wüsste er nicht, dass Rot und Rosa sich beißen.

Und da dachte Nils Fuck it. Benjamin hatte Recht. Warum krallte er sich jetzt an dieser Zusammenarbeit fest, von der er wusste, dass sie vorbei war? Es hatte keinen Zweck sich länger etwas vorzumachen.

»Du hast recht, Mann«, sagte Nils, »es ist aus.«

43

Laura zog ihr Handy aus der Tasche. Nils hatte nicht zurückgerufen. Sie versuchte es noch einmal. Diesmal ging nur noch die Mailbox ran. War er ihr direkt in die Arme gelaufen, hatte sie ihr Messer dabei, wollte sie sich rächen?

Laura tippte: »Geh doch bitte ran. Peggy dreht am Rad.«

Aus der Wohnung unten drang dumpfes Quietschen, als würde jemand Möbelstücke herumschieben. Laura konzentrierte sich auf das Geräusch. Plötzlich sah sie Peggy vor sich, so genau, als stünden sie sich gegenüber, sie brauchte nur die Hand auszustrecken und schon würde sie Peggys Gesicht unter den Fingerkuppen spüren, die Haut war rau. Sie würde die verblichenen Sommersprossen sehen, wo sie keine vermutet hätte, wenige, wie ausgewaschen, und kleine, leicht abstehende Ohren. Sie würde ihre Haare berühren, so wie Peggy Patricks Haare berührt hatte: Borstig waren sie und gelb, teilweise weiß. Schuppen. Die Schultern stark, aber gebeugt, der Bauch leicht ausgestülpt; auch sie hat ein Kind ausgetragen. Peggys Atem auf ihrem Gesicht.

Der Ekel überkam sie schlagartig. Die Wohnung roch nach ihr, Laura begriff es jetzt, ein Geruch, der abscheulich war und süß, er hatte sich festgesetzt, in diesem Geruch waren sie schon eins, untrennbar miteinander verbunden.

Im Schlafzimmer begann Luca stotternd zu weinen.

Sie dachte auf einmal mit einer Heftigkeit an Nils, die sie lange nicht empfunden hatte, nur damals vielleicht, in den Tagen nach ihrem ersten Treffen. Er war in der ersten Nacht noch nach Hause gefahren, nachdem sie mehrmals miteinander geschlafen hatten. Laura war froh gewesen, dass er weg war. Neben ihm hätte sie kein Auge zugetan. Am Morgen darauf kitzelte es ein bisschen in ihrem Bauch, wenn sie an ihn dachte. »Am liebsten würde ich direkt bei dir einziehen«, hatte er gesagt. Ein Spaß, sie versuchte sich abzulenken, ging davon aus, ihn nicht so bald wiederzusehen. Und dann schrieb er ihr wider Erwarten doch gegen Mittag und am Abend holte er sie mit seinem Smart bei Clara ab, blieb die ganze Nacht bei ihr, und als sie sich am Sonntag in einem Café Frühstück bestellt hatten und sich gegenübersaßen, die Sonne fiel schräg gegen sein sandfarbenes Haar, und er sah plötzlich so unfassbar gut aus mit seinen breiten Schultern und diesen Grübchen in den Wangen, wenn er lächelte, da sagte er etwas, das er später nur selten so direkt sagen würde, vielleicht hielt er es nicht mehr für nötig: Sie sei so schön. Ohne es zu ahnen sprach er aus, was sie dachte, nur aus der anderen, aus seiner Perspektive: »Ich kann irgendwie gar nicht glauben, dass –« Er stockte, sprach den Satz nicht zu Ende, und Laura wollte fragen, dass was, aber sie fragte nicht. Er blieb noch eine Nacht und fuhr am nächsten Tag von ihrer Wohnung aus für einen

Job nach Köln. Alle zwei Tage erhielt sie kurze, nichtssagende Nachrichten, harmlose »Na«s und »Alles gut«s, die Laura dennoch jedes Mal unter Strom setzten. An einem späten Freitagabend war er zurück in Berlin und holte Laura direkt von diesem Konzert ab, auf das sie mit Clara gegangen war.

Wenn Laura an jene Wochen zurückdachte, glaubte sie, Nils und sie hätten nichts anderes getan, als Hand in Hand Auto zu fahren oder in der Sonne auf dem Tempelhofer Feld zu liegen, ihr Kopf auf seinem Bauch. Elías hatte damals angefangen ihr wieder zu schreiben, wollte sie sehen, wahrscheinlich turnte es ihn an, dass sie ihm nicht mehr antwortete. Er war ihr, wie sie zufrieden feststellte, vollkommen egal.

Vielleicht ist das hier eine Mahnung, dachte Laura jetzt. Anders als Nils hatte sie unzählige Sonntage ihrer Kindheit mit ihren Großmüttern auf den kühlen Holzbänken katholischer Kirchen gekniet, in Erwartung der Oblate, die das Ende des Gottesdienstes verhieß, die Erlösung im wahrsten Sinne des Wortes; danach durfte sie auf dem Spielplatz schaukeln, zuhause wartete das Mittagessen. Uns ging es zu gut. Wir haben uns gefunden, wir haben ein Kind; andere wünschen sich das, uns ist es einfach passiert.

»Ich komme gleich«, hauchte Laura flehend in Richtung Schlafzimmer, wo Luca immer noch weinte, »gleich bin ich da.«

Sie schlich noch einmal ans Fenster und sah, wie Mick den Hinterhof betrat, beladen mit Plastiktüten von Netto. Sie konnte hören, wie die Bierflaschen gegeneinander klimperten, wie der sandige Boden unter seinen Schuhen knirschte. Unten quietschte eine Tür. Eine Ratte huschte ins Gebüsch unter Peggys Fenster. Und dann sah sie den Buggy. Wie verwaist stand er da in der kalten Wintersonne, neben den Rädern. Eines von diesen klapprigen Teilen, die beim Discounter höchstens zwanzig Euro kosteten; altmodisch karierte Kunstfaser, vom Wetter verblichen. Laura war sich fast sicher, dass er vorher nicht da gewesen war. Es war, als ob ihr jemand mit einem dürren Finger die Wirbelsäule entlang gefahren wäre. Für einige Sekunden war ihre Aufmerksamkeit gedehnt, die Zeit schien angehalten. Laura hatte ihre Entscheidung gefällt. Sie riss Luca von der Matratze. Die Tür fiel mit einem nüchternen Klack hinter ihnen ins Schloss, während sie rannte, Luca im Arm, immer rauf, denn unten wartete Peggy. Sie erklomm ein Stockwerk nach dem anderen, den roten Teppich unter den Socken. Hier, dachte Laura, wütete Peggy, wenn die Stimmen in ihrem Kopf zu laut wurden, so wie damals im Juli. Ein Messer soll sie dabei gehabt haben, hatten das nicht alle Nachbarn erzählt?

Laura sah lauter weiße Türen vor sich, manche mit Stickern beklebt, und kurz glaubte sie zu verstehen, wie Peggy sich an solchen Tagen fühlen musste. Ausgesperrt.

44

Das Schrillen der Klingel bohrte sich in den unbeschwerten Klangteppich, der immer noch aus der Box schallte. Und tatsächlich hatten die eingängigen Melodien, die Nils normalerweise verabscheute, es geschafft, ihn etwas aufzuheitern wegen der Sache mit Benjamin, wegen dieses stumpfen Gefühls, das ihn jedes Mal überkam, wenn seine Gedanken zurückwanderten zur drohenden, nein, unausweichlichen Auflösung der Unternehmergemeinschaft.

Nils zögerte, er hatte nicht erwartet hier gestört zu werden. Schließlich drückte er auf den Summer und kapierte im gleichen Moment, dass das Quatsch war, weil sich schon jemand von außen an der Wohnungstür zu schaffen machte. War das etwa Laura, weil er vorhin nicht ans Handy gegangen war?

Die Tür sprang auf. Vor ihm stand die Verwalterin, bei Nils' Anblick verengten sich ihre Augen. Falls sie überrascht war, in der Wohnung jemanden anzutreffen, überspielte sie das gekonnt. Zielstrebig marschierte sie herein, dicht gefolgt von einem Pärchen, das sich mit leuchtenden Augen umsah, und einem Anzugträger Mitte fünfzig, der sicher nicht vorhatte, hier zu wohnen, aber dennoch Interesse an einer Anmietung zu haben schien.

»Moment mal«, sagte Nils, »ich streiche hier gerade.«

»Und ich führe jetzt eine Besichtigung durch.« Die Verwalterin schien sich ihrer Sache sehr sicher zu sein. Sie würde nicht die geringsten Schwierigkeiten haben die Wohnung neu zu vermieten, da brauchte sie sich nicht noch um unnötige Höflichkeiten zu scheren. »Wie gesagt, zwei Zimmer mit schönem Dielenboden, frisch renoviert, sieht man ja, und hinten gibt's auch einen Balkon«, sagte sie, den Interessenten zugewandt.

Würde sie bemerken, dass Nils nicht tapezierte, einfach nur strich? »Hören Sie mal.« Er war kurz davor, sie am Arm zu packen, er hob schon die Hand, aber dann ließ er sie wieder sinken und versuchte ganz gleichmäßig zu atmen.

»Junger Mann. Werfen Sie doch mal einen Blick in den Mietvertrag Ihrer Freundin. Sie ist dazu verpflichtet, mir Zutritt zur Wohnung zu gewähren, damit ich Besichtigungen durchführen kann.«

»Nach Ankündigung!«

»Ihre Freundin weiß Bescheid, wir haben das telefonisch besprochen.«

»Das hätte sie mir gesagt. Laura weiß doch, dass ich hier bin.«

Die Verwalterin blieb unbeirrt. »Sie haben jetzt mehrere Möglichkeiten. Entweder führe ich die Besichtigung ein andermal durch und Sie tragen die Kosten. So kurz vor Weihnachten ist das hier keine Selbstverständlichkeit. Oder Sie lassen mich jetzt endlich weitermachen.«

»Ich ruf sie an«, sagte Nils.

Die Verwalterin war schon auf halbem Weg ins hintere

Zimmer, wo Lauras potenzielle Nachmieter gleich einen Blick auf den »sonnigen Balkon« werfen sollten.

Nils wählte Lauras Nummer. Er ließ es klingeln, bis die Mailbox antwortete, eine weibliche Computerstimme, die die Wörter disharmonisch aufeinanderprallen ließ, Laura hatte ihren Anrufbeantworter nie besprochen, natürlich nicht. Dann erst sah er die Nachricht: »Geh doch bitte ran. Peggy dreht am Rad.«

Vierzig Minuten war das her. Nils probierte es noch einmal. Und noch einmal. In seinem Nacken saß wieder der Elefant, so schwer, dass er ihm die Nervenbahnen abschnitt und die Hände bis in die Fingerspitzen kribbeln ließ.

45

Wovor hast du Angst? Sie hatten in diesem Hypnobirthing-Kurs im Urban Krankenhaus auf am Boden ausgelegten Fitnessmatten gesessen, zwischen anderen schwangeren Akademiker-Paaren, die sich vorgenommen hatten, möglichst natürlich zu gebären, summend, in der Hocke, wie es manche traditionellen Bevölkerungsgruppen bis heute taten. Sie hatten sich belesen, sie hatten alle Szenarien durchgespielt, jetzt übten sie sich in Yoga und Meditation, um die Köpfe wieder freizukriegen, das darin angesammelte Wissen quasi wieder rauszuspülen und ganz locker zu sein. Denn sie waren alle furchtbar angespannt. Allein die Tatsache, dass sie hier auf Kunststoffmatten saßen und sich Notizen auf einem kleinen Block machten – und nicht etwa auf erdigem Urwaldboden in Peru die um sie herum schwirrenden Moskitos wegwedelten – machte alles kaputt. Sie schlossen also die Augen und stellten sich vor, es wäre Sommer und die vor dem Krankenhaus parkenden und wieder abfahrenden Autos wären in Wahrheit rauschende Bäume, ein kleiner Maikäfer kröche ihnen kitzelnd über den Fuß, während sie an einem gekühlten Gurken-Basilikum-Drink nippten, alkoholfrei natürlich, denn sie waren ja schwanger. Und dann fragte die workshopleitende Ärztin, die von ihnen einfach Kerstin genannt werden wollte: »Wovor habt ihr Angst?«

»Dass es ein Kaiserschnitt wird«, sagte Laura, als sie an der Reihe war.

»Okay«, fragte Kerstin, »wovor hast du Angst, also bei dem Kaiserschnitt, was ist so schlimm daran.«

»Das wär meine erste OP.«

»Was wär denn so schlimm an einer OP?«

»Dass ich die Kontrolle abgeben muss.«

»Was ist so schlimm, wenn du die Kontrolle verlierst?«

»Dann kann ich nicht mehr selbst bestimmen, wie ich die Geburt haben will.«

»Was ist so schlimm, wenn du das nicht mehr selbst bestimmen kannst?«

»Vielleicht gibt es Komplikationen und ich kann nichts machen.«

»Komplikationen sind viel häufiger bei natürlichen Geburten als bei Kaiserschnitten. Also nochmal, was wär so schlimm, wenn du das nicht mehr selbst bestimmen kannst?«

»Dann –«, Laura dachte nach. »Ich weiß nicht.«

»Was ist denn das Resultat, so oder so?«

»Ich hab mein Kind, also das Kind ist dann da.«

»Bravo.« Kerstin nickte zufrieden.

Die anderen Paare klatschten.

Wovor hast du Angst, fragte sich Nils, während er am Steuer saß und versuchte sich irgendwie auf den Verkehr zu konzentrieren. Bis zum Ullsteinhaus hatten sie den Tempelhofer Damm geschmückt, riesige Schleifen an die

Straßenlaternen geklemmt, die nachts sicher festlich leuchteten, sogar einen Baum aufgestellt. Danach war alles wieder grau, so schmuddelig und grau wie immer. Der Verkehr stockte.

Ohne Benjamin, dachte Nils, keine Unternehmergemeinschaft, ohne Unternehmergemeinschaft keine Kohle, ohne Kohle keine neue Wohnung, ohne neue Wohnung waren sie erledigt, so wie das alles aussah, aber das war es nicht. Nochmal. Wovor hast du Angst? Dass Laura tot ist, dass Luca tot ist. Was wäre – seine Gedanken streikten.

»Scheiße!«, brüllte er. »Scheiße, scheiße, scheiße.«

Er trommelte mit den Fäusten aufs Lenkrad, die Hupe schrillte und ließ die Autofahrer hochschrecken, die wie er durch den Stau auf dem Mariendorfer Damm krochen, wo die verdammten Rohre anscheinend immer noch nicht repariert waren. Und dann wendete er den Wagen und schrammte irgendwas, während er schräg aus dem Stau heraus auf den Gehsteig fuhr. Er ließ den Kopf aufs Lenkrad sinken und weinte.

ERDGESCHOSS

I

»Kann ich dir helfen?«

Sie waren etwa gleich alt, die junge Frau, die vor ihr in der geöffneten Tür stand, ganz oben, im allerletzten Stock – und Laura. Kurzes, sehr dichtes Haar hatte sie, glänzende Augen. Eine halbe Treppe weiter oben war nur der Dachboden gewesen, eine schwere Eisentür versperrte den Weg; Laura hatte daran gerüttelt, sie hatte sich keinen Millimeter bewegt. Von unten kam jemand die Treppe rauf. Peggy, hatte Laura gedacht und Luca mit aller Kraft an sich gepresst, und dann hatte sie hier geklingelt, wie außer sich, einmal und noch einmal und noch einmal, ohne überhaupt zu wissen, ob jemand da war, und wer.

Die junge Frau hatte aufgemacht. Und weil Laura nicht antwortete, sie schaffte es nicht, weil sie nur so da stand, mit Luca im Arm, hatte die andere sie kurzentschlossen gepackt und in die Wohnung gezogen. »Kommt mal rein.«

Sie hatte die Tür hinter ihnen geschlossen und zweimal abgesperrt, klack klack. Wie um sie zu retten, dachte Laura, vor dieser Dunkelheit, die von unten aufstieg und sie langsam, aber sicher, zu verschlingen begann.

Wärme umfing sie, war es möglich, waren die Wohnungen auf der gegenüberliegenden Seite des Treppenhauses tatsächlich noch beheizt?

»Ich bin Sina«, sagte die Nachbarin.

Und weil Laura immer noch nichts sagte, fuhr sie fort: »Und ihr seid die Neuen, die aus dem ersten Stock, oder? Wir haben das ja mitgekriegt, mit der Tür. Tut mir leid, dass wir nicht vorher mal bei euch geklingelt haben. Willst du einen Tee?«

Laura nickte.

»Und Manuel und Patrick haben euch gar nichts gesagt?«

»Nein.«

»Nicht mal Marie?«

Laura schüttelte den Kopf.

»Wir wollen euch helfen. Wir wollen alle, dass Peggy geht. Erst das mit eurer Tür, dann wieder so eine Nummer mit dem Messer, das ist echt zu krass.«

Sina schob Laura einen Stuhl hin und bedeutete ihr sich zu setzen. Dann kletterte sie auf einen Hocker und kramte in einem der Oberschränke. Ihre Wohnung, spiegelverkehrt zu der von Laura und Nils, war ganz anders aufgebaut, vom Flur kam man direkt in die offene Küche, überall war Licht. »Mick ist doch heute durchs Haus gelaufen und hat das erzählt. Sie hat ihn gestern mit dem Messer bedroht. Er hat sie angezeigt.«

Die Erinnerung kam langsam zurück, Mick im Flur, wie er von Tür zu Tür gepilgert war, Peggy ist tot, jetzt kann sie niemandem mehr was. »Meinst du, darum ist er vorhin abgehauen?«

Sina nickte. »Garantiert.« Sie hielt Laura eine Dose

mit Plätzchen hin. »Darf er schon? Ganz frisch, von heute Morgen. Im Advent, da krieg ich immer so Back-Flashs. Irgendwas muss man der Familie ja zu Weihnachten schenken.«

Fast musste Laura lachen. »Nein! Der ist vier Wochen alt!«

»Süß.«

War er das, süß? Luca, in ihren Armen. Laura strich ihm übers Gesicht. Er bewegte die Finger in der Luft, als müsse er sich ihrer erst vergewissern; wie viel von dem, was hier vor sich ging, bekam er schon mit? Obwohl sie jetzt eine Familie waren, hatte sie, anders als Sina, es nicht geschafft, Plätzchen zu backen, sich einzustimmen auf dieses Gefühl, Weihnachten. Eben hatte Luca noch geweint.

»Ist es okay, wenn ich ihn hier stille?«, sagte Laura.

»Natürlich ist das okay.« Sina setzte sich auf den Stuhl neben Laura und fuhr sich mit der Hand durchs kurze Haar. Sie sah nicht weg, als Laura ihren BH aufknöpfte, und auch nicht hin, schien in Gedanken ohnehin woanders zu sein. »Peggy kann nicht lesen, wusstest du das?«

Und dann erzählte Sina von ihrer ersten Begegnung mit Peggy, also der ersten richtigen. »Wir haben erst ein paar Monate hier gewohnt«, sagte sie. »Damals bin ich immer ganz früh zur Arbeit, ich war die erste im Haus, die unten an Peggys Tür vorbei musste, darum hab ich das mitgekriegt. Ihre Tür stand weit offen, und Peggy mittendrin, ganz aufgelöst und zittrig. Sie nahm mich an der Hand, Peggy hat es ja nicht so mit Grenzen, das wirst du bemerkt haben. Hast du gesehen, was die gemacht haben, hat sie gesagt. Sie hat mich nach draußen gezogen und mit dem ausgestreckten Finger auf die Fenster gezeigt. War nicht viel übrig davon. Überall lagen Glassplitter rum, sogar bei den Fahrrädern und Schuhen und bei dem ganzen Gerümpel, das die da draußen rumstehen haben.«

Laura stellte sich Peggy vor, wie sie da stand, mit Sina an der Hand zwischen dem Dreck und den Scherben. Plötzlich hatte sie das drängende Gefühl, Peggy säße hier mit ihnen im Zimmer, wieder meinte sie sie zu riechen, diese Mischung aus Moder und Tiergeruch, ein Geruch, der schon immer da war, seit dem ersten Tag, und von dem sie jetzt wusste, woher er kam.

»Wer macht sowas, hat Peggy mich gefragt, sag, wer macht sowas nur. Und dann nahm sie wieder meine Hand, schau dir das an, komm rein und schau dir das an. Ich wollte nicht, aber irgendwie tat sie mir auch leid, also bin ich hinterher, darum weiß ich jetzt auch, wie es bei ihr in der Wohnung aussieht. Sie ist kleiner als eure, da wo ihr die hinteren Zimmer habt, ist ja unten der Heizraum. Im großen Zimmer standen ein oder zwei Sofas herum, da lagen Mick und so ein anderer Typ und haben vor sich hinvegetiert.«

»Noch einer?«

»Ich hab da ehrlich gesagt den Überblick verloren. Sind ja ständig andere, die da rumhängen. Es war unfassbar runtergekommen alles und stank. Und an den Wänden diese Sprüche. Kannst du lesen, hat mich Peggy gefragt, ganz vorsichtig, ganz anders als jetzt, wenn sie so brüllt. Würdest du mir vielleicht sagen, was da steht. Und dann hab ich zu ihr gesagt: Okay, ich werde dir das vorlesen, aber du darfst das nicht ernst nehmen, Peggy. Hier steht: Du bist eine dreckige Hure. Und da: Du fette Schlampe. Jedes Wort, jede einzelne Beleidigung musste ich ihr vorlesen, und Peggy stand nur so da, mit gesenktem Kopf, und sagte nichts. Sie haben die Fenster dann ziemlich schnell repariert und alles ging weiter, wie es immer weiterging, manchmal war es unten ruhig, dann ging alles wieder von vorne los.«

2

»Hallo?«

Seine Stimme hallte, als wäre die Wohnung plötzlich leer, die Wände wieder kahl. Er hatte das Gefühl, sich irgendwo festhalten zu müssen. Vorhin, als er noch im Auto gesessen hatte, geheult, gebrüllt, mit den Fäusten aufs Lenkrad getrommelt hatte, hätte er sich so sehr einen Freund an seiner Seite gewünscht. Einen, wie er ihn früher gehabt hatte, Deniz, in Köln, er hätte seinen Kopf in Deniz' Sweatshirt versenkt, und es wäre okay gewesen, voll okay.

»Laura!«

Das Geräusch seiner eigenen Schuhe auf dem Parkett erschreckte ihn. Immerhin echtes Holz. Das hatte Laura gesagt, damals, bei der Besichtigung.

Laura und Luca waren nicht da. Nicht im vollgestellten Studio, nicht im schummrigen Schlafzimmer, wo die einzige noch funktionierende Heizung leise rauschte, nicht im Wohnzimmer oder der Küche. Noch einmal wählte er ihre Nummer. Diesmal hörte er, wie das Handy vibrierte. Irgendwo im Wohnzimmer. Er fand es auf dem Fensterbrett.

Ein Knirschen ließ ihn zusammenzucken. Mick, dachte er plötzlich, wie er in Schuhen durch die Wohnung geschritten war, die Splitter überall. Nils senkte den Blick. Es war nur einer von diesen kleinen Bleistiften von Ikea; er und Johann hatten ihn beim Kauf der Korpusse gebraucht. Er schob die Stiftteile mit der Schuhspitze zur Seite.

Beinahe zaghaft näherte er sich dem Badezimmer. Kurz stand er einfach so da, in der geöffneten Tür zum weiß gekachelten Bad.

3

Bin ganz oben, im allerletzten Stock. Hab mein Handy und den Schlüssel vergessen. Das hatte Laura geschrieben, Sina hatte ihr einen Stift hingehalten, na los, schreib es auf, und dann war sie an Lauras Stelle runtergegangen und hatte den Zettel dort an der Tür befestigt. Er würde ihre seltsam verknotete Schrift erkennen, wie immer Schwierigkeiten haben sie zu entziffern, aber er würde verstehen, er würde sie finden.

Und tatsächlich, kurz darauf klingelte er. »Der lag auf dem Fußabstreifer«, sagte Nils und hob den Zettel hoch.

Bleich sah er aus, schien wie neben sich, und plötzlich hatte Laura das Gefühl, er passte überhaupt nicht hierher, in Sinas warme, lichte Wohnung, in der es nach selbst gebackenen Plätzchen duftete, nach frisch aufgebrühtem Tee.

Luca strampelte auf einer bunten Wolldecke.

Wortlos stiegen sie die Treppen wieder runter. Luca hatte den Kopf gegen Nils' Schulter gelegt und die Augen halb geschlossen. Laura sperrte auf. Die Kälte umfing sie, dann der Geruch. Sie eilte ans Fenster. Noch einmal überblickte sie den Hof. Doch der Buggy war weg. Da war nichts, nirgends.

»Komisch«, sagte sie, »vorhin war er noch da.«

Nils schüttelte sehr langsam den Kopf, mit ausdruckslosem Gesicht sah er sie an. »Vergiss den Buggy. Den hat jemand da vergessen. Ich hab mir solche Sorgen gemacht. Wegen einem beschissenen Buggy.«

»Nils, sie ist mit dem Messer auf Mick los! Da hat es in meinem Kopf Klick gemacht, da konnte ich nicht mehr klar denken. Und dann hab ich auch noch eine Ratte gesehen.«

»Laura.«

»Ich will nicht, dass da, wo Luca mal spielt, Ratten sind.«

»Laura, hör mir zu. Das mit dem Messer ist scheiße, darüber müssen wir reden, ich weiß. Aber jetzt muss ich nochmal los, das Auto, da stand was im Weg, ich hab es geschrammt, ich muss nachschauen, was es war und dann Fotos machen.«

Er drückte ihr Luca in die Arme und ging. Die Tür fiel schwer hinter ihm ins Schloss.

Auch jetzt, eine halbe Stunde später, meinte Laura den Boden unter den Füßen noch zittern zu spüren. Die zugige Kälte in den unbeheizten Altbauräumen setzte ihr zu. Hoffentlich würde sich Luca nicht erkälten. Sie strich ihm, der wach war, aber nicht weinte, über das flaumige Haar, den Rücken, den Po. Seine Hose war nass.

Sie legte ihn auf den Wickeltisch im Badezimmer und knipste den Heizstrahler an. Das Ausziehen klappte schon besser. Laura wusste, wie man den Kopf zu halten hatte, und wie man nachher die Windel unter den Po schob, ohne die noch fragile Hüfte zu belasten: eine Drehung nach links, eine nach rechts. Auch Luca schien zu wissen, dass das jetzt dazugehörte und dass es bald vorbei sein würde. Er ließ alles mit sich machen. Besonders aber liebte er es nackt zu sein. Als würde er seinen Körper dann besser spüren.

Laura ließ ihn eine Weile unter der surrenden Wärme des Strahlers. Er lag auf dem Rücken und bewegte den Kopf suchend nach links und nach rechts, machte schnalzende Bewegungen mit dem Mund, mit den Fingern. Ab und zu blieb er mit dem Blick an Laura hängen, seine Augen waren groß und dunkel, die endgültige Farbe würde sich erst im Laufe der nächsten Monate herausstellen, er schielte ein bisschen.

»Na«, flüsterte sie, mehr zu sich selbst als zu ihm, und gab ihm einen Kuss auf den straff gespannten Bauch, als sie den Schlüssel im Schloss hörte.

»Nils, bist du das?«

Er antwortete nicht. Sie erkannte ihn trotzdem, am Quietschen seiner Lederjacke, an der Entschiedenheit seiner Schritte.

»Kannst du mir mal eben einen Waschlappen nass machen?«, fragte sie ihn.

Er erschien im Türrahmen, es war nicht klar, ob er sie gehört hatte oder nicht.

Laura nahm selbst einen Lappen von der Kommode und streckte sich, eine Hand auf Lucas Bauch, rüber zum Becken. »Und das mit den Heizungen ist echt ein Problem.«

»Ich weiß. Aber bei der Hausverwaltung komm ich nicht durch, ich hab es schon probiert. Morgen, okay?«

»Dann kannst du auch gleich das mit der Tür ansprechen. Jetzt ist schon Donnerstag Nachmittag. Ich versteh nicht, warum nicht schon längst ein Handwerker da war.«

Nils atmete aus. »Laura! Ich hab jetzt keine Zeit für sowas. Ich muss gleich wieder los.«

»Wieso das denn?«

»Zur Polizei.«

»Nee, oder?«

»Ja natürlich. Stell dir vor. Die Stadt hat einen Baumstamm abgesägt und die Stelle überhaupt nicht gesichert! Und dann bin ich natürlich dagegengefahren. Ich hab das so satt, Laura, die ganze Hundekacke und den Müll und diese vergammelten Sofaleichen an jeder Straßenecke. Und alle denken, das ist normal!«

»Nils!«

»Das ist doch krank, Laura! Diese Stadt ist krank. Allein die Verrückten! An der Kasse bei Netto, auf Parkbänken, auf Spielplätzen, ohne Zähne, mit abgefrorenen Fingern rennen die durch die Stadt, schimpfen, lachen, heulen und hauen sich dabei sinnlos auf den Kopf, werfen Bierflaschen oder holen sich einen runter, in aller Öffentlichkeit!«

»Jetzt übertreib doch nicht immer so.«

»Und selbst wenn nur die Hälfte daran wahr ist, Laura, stell dir doch mal Luca vor, später, wie soll der denn hier alleine auf den Spielplatz gehen oder mit dem Fahrrad losziehen? So wie wir es gemacht haben als Kinder, als wir im August noch abends gegen zehn mit morschem Holz im Teichwasser nach Fröschen gestochert haben.«

»Das hab ich nie gemacht.«

»Und das ist schade! Weißt du, denn das, genau das hätte ich mir für Luca gewünscht.«

Laura schwieg betroffen.

Irgendwann sagte Nils: »Nein, ich geh zur Polizei, da führt kein Weg dran vorbei. Das mit dem Stamm, das geht einfach nicht.«

»Ich versteh das nicht ganz. Dann haben wir halt nen kleinen Kratzer im Lack, ist das denn so schlimm?«

»Du kapierst das nicht. Das ist jetzt ein Unfallwagen. Wenn wir den wieder verkaufen wollen, ist der tausende Euro weniger wert.«

Laura hatte Schwierigkeiten ihm zu folgen. Wollten sie denn den Wagen verkaufen? Sie hatten ihn sich doch gerade erst angeschafft, ein Familienwagen, extra für Luca. Aber sie sagte nichts, sie hatte das Gefühl, alles, was sie sagen könnte, würde dazu beitragen, Nils nur noch wütender zu machen. Sie streichelte Lucas Haut mit dem Lappen, spürte der nassen Wärme unter ihren Händen nach.

Sie stand im Zwielicht des schlauchförmigen Wohnzimmers, mit Luca im Arm. Die Fenster waren geschlossen. Sie wagte es nicht, sich ihnen zu nähern, als könnte sie dadurch eine unheilvolle Verkettung neuer Ereignisse provozieren, ein Dominostein, der fiel. Die Stille war greifbar, so vollkommen, dass es nur eine Frage von Minuten sein konnte: Gleich, gleich würde Peggy nach ihr rufen.

»Wollen wir ein bisschen Musik hören«, sagte sie zu Luca und zog ihr Handy aus der Tasche.

Zuckowskis Vogelhochzeit. Manchmal, wenn Luca nicht schlafen konnte, suchte Nils die Tracks heraus, verband sein Handy mit der Soundbox und tanzte mit Luca zur Musik. War es das – war es der Versuch Nils hinterherzuspüren, ihn wieder hier zu haben, obwohl er weg war, abwesend, sie ihn eben nicht bei sich fühlte, selbst vorhin nicht, als er kurz neben ihr gestanden hatte? Hatte sie wirklich gedacht, sie würden nach Lucas Geburt ein paar romantische Wochen im Bett verbringen? Auch wenn sie, cool wie sie waren, das Wort Liebe in Bezug aufeinander nie ausgesprochen, nie »ich liebe dich« zueinander gesagt hatten. Aber seine Hand auf ihrem Knie, das geflüsterte »Ich hab dich lieb« hier und da, was war das denn, wenn nicht Liebe?

Das fröhliche Trällern der Oboen grub sich Laura feindselig in den Magen. Sie klickte den Track weg.

4

Nils lag auf dem Fußboden, die Arme und Beine weit von sich gestreckt. Sein Rücken schmerzte, er wusste nicht zu sagen, seit wann, seit der Renovierung, dem kleinen Unfall? Ein beißendes Ziehen, seit heute war es unerträglich. »Am Montag nach der Wohnungsübergabe gehen wir zur Polizei«, sagte Nils, »wenn das stimmt, mit dem Messer, dann muss der Sozialpsychiatrische Dienst was tun.«

Es war schon dunkel gewesen, als er am Abend zuvor endlich nach Hause gekommen war. Er hatte Beweisfotos gemacht, unscharfe Schnappschüsse mit seiner eigenen Hand im Bild. Die Beamten hatten ihn belächelt, ihm schließlich die Nummer vom Straßen- und Grünflächenamt gegeben. Nils hatte dann mit einem Herrn telefoniert, der ihm weismachen wollte, dass eine Anzeige überhaupt keinen Sinn machte, er solle sich Zeit und Nerven sparen, bald wäre Weihnachten, habe er da nichts Besseres zu tun? Denn natürlich sei die Stadt Berlin nicht schuld. Die Stadt Berlin sei nie schuld. Er habe jahrzehntelange Erfahrung darin, die Unschuld der Stadt Berlin zu beweisen und das sei in diesem Fall nicht anders. Sonst müsse er ja zugeben, dass seine Abteilung einen Fehler gemacht hätte. Und dann würde er natürlich seinen Job verlieren. Darum mache er immer einen guten Job! Er nehme mal an, Nils habe keine Rechtsschutzversicherung. Richtig?

Richtig. Natürlich hatte Nils keine Rechtsschutzversicherung. Er hatte überhaupt keine Versicherung außer der Kranken- und der KFZ-Versicherung. Keine Hausrat-, keine Haftpflicht, keine Renten-, Pflege-, Unfall- oder Lebensversicherung. Er radelte und reiste auch unversichert. Es war nicht so, dass er nicht an Versicherungen glaubte. Er hatte einfach nichts besessen, was die Kosten einer Versicherung wert gewesen wäre.

Die anderen, die ihre Kinder am Reißbrett geplant hatten, hatten in dieser Hinsicht natürlich vorgesorgt. Das war ihm schon vor einem halben Jahr klar geworden, als sie in Vince' und Claras Küche saßen, die weitere Freunde eingeladen hatten. Laura war damals ganz frisch schwanger, gerade »spruchreif«, wie es hieß, und wenn er sich nicht täuschte, hatte Laura das auch genau so gesagt: »Jetzt ist es auch bei uns spruchreif.« Er hatte schon da irgendwie das Gefühl gehabt, im falschen Film zu sein. Wenig später dann die Frage: »Was, ihr seid nicht versichert?« Einhelliges Entsetzen nach einem eher beiläufigen Kommentar von Nils. Sofort wurde er eingekreist von Clara, Vince und diesem anderen Typen, dessen Namen ihm jetzt nicht einfallen wollte. Alle kannten sie sich erstaunlich gut aus. Und je länger das ging, desto dringender empfand Nils den Wunsch, das Gespräch zu beenden, diese Wohnung zu verlassen und nie wieder dahin zurückzukehren. Wann hatten sie aufgehört, wirklich Gespräche miteinander zu führen? Hätte er damals in sich gehen, hätte er umdenken und selbst ein paar Versicherungen abschließen sollen? Er hatte sich nicht dazu durchringen können.

Die Schmerzen waren kaum noch auszuhalten. Nur, wenn er so da lag, langgestreckt auf hartem Boden, glaubte er, sie ansatzweise unter Kontrolle zu haben. Der Leistungssport rächte sich, egal, ob man damit Geld verdient hatte oder nicht. Und Luca weinte seit Stunden.

»Ich glaub, er hat Bauchkrämpfe«, sagte Laura. »Oder ihm ist einfach zu kalt.«

Sie schlug eine Decke um ihn und massierte ihn, flüsterte ihm sanfte Worte ins Ohr, sie summte, trug ihn, setzte sich auf den Gymnastikball und wippte mit ihm. Und Nils konnte nichts tun. Er sah Laura die Enttäuschung darüber an, Laura, die schon den ganzen Tag allein mit Luca gewesen war und gehofft hatte, ihn nun an Nils abgeben zu können, wenigstens für zehn Minuten.

Nils machte die Augen zu. Peggy Meyer. Die ungewisse Zukunft mit Benjamin. Die allumfassende, zermürbende Kälte. Sein Rücken. Lauras Blick. Lucas Weinen. Der Rücken. Lucas Weinen. Seine Gedanken waren wie Spielkarten, die jemand in hypnotisierender Geschwindigkeit gegeneinandermischte, immer wieder die gleichen Bilder, die zu einem einzigen Grundtenor verschmolzen: Du musst mehr tun. Er hielt das nicht mehr aus. Er stand auf, ging ins andere Zimmer, schloss die Tür hinter sich und schrie.

5

Laura mochte es überhaupt nicht, wenn Nils so war. Manchmal wachte er morgens auf und erzählte ihr, wie er in seinen Träumen stundenlang gebrüllt oder auf jemanden eingeschlagen hätte. Einer dieser Träume wiederholte sich: Nils, in brütender Hitze auf einem Platz in Texas, denn im Traum wusste er, dass es Texas war, ohne dass er jemals dagewesen wäre, schoss mit verzweifelter Wucht scharfe Bälle auf einen unsichtbaren Gegner. Sie machte sich dann Sorgen, aber es betraf sie nicht wirklich. Im wirklichen Leben sah sie ihn selten so wütend. Er war ja fast übertrieben ruhig und ausgeglichen. Diese tiefe Aggression, die offenbar schon die ganze Zeit in ihm geschlummert hatte und plötzlich aus ihm raussprudelte, erschreckte sie.

Jetzt hatte er sich im Zimmer nebenan eingeschlossen. Laura hörte dumpfe Schläge. Sie durfte diese Wut auf keinen Fall an Luca ranlassen. Sie schloss ebenfalls die Tür, um den Geräuschen, die aus Nils' Zimmer drangen, nur noch gedämpft ausgesetzt zu sein, säuselte eine Melodie und suchte Lucas Blick.

»Lalelu«, sang sie und streichelte ihm den Bauch.

Luca stieß ihre Hand mit den Füßen weg.

Laura merkte erst jetzt, dass sie weinte, sie sang einfach weiter, schaukelte und säuselte, zog Luca aus und wickelte ihn in eine frische Windel, cremte seinen harten Bauch mit Windsalbe ein, packte ihn in den warmen Wollanzug und schaukelte ihn wieder, »Lalelu«, bis er irgendwann endlich die Augen schloss. Als sie es geschafft hatte ihn abzulegen, hielt sie kurz den Atem an.

Im Zimmer nebenan war es still. Sie spürte, wie Nils' Wut sie packen und mit sich ziehen wollte an den Grund eines fremden Gewässers, und dass sie, wenn sie sich mitziehen lassen würde, irgendwo ankommen würde, wo alles dunkel war, zertreten, kaputt.

Irgendwann in der Nacht kam Nils zu ihr und Luca auf die Matratze gekrochen. Laura drehte sich weg. Nils suchte nicht mit den Händen nach ihr.

Um sieben stand sie auf. Weil sie mit dem Tragetuch ohne Nils' Hilfe nicht gut zurechtkam, hielt sie Luca die ganze Zeit auf dem Arm, während sie sich einhändig ein Brot schmierte und den kalten Kaffee vom Vortag in eine Tasse goss.

Gegen halb neun schlurfte auch Nils in die Küche, er hatte sich die Bettdecke um die Schultern gelegt, sie hing wie ein Zelt an ihm herab. Er seufzte, als wollte er sagen: Du bist schuld, du musstest ja unbedingt schwanger werden. Laura wich seinem Blick aus und vertiefte sich in ihren Kaffee.

Nils ließ sich auf den Stuhl ihr gegenüber sinken. »Was soll das?«

»Was«, sagte Laura nach einer kurzen Pause, in der sie

überlegt hatte, ob sie weiter schweigen oder mit ihm reden sollte.

»Das«, Nils machte eine Ganzkörpergeste in ihre Richtung.

»Nichts. Ich bin nur müde.«

»Du bist sauer.«

»Nee.«

»Du lügst.«

»Echt jetzt? Nachdem du gestern so ausgerastet bist?«

Nils sprang sofort wieder auf. »Weil ich alles alleine machen muss!«

Laura wollte auch aufspringen, doch sie konnte nicht, sie hatte ja Luca auf dem Schoß. »Das ist so unfair. Schau mich doch mal an! Seit Luca da ist, kann ich nicht mal mehr alleine aufs Klo gehen!«

Nils hob die Decke auf, die eben, als er aufgesprungen war, zu Boden gefallen war. »Weiß ich ja«, sagte er leise. »Peggy, das Auto, deine Wohnung. Es ist einfach zu viel.«

6

Ein letztes Mal lief Laura durch den Flur ins hintere Zimmer, in dem sie gemalt und geschlafen hatte, und von dem der Balkon abging. Es war komisch, die Wohnung jetzt wieder so leer zu sehen. Beinahe bekam sie Lust, sich wieder darin einzurichten. Nach dem Einzug hatten sie auf der Matratze im Wohnzimmer übernachtet, Laura und Clara, weil Elías ausgerechnet da zum Bergsteigen in Nepal war. Es hatte ihr nichts ausgemacht. Sie war stolz gewesen es auch ohne ihn zu schaffen. Sie liebte diesen Geruch nach Lack und Farbe, nach Neuanfang, der in den ersten Tagen noch ganz intensiv war. Und sie liebte die neue Wohnung. Kein Palast, natürlich nicht. Und trotzdem ein Luxus, wie sie ihn bis dahin noch nicht gekannt hatte. Und dann, Jahre später, sie und Nils, hier hatten sie sich zum ersten Mal gegenseitig ausgezogen, sich herangetastet an den Körper des anderen, und daneben das unfertige Bild auf der Staffelei, Brüste, wie Dünen im Sand. Wo war das Bild geblieben? Und hatte sie wirklich geglaubt, dass es immer so weitergehen würde, von hier zur großzügigen Familienwohnung, zu einem kleinen Haus mit Garten? Es war ihr rätselhaft, wie ihre Eltern einen solchen Aufstieg nach der Einwanderung wider jede Wahrscheinlichkeit geschafft hatten. Als ob sich die Geschichte rückwärts drehte, dachte Laura erschrocken. Als ob sie etwas mit Gewalt dorthin zurückzog, wo sie hergekommen war.

Die Verwalterin betrat die Wohnung, geräuschvoll zog sie die Tür hinter sich zu. »Dann wollen wir mal, ja.«

Nils hatte im großen Zimmer vorsorglich die Glühbirne rausgedreht und einen Leuchtstrahler angeworfen. Im grellen Licht konnte man nur noch erahnen, dass er nicht tapeziert, nur gestrichen hatte.

Die Verwalterin machte Fotos, und ab und zu notierte sie etwas auf ihrem Block. Nils suchte das Gespräch, beflissentlich wies er auf die Details der getanen Arbeit hin (»Für die Heizkörper hab ich ein helles Beige ausgesucht.«, »Hier hab ich noch Farbspuren der Vormieter entdeckt, Gelb und Blau.«). Die Verwalterin schwieg. Es war nicht klar, ob sie ihn überhaupt hörte.

»Frau Kilian, würden Sie als Nachmieterin eine solche Toilette akzeptieren?«, sagte sie schließlich.

Laura spürte ein Zerren in den Schläfen.

»Die ist innen komplett schwarz. Und der Boden ist total verdreckt.«

»Wir haben die Toilette geputzt.« Die Hitze stieg ihr ins Gesicht. Konnte es denn sein, hatte Nils wirklich vergessen die Toilette zu säubern?

»Frau Kilian, Sie sind vor der Übergabe zu einer Endreinigung verpflichtet. Bitte lesen Sie in Ihrem Mietvertrag nach. Schaffen Sie es, hier in drei Tagen sauberzumachen oder nicht?«

»Wir schaffen es.«

»Gut. Dann übernehme ich jetzt die Wohnung, vorbehaltlich der noch ausstehenden Reinigungsarbeiten.«

Lauras Schläfen pochten heftig, als sie die Schlüssel übergab. Sie konzentrierte sich auf die Hände der Verwalterin. Sie waren klein und weich. Keine Hände, die selbst Toiletten schrubben mussten, nahm sie an. Vielleicht benutzte die Verwalterin aber auch Gummihandschuhe. Die kleinen, weichen Hände der Verwalterin nahmen also die Schlüssel entgegen. Zählten sie durch: Drei Hauseingangsschlüssel, drei Wohnungsschlüssel, zwei Kellerschlüssel. Verstauten sie sorgsam in der Handtasche. Die Übergabe war jetzt offiziell. Die Verwalterin durfte keine Miete mehr von ihr fordern, sie akzeptierte die Renovierungen, so wie sie waren. Oder?

Lieber nicht fragen.

»Und was ist mit meiner Kaution?«, fragte Laura.

»Eventuell noch offene Forderungen ziehen wir natürlich ab, wenn zum Beispiel wieder der Schimmel durchkommt im Bad. Sollte dennoch ein Guthaben bestehen, können Sie es nach einer sechsmonatigen Frist einfordern.«

Die Erleichterung blieb aus. Nichts als ein Gefühl beklommener Ungewissheit. Nebeneinander liefen sie zurück zum Auto. Später würden sie noch zur Polizei fahren müssen, wegen dieser Sache mit dem Messer. Laura fröstelte. Eisiger Wind trieb die letzten welken Laubreste in der Rinne zwischen Gehweg und Straße vor sich her. Gerne hätte sich Laura den Mantel enger um den Körper geschlagen, sich ganz darin versteckt, doch sie hatte Luca in der Trage. Er hatte die Augen geöffnet und beobachtete das Geschehen auf der Straße, von dem er wahrscheinlich nicht viel mehr wahrnahm als einen nebligen Schleier. Würde er den Christbaum schon sehen, in dem Café an der Hermannstraße; die großen, glänzenden Kugeln daran?

Laura musste an das Buch denken, das Irmgard und Klaus für Nils geschrieben hatten. Als sie noch schwanger war, hatten sie Abende damit verbracht sich daraus vorzulesen, lachend, zu Tränen gerührt. Sie hatte sich fest vorgenommen es genauso zu machen. Luca sollte später all das über sich nachlesen können, was ihre eigenen Eltern ihr nie über ihre ersten Jahre erzählt hatten. Die ersten Schritte, die ersten Wörter, die Bausteine seiner Geschichte, Luca sollte sie kennen dürfen. Doch schon jetzt war sie im Begriff an diesem Vorhaben zu scheitern.

Am Tempelhofer Damm stauten sich die Autos, die Schaufeln der Bagger zerrissen den Dezemberhimmel. Nils, hinterm Steuer, starrte wortlos auf die Straße. Es kratzte an ihm, Laura konnte es sehen, mehr noch als an ihr. Gleich würden sie ankommen. Aussteigen. Nach Hause gehen. Der Hinterhof würde sie in seiner ganzen Trostlosigkeit empfangen, Peggys Fenster wäre gekippt. Ein lauter Beat würde aus dem Fenster in den Hof und gegen die Brandwände hallen, der Geruch nach Haschisch die Luft zerschneiden. Eine fahle, konturlose Angst breitete sich in Lauras Körper aus.

7

Der Mann sah gar nicht aus wie jemand, der bei der Polizei arbeitete, dachte Nils, während er auf einem der Stühle Platz nahm. Er erinnerte ihn vielmehr an Henning, Henning aus der Schule, der Stephen King liebte und David Lynch. Henning besaß ein Motorrad, trug rechteckige Umhängetaschen aus Leder und hatte so eine unvorteilhafte Frisur wie Steve Buscemi. Er rückte Laura den anderen Stuhl zurecht.

Laura deutete auf Luca, der unruhig in der Trage hin- und herrutschte. »Ich bleib lieber stehen.«

»So ein Zufall«, sagte der Polizeibeamte mit einer Stimme, die in ihrer Weichheit tatsächlich an Steve Buscemi erinnerte, »gerade heute Morgen hab ich die Akte auf den Schreibtisch bekommen!«

Ein paar Klicks, schon scrollte sich der Beamte, Nils konnte das auf dem schräg zu ihm stehenden Computerbildschirm genau sehen, durch ein schier endloses Register an Straftaten.

»Die ist bekannt wie ein bunter Hund. Bestimmt zehnmal umgezogen in den letzten fünfzehn Jahren. Nicht weitersagen, dass ich Ihnen das gerade verraten hab. Und jetzt also eine neue Messergeschichte.«

»Sie wissen schon davon?«

»Deswegen sind Sie doch hier, nehme ich an.«

Laura und Nils wechselten einen Blick.

Laura holte Luft: »Ganz so einfach ist es leider nicht.« Und dann erzählte sie die Vorgeschichte, erst das mit der Tür, dann bedroht sie Mick mit dem Messer, ausgerechnet Mick, die Lage wäre sehr angespannt, man hätte ihnen geraten, persönlich zur Polizei zu gehen.

Luca quengelte. Nils sah entnervt zu Laura und schüttelte den Kopf, so konnte sie das doch nicht erzählen, er grätschte rein, versuchte Luca zu übertönen. Laura relativierte und verkürzte immer alles zu stark, das musste jetzt dramatisch werden. Er machte eine fuchtelnde Handbewegung, geh doch mal kurz raus mit ihm.

Laura guckte finster. Sie übertönte Luca, der inzwischen so laut heulte, dass es in Nils' Ohren fiepte: »Soll ich nachher auch nochmal reinkommen und aussagen?«

»Ich denke, wenn einer von Ihnen aussagt, reicht das.«

Nils blieb allein mit dem Beamten. Er atmete auf. Endlich konnte er seine Gedanken ordnen.

»So: ›Als wir die Tür öffneten, stand Frau Meyer schon unten und brüllte uns an.‹ Was hat sie dann zu Ihnen gesagt?«

»Ihr habt überall Kameras installiert. Ich geh zum BKA und zeig euch an.«

»Hmm. Ich fürchte, für eine Bedrohung reicht das nicht. Erinnern Sie sich, wir brauchen das genauer.«

Nils zögerte. »Ich schau mir das nicht länger an. Ich mach dem ganzen Spuk bald ein Ende.«

Der Beamte tippte murmelnd: »›Sie sagte: Ich mach dem ganzen Spuk bald ein Ende.‹ Noch mehr?«

»Ich glaub, sie hat auch sowas gesagt wie, ich hau dir in die Fresse, ich bring dich um.«

»Sie müssen sich schon sicher sein.«

»Ich glaub, ich bin mir sicher.«

»Glauben Sie es oder wissen Sie es?«

»Ich weiß es.«

8

Laura hatte sich auf eine Bank im Erdgeschoss gesetzt. Jedes Mal, wenn sich die Tür öffnete, fegte ein eiskalter Luftzug durch den Gang. Sie saß zusammengekrümmt, die Schultern hochgezogen, ihre Zähne klapperten aufeinander. Luca heulte immer noch. Sie ließ es geschehen, hielt ihn einfach nur fest. Dieses Geschöpf mit hochrotem Kopf, plötzlich fühlte sie sich ihm wieder so fremd wie damals, nach der Geburt. Als hätte sein Geschrei nichts mit ihr zu tun. Ich könnte ihn hier liegenlassen, dachte sie, ich leg ihn hier auf den Tisch, ich dreh mich um, ich gehe einfach weg. Es wäre so einfach. Nils wird ihn finden, Nils findet ihn bestimmt.

Sie lachte leise, war sie schon derart verzweifelt, verlor sie nun etwa selbst den Verstand? Peggy, dachte sie, hat das bei dir auch so angefangen? Hast du dein Kind manchmal vergessen, es allein gelassen? War es zu dünn, ist es nicht pünktlich zur Schule gekommen, hatte es nie eine Winterjacke an? Die Krankheit, sie muss ja schon dagewesen sein. So war es schwer, die Dinge ins richtige Verhältnis zu rücken. Der Mann, den sie vielleicht liebte, der blaue Fleck auf der Backe des Kindes. Die Briefe, ungelesene Briefe, sie zeigt sie dem Kind, das sie ratlos ansieht, in der Schule sind die Buchstaben viel größer, die

Sätze nicht so lang, und dann die Frau vom Amt, sie heißt wie eine Jahreszeit. Es hat sich angebahnt, und dann ist es passiert, sie nehmen das Kind in Obhut, weg von ihr, die sie das Kind jetzt nie wieder auch nur für eine Sekunde vergessen kann. Das Kind ist jetzt immer da, in ihrem Kopf. Kann es denn sein, Peggy, hast du das Kind, das dir doch das Liebste war, zu wenig angesehen, hast du es angeschrien, hast du es wirklich zu fest angefasst. Unverzeihlich ist das. Aber wie hättest du es denn besser machen sollen. Hast nicht auch du getan, was du konntest? Diese Wut, die in dir schwelen muss, die dich an manchen Tagen fast auffressen will. Die Schuld muss ja irgendwo hin, sie braucht ein Gesicht, das nicht das deine ist.

Laura fror. Als hätte sie in einen Abgrund geschaut. Der Johann kommt nicht wieder, hatten die Leute zu ihrer Mutter gesagt, der lässt euch hier alleine, dich und dein uneheliches Kind. Ein ganzes Jahr lang war das so gewesen, der Vater fort, im Westen, so wie der Vater von Peggys Tochter womöglich nicht da gewesen war, wie Nils an manchen Tagen nicht mehr ganz da zu sein schien. Es war, als würde sie selbst schon genau wissen, wie es dann werden würde, mit Luca und ihr. Als hätte sie in ihrem ersten Jahr keine Milch getrunken, sondern giftigen Saft.

Aber es war ja nur eine Geschichte, es war nur eine Möglichkeit von vielen. Laura knöpfte sich den Mantel auf, zog den Pullover hoch und legte Luca an ihre Brust. Ein Trupp Polizisten stürmte an ihr vorbei. Einer zögerte, kehrte um und deutete auf eine angelehnte Tür, da wäre ein Raum, da könnte sie doch reingehen mit dem Kind. »Frohe Weihnachten«, rief er noch, ehe er sich wieder umdrehte.

Laura legte Luca auf einen der Tische, das Tragetuch als Unterlage. Auf dem Tisch lag ein Prospekt für Opfer von Gewalttaten, sie griff danach, blätterte es durch. *Sprechen Sie mit Personen, denen Sie vertrauen! Lenken Sie sich ab! Gehen Sie joggen! Nehmen Sie Bäder, entspannen Sie sich, lassen Sie störende Erinnerungen wie Wolken an sich vorbeiziehen!*

Laura legte es weg. Sie waren ihrer Situation ja nicht hoffnungslos ausgeliefert, sie waren nicht misshandelt worden, sie waren nicht einmal verletzt, sie konnten sich wehren. Was ihnen passiert war, war schlimm, furchtbar, aber Laura hatte Schwierigkeiten es einzuordnen. Jedes Mal, wenn sie an die Wohnung dachte, daran, dass sie heute Nachmittag dorthin zurückkehren würden, spürte sie wieder die ihr schon bekannte, lähmende Angst. Niemals aber wäre es ihr in den Sinn gekommen, dass auch sie Anspruch auf Hilfe hätten, und dass es Stellen geben könnte, die sich um ihr eigenes, nicht Peggys, psychisches Wohlergehen kümmern würden.

In diesem Moment erschien Nils. Laura hatte das Bedürfnis ihn anzuschreien, er hatte sie weggescheucht vorhin, aber er sah so erschöpft aus und bleich und murmelte sowieso schon ein entwaffnendes »Sorry, es tut mir leid.«

Sie schluckte ihren Ärger runter und murmelte: »Schon okay.«

9

Nils lag auf dem Boden im Wohnzimmer, die Beine aufgestellt. Die Schmerzen waren zurück, kleine fiese Ameisen kletterten ihm kreuz und quer über den Rücken. In der Wohnung unter ihnen gab es seit zehn Minuten Streit, die Stimmen hoben sich und ebbten wieder ab, Peggy und Mick, der noch am Wochenende wiedergekommen war. Das ganze Treppenhaus stank nach Gras, ein dichter Geruch, der sofort durchs gekippte Fenster ins Bad kroch und sich in der zum Trocknen aufgehängten Wäsche fing.

Mick hatte Peggy viel zu verdanken, hatte Laura erzählt. Das hatte sie von dieser Nachbarin erfahren, die sie neulich für ein paar Stunden bei sich aufgenommen hatte. Als es Mick beschissen ging, hatte Peggy ihn anscheinend von der Straße geholt. Er hatte inzwischen eine eigene Wohnung, die Nachbarn aus dem zweiten Stock sagten das und diese Nachbarin aus dem vierten Stock wohl auch. Aber irgendwie hing er trotzdem immer bei Peggy rum. Vielleicht war das mit der eigenen Wohnung auch nur ein Gerücht, das Mick bewusst gestreut hatte, damit niemand auf die Idee kam, er könne sowas wie Peggys illegaler Untermieter sein.

Nils stellte sich Peggy vor, Peggy Meyer, die jemand anders von der Straße holte, Mick, du musst dich jetzt mal zusammenreißen, du kommst jetzt mal für eine Weile mit zu mir, wann war sie dazu in der Lage gewesen? War sie damals schon allein, oder hatte die Tochter noch bei ihr gewohnt? Was hielt die Tochter von ihm, Mick, der plötzlich in Lauras und Nils' Wohnung gestanden hatte wie ein Gespenst, der Peggy wieder zur Vernunft bringen wollte, deine Tochter ist nicht hier, auch in der Küche ist sie nicht. Es waren zu viele Fragen, Fragen, die niemand beantworten konnte, die niemand stellte.

Unten krachte es, dann, plötzlich, drehte ein Beat auf, Hip Hop schallte durch den Hinterhof. Sie mussten das Fenster sperrangelweit aufgerissen haben. Das Treppenhaus ist manchmal bisschen hellhörig, hatte Manuel gesagt. Die Tür abdichten, fast musste Nils lachen, sollte das wirklich die Lösung sein, einfach wegzuhören, zu tun, als ob nichts wäre? Die Hausverwaltung war, nachdem sie persönlich dort vorgesprochen hatten, sowieso nicht mehr zu erreichen. Immer, wenn er es probierte, ging sein Anruf ins Leere, es klingelte nicht. Fast war es, als wären sie nie dort gewesen, als gäbe es Herrn Marquardt nicht, den großen runden Tisch voller Lametta und Tannenzweige, das Versprechen, ihnen zu helfen.

Neben ihm erschien Laura. Sie hüllte sich fester in die Decke, die sie wie einen Umhang trug, seit es in der Wohnung so kalt war. Luca schlief im Schlafzimmer auf dem Fell, Laura hatte es ihm dort neben der Heizung inzwischen gemütlich gemacht, sogar ein Mobile aufgehängt, kleine Holzschafe, die bei jedem Luftzug sacht baumelten. Wie lange hielten sie es schon so aus; war es wirklich möglich, dass sie erst seit einer Woche nur diese eine Heizung hatten? Nils fühlte sich verloren, lost, wie Laura sagen würde, als ob das Gefühl, das in den Wochen nach der Geburt schon von ihr Besitz ergriffen hatte, der absolute Verlust jeglichen Gespürs für den Verlauf der Zeit, nun auch ihn erfasst hätte, ein dunkler Sog, gegen den jeder Versuch einer Chronologie zwecklos war.

»Wir sollten jetzt beim Sozialpsychiatrischen Dienst anrufen«, sagte Laura, »das ist jetzt der nächste Schritt.«

Frau Ludwig, er war sich beinahe sicher, den Namen beim letzten Telefonat richtig verstanden zu haben. Sie ging gleich nach dem dritten Klingeln ran. Nils atmete einmal tief ein, dann sagte er: »Bei Frau Meyer gibt es schon wieder einen schlimmen Streit. Ich dachte, das interessiert Sie vielleicht.« Er war aufgestanden und lief in großen Schritten im Zimmer auf und ab.

»Danke, ist notiert.«

»Schicken Sie niemanden vorbei?«

»Na wir waren doch gestern da.«

»Wirklich?«

»Wenn ich es doch sage.«

»Komisch, unten ist alles wie immer.«

»Können wir jetzt auch nichts machen. Vielleicht Ende der Woche nochmal.«

»Ich frag nur, weil sich die Situation, wie Sie ja sicher wissen, ein bisschen verschärft hat. Wegen der Messerattacke und so. Gab ja jetzt noch eine weitere Anzeige. Und wir waren auch bei der Polizei. Ich weiß nicht, ob Sie unter den Bedingungen guten Gewissens in Ihrem Büro sitzen können, wenn Sie doch wissen, dass wir mit einem Baby hier wohnen und Sie vorgewarnt haben.«

Frau Ludwig schwieg. Nach einer ziemlich langen Atempause sagte sie: »Natürlich. Wir kommen gleich.«

Es dauerte. Aber sie kamen. Eineinhalb Stunden später, unten war längst Ruhe eingekehrt, sagte Nils, der etwas gehört hatte: »Sie sind hier.« Er schlich ans Wohnzimmerfenster. Laura, die nebenan gestillt hatte, kam sofort mit Luca dazu.

Eine Frau mit silbergrauem und etwas steifem Haar betrat den Hof, dicht gefolgt von zwei Rettungssanitätern und einigen Polizisten. Die Rettungssanitäter blieben unten stehen und zündeten sich Zigaretten an, während die Frau, die nur Frau Ludwig sein konnte, mit den Polizisten das Haus betrat. Sie klopfte unten, das hörte Nils noch.

Dann verschluckte die Wohnung unter ihnen alle Stimmen, machte sie matt und unverständlich, als wäre ein schwerer Teppich über sie gefallen. Irgendwann kreiselte Peggys Stimme immer mehr in die Höhe, sie schimpfte und fluchte, ein spitzer Schrei – und alles war still.

Die Sanitäter drückten ihre Zigaretten aus und betraten das Gebäude. Kurz darauf kamen sie mit Peggy wieder raus. Sie hatten sie bäuchlings auf eine Trage geschnallt. Sie bewegte sich nicht mehr.

Die grauhaarige Frau folgte ihnen. Bevor sie mit den Sanitätern den Hof verließ, drehte sie sich noch einmal um zu Nils und Laura, die immer noch hinter dem Fenster standen. Sie lächelte und hob die Hand zum Abschied, ehe sie ging.

Im Fenster schräg gegenüber flimmerte ein Stern.

»Komm«, sagte Nils.

Laura, die Luca vorsichtig zurück aufs Fell im Schlafzimmer legte, guckte auf.

Er griff nach ihrer Hand und zog sie mit sich auf die Matratze im Wohnzimmer. Die Freude war einfach zu groß. Er schob ihr Shirt in die Höhe und küsste ihren Bauch, die vor Kälte spitzen Warzen, Hühnerhaut, er mochte das Wort lieber als Gänsehaut. Ihre Brüste waren riesig seit der Geburt. Er hatte Lauras kleine Apfelbrüste immer gemocht, aber diese Titten machten ihn verrückt.

10

Laura zitterte, sie dachte an Peggy, bäuchlings, auf der Trage, ist das jetzt wirklich der Moment, sie öffnete den Mund, um es zu sagen, doch Nils schüttelte den Kopf. Er legte ihr einen Finger auf die Lippen und flüsterte: »Ich weiß.«

»Ja?«

»Ja.«

Sie schloss die Augen. Konnte nicht aufhören, sich zu fragen, ob es richtig gewesen war. Würde ihr in der Klinik geholfen werden? Peggy, dachte sie, in ihrer kurzen Hose und den Wanderschuhen, damals, im Hof. Temperaturen unter Null, fast meinte sie die Atemluft zu sehen, die in der Kälte vor ihrem Gesicht aufgestiegen sein musste, während sie dort ausgeharrt hatte, ohne sie, die drinnen in der Küche gesessen hatte, wo es damals noch warm war, auch nur ein einziges Mal aus den Augen zu lassen. Laura empfand eine so tiefe Erleichterung, dass sie fort war. War es denn in Ordnung sich darüber zu freuen?

Nils' Hände auf ihrem Bauch, der noch immer zu weich war, seine Zunge auf ihrer Vulva – die alten Empfindungen überforderten sie und überwältigten sie dann doch. Nils fickte sie, bis ihr Körper endlich wieder richtig warm wurde, bis er glühte, dann drehten sie sich um und

Laura fickte Nils, sie keilte ihre Fersen ins Laken und konzentrierte sich ganz auf ihr Gefühl und auf Nils' Geruch, diesen altbekannten Geruch, den sie nun wieder mochte. Es fühlte sich nicht anders an als früher. Nur die braunroten Schlieren auf Nils' Penis erinnerten daran, dass ihr Körper die Geburt noch nicht ganz verkraftet hatte, dass er von innen noch heilte. Nils suchte ihren Mund mit seinen Lippen, und Laura öffnete sich, sie klammerte sich fest, wollte bei ihm bleiben. Er saß jetzt wieder auf ihr, eine Hand auf ihrem Hals, und bewegte sich sehr schnell. Laura schloss noch einmal die Augen, während es sie durchzuckte, als stünde sie im Stroboskoplicht eines Clubs. Sie hatte den Kopf in den Nacken gelegt und die Arme ausgebreitet wie Flügel.

Als Nils sich schließlich von ihr wälzte und erschöpft neben ihr liegen blieb, sagte sie: »Das war gut.«

Nils runzelte die Stirn. »Meinst du den Sex? Oder den Sex, jetzt, wo Peggy weg ist?«

Laura atmete aus. »Den Sex!«, sagte sie eine Spur zu laut.

»Aber das kannst du doch so nicht sagen! Das ist, als ob du nach dem Joggen eine halbe Flasche Wasser getrunken hättest. Oder nach einem langen Nachmittag im Schneeregen eine Tasse warmen Tee. Und ich bin der Tee, verstehst du!«

»Ach komm.«

»Doch!«

»Dann sag doch mal. Wie hat es sich denn bei dir angefühlt?«

»Keine Ahnung. Das kann man nicht beschreiben.« Er

legte seinen Kopf auf ihren Bauch. »Als ob ich einen nagelneuen Head Prestige Tour 600 auspacke und in der Hand halte, und dann spiele ich mein allererstes Match damit, und bei jedem Aufschlag sirrt der so.«

Laura konnte nicht anders, sie lachte. »Und ich bin der nagelneue Tennisschläger.«

»Nee! Keine Ahnung. Okay, ich geb's zu. Das ist schwer.«

»Ein Gefühl von Macht.«

»Ein bisschen, ja.«

»Und wie Disco. So ein Blinken im Kopf.«

»Ja.«

Sie lagen noch eine Weile nebeneinander, und Laura war beinahe traurig, dass sie inzwischen weder rauchte noch kiffte, nicht einmal trank.

»Eigentlich müssten wir Mick anhauen«, sagte Nils, als hätte er ihre Gedanken erraten.

Laura wurde ernst. Sie boxte ihn in die Seite und Nils warf sich auf sie und hielt sie mit den Händen fest, während sie strampelte und »Vorsicht, Luca!« rief.

Erst das Schrillen der Klingel scheuchte sie auseinander.

Nils sprang auf. Er warf sich ein T-Shirt über, schlüpfte hastig in seine Boxershorts und griff nach dem Brotmesser, das immer noch auf der Kiste im Schlafzimmer lag.

Draußen stand der Polizist, der gleiche, der schon einmal da gewesen war. Sie empfingen ihn barfuß und mit zerzaustem Haar. Laura, die sich sonst nie schämte, die nie etwas zu verstecken hatte, erschrak; ihr Herz pochte wild. Sie senkte den Kopf.

»Das würde ich an deiner Stelle nicht tun, mit dem Messer rumspazieren«, sagte der Polizist zu Nils. »Das sieht dann nicht mehr nach Verteidigung aus. Das geht dann ganz schlecht aus für dich, vor Gericht. Da kenn ich Fälle.«

»Aber wie sollen wir uns denn wehren?«

»Du holst das Messer aus der Küche.«

»Okay.«

»Nie ein Messer bereitlegen.«

»Verstanden.«

»Weshalb ich aber eigentlich gekommen bin: Ich will eure Laune jetzt nicht vermiesen. Aber freut euch bitte nicht zu früh. In ein paar Wochen ist die zurück.« Er schwieg kurz, als müsste er überlegen, ob er das, was ihm auf der Zunge lag, jetzt wirklich sagen sollte oder nicht. »In solchen Fällen hilft es eigentlich nur, und ich weiß, das ist hart, wenn ich das jetzt so sage, und traurig, aber es hilft wirklich nur, wenn die Betroffenen selbst Schluss machen damit.«

Es war ein bisschen komisch, als Nils dann ging, um die Toilette in Lauras alter Wohnung zu putzen. Zu still war es in der neuen, wenn Peggy nicht da war und Luca auf seinem Platz im Schlafzimmer schlief. Im Badezimmer gluckerte etwas. Laura warf einen prüfenden Blick hinein. Sie spürte, wie sich ein leises Unbehagen in ihrer Magengegend einnisten wollte. Seit das mit der Badewanne passiert war, ekelte sie sich vor den Rohren, die ihre mit Peggys Wohnung verbanden. Als Luca einmal ohne erkennbaren Grund zu weinen begann, hatte die Angst

Laura schon gepackt. Doch unten war es immer noch still, kein Laut drang von dort herauf.

Irgendwann hörte sie, wie die Haustür zufiel. Sie schlich ans Fenster und sah Mick, wie er mit einer großen Tasche über der Schulter losmarschierte. Der Nachmittag zog sich dahin. Kurz schneite es; wenige, tänzelnde Flocken, die nicht liegenblieben. Laura traute sich nicht mit Luca die Wohnung zu verlassen. Ihre Angst war aber auch nicht groß genug, einen der neuen Nachbarn zu kontaktieren, nicht einmal Sina, die ihr ja sogar ihre Nummer gegeben hatte, mit der Bitte, sich zu melden, wenn etwas wäre. Auch Clara hatte geschrieben: Lust auf Mama-Kind-Yoga um zwei? Beinahe absurd, jetzt an Yoga zu denken. Zumal sie noch nicht einmal einen Rückbildungskurs gemacht hatte. Laura klickte die Nachricht weg, räumte die Frühstücksteller in die Maschine, wischte den Tisch sauber, fegte den Boden und kratzte eingetrocknete Spuren von den weißen Fliesen. Wenn die Betroffenen selbst Schluss machten damit, dachte sie. Was genau hatte der Polizist damit sagen wollen; sollte Peggy sich etwa umbringen?

Laura kippte einen Schwung Reinigungsmittel in den Putzeimer und tauchte den Lappen ins schäumende Wasser. Sie schrubbte die Küche, bis ihr der Zitronengeruch beißend in die Nase stieg und sie nichts anderes mehr roch. Und selbst dann schrubbte sie weiter, als gelte es Peggy ein für alle Mal aus dieser Wohnung zu schrubben, ihren penetranten, alles markierenden Geruch, sie schrubbte, bis ihr allmählich wärmer wurde, bis sie meinte, die Kälte in ihren Knochen nicht mehr zu spüren. Als hätten auch die kaputten Heizungen etwas mit Peggy zu tun, als wäre ein Teil von ihr immer noch und für immer hier.

Erst das Piepen der Waschmaschine unterbrach sie. Sie entriegelte die Tür und zog die nasse Wäsche in den Korb. Stoffwindeln, Waschlappen, Handtücher. Wenn sie trocknen sollten, würde sie sie im Schlafzimmer aufhängen müssen. Sie ließ sich auf den Wannenrand sinken. Es hatte ihr nie besonders gelegen ihre Wohnungen sauber zu halten. Plötzlich tat sie nichts anderes als das. Auch der eigene Körper wollte gereinigt werden, doch die Stunden, in denen Luca schlief, waren zu kostbar, um damit verschwendet zu werden. Wer war sie einmal gewesen, wer war sie jetzt? Ihr Leben verschwamm zu einem konturlosen Film.

In ihrer Hosentasche vibrierte das Handy. Sie zog es hervor und las die Nachricht von Anna: »Gibt es neue Aufnahmen von Luca?«

Sie spürte eine stumpfe Wut in sich hochsteigen. Ihre Eltern waren offenbar der Meinung, dass es am besten war, so zu tun, als wäre nie etwas passiert. Vielleicht glaubten sie, Peggy würde verschwinden, wenn man nur nicht von ihr sprach. Oder war es etwas anderes, war es nicht schon immer so, als zielte Anna in allem, was sie sagte, schräg an Laura vorbei, fast als wollte sie, dachte Laura, gar nicht richtig hinsehen. M-Anna, hatte sie sie gerufen, damals, als Kind, sie war allein unten im Sandkasten, die Mutter oben im vierten Stock. Ammaaa! Aber Anna erschien nie sofort, immer gab es vorher noch etwas anderes zu tun, der Blick hing am Himmel hinter dem Fenster, sie antwortete nicht. Hatte sie sie überhaupt gehört? Vielleicht hatte sie ihre Mutter nie mehr geliebt als damals, als sie Hand in Hand durch die Dunkelheit liefen (ein Urlaub, wo nur waren sie gewesen?), eine fremde Schnellstraße entlang, auf dem schmalen Streifen Gras zwischen Böschung und Asphalt. Die Mutter hielt Laura so fest, dass es ein bisschen weh tat, und wie immer musste Laura rennen, um mit ihr Schritt zu halten. Die Scheinwerfer der entgegenkommenden Autos erhellten das Gesicht der Mutter immer nur kurz, während sie knapp an ihr vorbeirauschten. Die plötzliche Angst, eines davon könne die Mutter erwischen, ergriff Laura ganz. Aber die Mutter schüttelte den Kopf: »Lieber sollen sie mich erwischen als dich.« Ihre Liebe zu Laura, die doch da war – warum fiel es Anna so schwer sie in Worte zu fassen? War ihre Scham das lose Ende, mit dem Lauras Geschichte begann, in Schweigen versunken? Als sähe Anna in den Augen ihrer Tochter auch einen Teil von sich selbst, der ihr zuwider war. Die kleinen Videos von Luca dagegen wurden stolz in der Arbeit herumgezeigt. Ich hab ihn nicht für euch bekommen, hätte Laura am liebsten zurückgeschrieben. Stattdessen schickte sie zwei Bilder von Luca, wie er mit hochgezogenen Armen schlief. »Mehr folgt morgen«, tippte sie, »heute keine Zeit gehabt zu filmen.«

Die Antwort folgte sogleich: »Schön schläft der kleine Luca.«

Laura fühlte sich mit einem Mal sehr alleine. Als wäre auch dieser Satz nicht wirklich für sie bestimmt. Sie aber sehnte sich nach einer Mutter zum Anlehnen, nach einer, die stark genug war, ihr wirklich zuzuhören und ihr am

Ende zu sagen: »Okay, ich weiß, was wir machen.« Oder: »Keinen Plan, was wir da machen können, aber wir stehen das zusammen durch.« Eine, die »wir« sagen würde.

Sie verließ den Chat mit der Mutter, ging zurück zu Claras »Lust auf Yoga um zwei?« Es half nichts. Die Wohnung machte sie zu einer doppelt Gefangenen, nicht nur physisch, nein, sie entfremdete sie auch von Menschen, die ihr nahestanden. Niemand da draußen würde verstehen.

Nils kam gegen sieben, er brachte Fertigpizza mit. Sein Rücken schmerzte jetzt so sehr, dass er nicht mehr gerade auf dem Stuhl sitzen konnte. Sie hatten trotzdem Sex, auf dem Boden im Wohnzimmer, Laura hatte sich auf ihn gesetzt. Luca war unruhig, mittendrin hielt sie immer wieder an und lauschte, und einmal legte sie den Finger auf Nils' Lippen: »Hörst du?«

Ein richtiger Laut, ein Wort beinahe: U-La.

Mit seinen fünf Wochen gluckste und weinte Luca viel. Geplappert hatte er noch nichts. Hatte sie sich verhört? Im Schlafzimmer war alles wieder ruhig.

»Nicht, dass ihm kalt ist«, sagte Laura. »Vielleicht ist Lucas Heizung jetzt auch ausgefallen.«

»Er hat doch die Daunendecke.« Nils packte sie und drehte sie um.

»Hast du sie an den Seiten gut festgestopft? Er darf sie sich auf keinen Fall über den Kopf ziehen.«

»Ja.« Nils drang in sie ein. »Weißt du noch, in der ersten Nacht, unserer allerersten? Wollen wir den Rekord brechen?«

Laura kicherte. Doch irgendetwas stimmte nicht mehr. Sie wollte so gerne, dass es wieder so wäre wie am Morgen, noch einmal so beieinander sein, noch einmal so zusammen zum Höhepunkt kommen. Sie machte es sich mit der rechten Hand, während sie sich seinen Penis vorstellte, mit den Blutspuren darauf, und ihren eigenen von der Schwangerschaft noch ausgeleierten Körper, die schlaffe Haut am Bauch und die geschwollenen Brüste. Sie schaffte es nicht. Als wäre ein Teil von Peggy wirklich noch hier, als hätte sie ein Schlupfloch genutzt und wäre vorhin mit Luca in ihren Kopf gekrochen, als wollte sie sie mahnen: Dein Baby, hörst du es nicht? Ein erster Laut, fast schon ein Wort. Und keiner ist da, keiner hört ihm zu.

Keiner außer mir.

11

Sie aßen die Pizza im Schlafzimmer, so wie früher, als Luca noch nicht auf der Welt war und sie das Bett vollbröseln und dazu irgendetwas streamen konnten, ohne fürchten zu müssen ihn zu wecken. Während John Goodmans wuchtige Gestalt durchs Feuer lief, zwischen der abblätternden Tapete eines maroden Hotels, wickelte sich Nils enger in die Daunendecke. Er ertrug es kaum. Statt John Goodman meinte er Peggy zu sehen, am anderen Ende des Ganges stand sie da, mit gerötetem Gesicht und wirrem Haar. Plötzlich war alles wieder da: Wie sie sie am Morgen abgeholt und weggebracht hatten, bäuchlings, mit dem Gesicht in die Trage gedrückt.

»Hey, guckst du überhaupt.« Laura klickte auf Pause.

»Sorry. Eigentlich krass, dass du das jetzt schaffst.«

»Naja.«

Nils fuhr sich mit den Händen durchs Haar. »Fragst du dich denn nie, was gewesen wäre, wenn?«

»Wenn was.«

»Wenn dein Vater euch nicht nach Deutschland geholt hätte.«

»Du meinst, ob ich dann im lila Trainingsanzug in irgendeinem rumänischen Wohnblock sitzen würde?«

Nils lachte. »Wir wären uns nie begegnet.«

»Nie.«

»Schon komisch, oder?«

»Im Kern wäre ich wahrscheinlich trotzdem die Gleiche.«

Er schloss kurz die Augen, wusste nicht recht, ob und wie er es sagen sollte. »Meinst du«, sagte er, als er sie wieder öffnete, »dass Frau Meyer immer Peggy geworden wäre, irgendwann? Unter anderen Startbedingungen, meine ich.«

»Keine Ahnung. Macht das denn einen Unterschied?«

»Ich weiß nicht. Vielleicht macht es einen. Vielleicht sind wir Teil davon. Vielleicht sind wir der Unterschied.«

»Das fühlt sich komisch an, oder? Dass die jetzt erst mal weg ist, wegen uns. Aber Nils, du darfst nicht immer denken, dass du allen helfen kannst. Die hat uns eben auch die Tür eingetreten.« Laura tastete mit den Fingern über Lucas Nacken.

»Zu kalt?«, fragte Nils.

»Ja. Aber sein Nacken ist warm.«

Nils betrachtete Luca. Der Pinguin auf seinem Schlafsack hob und senkte sich, während er ein- und ausatmete.

»Vielleicht wird ihr jetzt endlich geholfen«, sagte Laura.

Nils sah sie zweifelnd an. »Glaubst du das?«

»Besser, als dass sie immer so weitermacht, oder? Drogen statt Medikamente. Mick, ob er will oder nicht, befeuert das nur noch. Außerdem hast du das selber gesagt, als sie sie weggebracht haben! Du wolltest doch unbedingt Sex haben.«

»Ich wollte unbedingt Sex haben?«

»Du hast gesagt, dass es okay ist!«

»Du spinnst ja.«

Laura griff nach dem letzten Stück Pizza. »Willst du nach Bayern fahren?«

»Nach Bayern?«

»Ich weiß ja nicht, wie es dir geht. Aber ich hab mich noch nie so wenig nach Weihnachten gefühlt wie jetzt.«

Nils wälzte sich auf die Seite. Wie sollten sie denn jetzt nach Bayern fahren. Aber da war sie wieder, diese Sehnsucht, die ihn in letzter Zeit ständig packte. Frösche im Sommer, Schnecken im Gras. Und das Licht, schräg, über dem See. Er fragte sich, ob er sich jemals hier zu Hause fühlen würde.

12

Ohne Peggy waren auch die Nächte sehr still. Nichts war zu hören, keine Nachbarn, kein Verkehr, nur das Gurren der Tauben am Morgen. Ein einziges Auto fuhr abends durch den Torbogen in den zweiten Hinterhof, um morgens gegen sieben wieder zu starten, niemand wusste genau, wem es gehörte. Die ruckelnde Zündung des Motors, die sich in die Stille seiner Träume grub, erinnerte Nils an die Nächte seiner Kindheit, in dem kleinen Ort unweit vom See. Dort war die Stille auch nur durch das sporadische Stottern eines anspringenden Motors durchbrochen worden, und dessen allmähliches Abschwellen in der Entfernung. Ein Geräusch, das hier irgendwie unpassend war, als ob es nicht wirklich hergehörte. Auch die Stille war eine andere. Als würde das Haus in ihr erst ganz zu sich selbst finden, als dehnte es sich aus und zöge sich wieder zusammen, ein Organismus aus Lehm und Staub, mit einem heimlichen Gluckern hier, einem fast unmerklichen Ächzen dort, als säße jemand in der dunkelsten Ecke, unter der Durchreiche, als atmete jemand müde aus.

Umso brutaler bohrte sich jetzt das Gellen der Klingel in seinen Schlaf. War es möglich, war Peggy schon wieder zurück? Draußen war es stockdunkel. Nils wälzte sich von der Matratze. Etwas knackste unter seinem rechten

Fuß, wahrscheinlich einer von Lucas Greiflingen. Er schlich zur Tür. Sie mussten unbedingt einen Spion bei der Hausverwaltung beantragen, dachte er und öffnete die Tür einen Spalt weit.

Mick stand im Flur, er trug einen weiten peruanischen Pullover mit Alpakas drauf, und kurze Hosen, die Nase war rot, die Augen verquollen. »Ich zeig euch an«, sagte er. »Was fällt euch ein, ihr habt Sex, mitten in der Nacht, während euer Kind weint, und ihr glaubt, wir hören das nicht! Aber wir hören alles da unten, alles. Die Böden zwischen uns sind nicht dicht. So wie ihr uns hört, so hören wir euch! Und das geht einfach nicht, das geht so nicht, damit kommt ihr nicht durch. Ich ruf die Bullen, ich ruf das Jugendamt, das ist Ruhestörung und Kindesmisshandlung, und wegen euch ist Peggy weg.« Er drehte sich um und rauschte die Treppen wieder runter.

Nils schloss die Tür und lehnte sich mit dem Rücken dagegen, er hatte keine Kraft, jetzt zurück zu Laura ins Bett zu kriechen, oder auf die Matratze, denn ein Bett hatten sie ja nicht, und dann ihr fragender Blick, was ist los, Nils, was tun wir jetzt nur, oder nein: Was wirst DU tun. Er konnte es ihr nicht mal übel nehmen. Solange Luca ständig an ihr hing, war sie keine große Hilfe. Und dann wurde er das verdammte Gefühl nicht los, dass das alles seine Schuld war, er hatte ja die Wohnung gefunden und er hatte das jetzt verdammt nochmal geradezubiegen.

Laura erwartete ihn schon im Türrahmen. Sie streckte ihm ihre Brille entgegen, oder das, was davon übrig war. »Hast du eine Ahnung, was die mir bedeutet, seit wir Luca haben? Nur mit Kontaktlinsen bin ich total aufgeschmissen!«

»Ernsthaft jetzt? Deine beschissene Brille?« Für einen Moment wünschte sich Nils einfach zu verschwinden.

»Das Gestell ist gebrochen!«

»Warum musst du sie auch immer auf den Boden legen! Und außerdem, Laura, Mick hat gerade gesagt, er zeigt uns an!«

Laura machte eine wegwerfende Handbewegung. »Vergiss den. Morgen überlegen wir.«

»Wie bitte?«

»Jetzt lass den erst mal seinen Rausch ausschlafen«, sagte Laura, »der ist fix und fertig mit den Nerven. Morgen früh klingelst du mal da unten und redest mit dem.«

Nils starrte sie entgeistert an. »Wieso das denn?«

»Wir brauchen ihn auf unserer Seite.«

»Der wird nie auf unserer Seite sein.«

»Ja. Aber er muss verstehen, dass wir keine Arschlöcher sind und dass wir nur getan haben, was wir halt tun mussten.«

»Weil du dich dann besser fühlst?«

Vehement schüttelte sie den Kopf. »Falls nochmal was passiert! Der Polizist hat doch gesagt, bald ist die zurück.«

Nils schwieg. Er rubbelte sich das Ohrläppchen, bis es ganz rot war.

Laura wandte den Blick ab. »Sonst geh ich da morgen runter.«

Sie konnte das nicht ernst meinen. Nils würde sie, das wusste sie sicher und jetzt legte sie es darauf an, niemals alleine runterschicken.

13

Der Brief lag auf dem Fußabstreifer. Etwas zerknittert, aber ungeöffnet, adressiert an Petra Meyer, eindeutig, Petra Meyer, da stand es, auf diesem Brief, der vor seinen Füßen lag, als hätte ihn jemand absichtlich hier fallen lassen. Der Name machte etwas anderes in ihm auf, etwas ganz Neues, das er so nicht vermutet hatte. Wer war diese Petra, in welchem Moment war sie gekippt, war Petra zu Peggy geworden, und von wem war der Brief, was verbarg sich darin. Schon wollte er sich bücken und danach greifen wie nach einer hingehaltenen Hand, da knackte es und die Tür sprang auf.

Enge Jeans, und nur ein String-Top, wie die Mädels damals in den späten Neunzigern. Dünne blondierte Strähnen fielen ihr über die blassen, knochigen Schultern, und die Augen waren viel zu schwarz geschminkt. Älter als sechzehn konnte sie nicht sein.

»Was gibt's denn?«

»Ist Mick da?«

»Was willst du von ihm?«

»Nur kurz mit ihm reden. Er hat heute Nacht bei uns geklingelt.«

»Er ist jetzt nicht zuhause.« Sie schwieg. »Sorry.«

»Okay. Ich probier es später nochmal.« Er hustete,

deutete auf den Brief am Boden. »Ich glaub, ihr habt Post.«

Sie zuckte mit den Schultern und schob den Brief mit dem Fuß in den Flur. Dann machte sie die Tür wieder zu.

Mick kam später mit einer großen Aldi-Tüte vorbei. Die Haare hatte er zurückgekämmt, um den Hals trug er eine Panzerkette, er roch nach Aftershave. Nils konnte sehen, dass in der Tüte Kinderspielzeug war, buntes Plastik, Plüsch, auch ein paar Bücher. Leselöwen, er hatte als Kind so viele davon besessen.

Mick hielt Nils die Tüte hin. »Hier, das ist für euch, okay?« Er weinte, sein Gesicht war ganz nass. »Weißt du, Mann, Peggy ist weg, sie haben sie in die Klapse gesteckt, und sie hat euch die Tür eingetreten und jetzt werden die uns kündigen und ich wollte nur nochmal sagen, dass es mir leid tut wegen heut Morgen, das hab ich nicht so gemeint, echt jetzt, das kam nur so aus mir raus, und auch wegen der Tür, ihr müsst keine Angst haben, die meint das nicht so, die weiß doch gar nicht, was sie tut.«

Nils nickte. »Aber du musst uns auch verstehen, wir haben ein Baby.«

Mick wischte sich die Rotze aus dem Gesicht. »Die wird halt manchmal lauter, die redet viel Scheiß, aber weißt du, Peggy hat ein großes Herz, das sehen viele nicht. Ihr seht immer nur das Negative.« Er schluchzte und schwankte ein bisschen dabei. Plötzlich blieb er stehen, wie von einer Eingebung gerührt. »Du«, sagte er, »hast du nicht zufällig nen Zehner für mich.«

»Wieso.«

»Nur ein bisschen Weed, ein Zehner, das würde schon helfen.«

Nils fuhr sich mit der Hand durchs Haar. »Du, nee, wir haben nichts in bar …«

»Nicht mal fünf?«

»Nein.«

»Okay.« Mick drehte sich wieder um, er schluchzte noch ein paar Mal, während er langsam die Treppen wieder runterstieg.

14

Es war schon dunkel, als sie von der Landstraße in die Siedlung abbogen und vor der Buchsbaumhecke hielten, die den Hoffmann'schen Vorgarten überwucherte.

Lauras Eltern hatten die Entscheidung, sie an Weihnachten nicht zu besuchen, nicht einmal für einen einzigen Tag, nur schwer akzeptiert. Nils hatte zugehört, wie Laura am Telefon zu erklären versuchte, wofür es im Grunde keine Erklärung gab. »Es ist einfach zu viel für die paar Tage, Luca ist doch gerade mal sechs Wochen alt. Nächstes Mal kommen wir zu euch!« Dabei hätte sie, fand Nils, es ruhig einmal sagen, es laut ausrufen dürfen: Wir sind erschöpft, wir halten nicht mehr lange durch. Das Missgeschick mit der Brille war nur ein weiteres Indiz dafür; es war Zeit, dass sie sich eine Auszeit gönnten. Dazu kam die angespannte Situation mit Mick. Doch bei Lauras Eltern gab es für solche Gefühle keinen Raum. Allein bei der Möglichkeit eines Misserfolgs bekamen sie schon so etwas Starres im Blick, nein, Laura durfte, sie würde nicht scheitern, auch dieses Mal nicht.

Sie verbrachten die Weihnachtstage mit Tee und Keksen auf dem großen flauschigen Wohnzimmerteppich seiner Eltern, wo Luca in der Sonne döste, nachdem Nils' Vater ihn zu den Songs von Zucchero in den Schlaf getragen hatte. Sie machten Seespaziergänge. Die Wellen rollten gleichmäßig gegen den knirschenden Kies, der so weiß im Licht glänzte, dass man fast die Augen zusammenkneifen musste.

Nils kam es vor, als wäre er einer Falle entkommen. Der letzte Abend in Berlin fühlte sich wie ein schlechter Traum an. Sie hatten nicht gewusst, was sie mit der Alditüte machen sollten. Wegschmeißen? Lieber nicht. Das waren bestimmt die alten Sachen von Peggys Tochter. Zurückgeben? Dann wäre Mick vielleicht beleidigt gewesen. Aber behalten konnten sie die Sachen auf keinen Fall. Sie klebten und wellten sich schon, ein süßlicher Geruch ging von der Tüte aus. Sie stellten sie ins Arbeitszimmer hinter die Tür, packten dann ein paar Sachen zusammen. Das Nötigste, wie sie dachten, aber wie sich herausstellte, war das mit Baby gar nicht so einfach, allein die Stoffwindeln nahmen schon ein Viertel des großen Koffers ein. Was brauchten sie noch? Die Wolldecke, die Krabbeldecke, das Tragetuch? Wie viele Bodies, Strumpfhosen, Pullis, Hosen und Socken, einen oder zwei Winteranzüge, Spielzeug? Während Laura durch die Zimmer geirrt war, hatte Nils Luca herumgetragen und sich geärgert, weil er nur die Hälfte mitgenommen hätte und sowieso längst fertig gewesen wäre, wohingegen Laura fest davon überzeugt gewesen war, dass er eben auch die Hälfte vergessen hätte. Und das hätten sie dann an der ersten Tankstelle bemerkt.

Egal. Jetzt waren sie hier. In Sicherheit. Merkte Laura den Unterschied? Manchmal beobachtete er sie so von der Seite, stellte sich vor, wie es wäre, wenn. Hier war

Licht, und Luft und Raum. Zum Atmen, zum Neudenken. Es war so einfach, hier nicht an Peggy zu denken, während sie in der warmen Küche seiner Eltern Springerle buken und damit den Weihnachtsbaum schmückten, während sie die Strohsterne und Holzfiguren auspackten und dann sogar den Lokomotivführer fanden, den Nils als Kind immer am meisten gemocht hatte. Fast war es, als gäbe es Peggy gar nicht, dachte Nils, während sie Würstchen mit Kartoffelsalat aßen und dann Stille Nacht zusammen sangen, im Kerzenschein. Ob jemand jetzt auch für sie sang, das fragte er sich dann aber doch, ob Mick sie besuchen kam, hatte er ein Geschenk dabei, Kerzen und einen Tannenzweig aus dem Blumenladen im Hafen, eine Postkarte, einen kleinen Schokoladennikolaus? Aber war es denn in Ordnung, dass er sich ausmalte, was sie tat? Es war verrückt. Jetzt, wo sie tätig geworden waren und begonnen hatten sich zu wehren, indem sie Peggy beobachteten, indem sie sich einmischten und Dinge veränderten, wurden sie allmählich zu denjenigen, die Peggy in ihnen gesehen hatte – von Anfang an.

15

An einem Nachmittag klingelte Susanne. Eine Freundin von Nils' Eltern aus WG-Zeiten, mit dickem grauem Haar, das sie geflochten trug. »Und Matze?«, hatte sie gesagt und den Blick suchend durch den Raum gleiten lassen.

»Der ist in Kalifornien«, sagte Irmgard, »die sind da doch immer über Weihnachten.«

»Wie läuft es bei ihm, wie geht es mit Emil?«

Laura griff nach Nils' Hand. Seit sie hier waren, hatten alle nur nach Matze gefragt, jeder, der ihnen begegnet war, selbst beim Spaziergang am See, im beinahe gleißenden Licht einer unerwartet kräftigen Dezembersonne, waren zwei Bekannte stehen geblieben, hatten durch Nils hindurchgeguckt, ihn halb wahrgenommen, halb nicht, aha, hatten sie gesagt, Familienbesuch – und Matze nicht da?

»Und du«, sagte Susanne in diesem Moment zu Nils, »ich hab gehört, du wohnst jetzt in Berlin? Hätte ich ja nicht gedacht, dass du mal da hängen bleibst.«

Sie setzten sich ins Wohnzimmer, Klaus servierte Tee in kleinen chinesischen Schalen. Nils versank halb in der kaffeebraunen Ledercouch seiner Eltern, er zupfte Luca einen Fussel vom Po. »Ich auch nicht, ehrlich gesagt.«

»Nicht?«, sagte Laura, die sich als einzige auf den Teppich am Boden gesetzt hatte. Sie tastete nach ihrer Brille, der Sekundenkleber schien zu halten, sie spürte die kleine Erhebung unter den Fingern. Ein getrockneter Tropfen, genau auf dem Nasensteg.

»Naja, nicht so lange«, sagte Nils.

»Tja. Und jetzt hängst du mit uns fest.« Laura lächelte tapfer.

»Erzählt Susanne doch mal, was passiert ist«, sagte Irmgard. »Die ist schließlich Psychotherapeutin.«

Nils wirkte geradezu erleichtert, nicht länger über Berlin oder seine Arbeit sprechen zu müssen. Er ging alles von Anfang an durch, von der langen Suche und dem Tausch, den ersten Flüchen, die er nicht ernst genommen hatte, den Besuchen bei der Hausverwaltung und bei der Polizei, der Untätigkeit von Seiten des Betreuers und des Sozialpsychiatrischen Dienstes. »Und jetzt ist sie weg, aber wir haben schon gehört, dass das wohl nur so eine Kurzzeit-Maßnahme ist. Ein paar Wochen, wenn's hochkommt.«

»Weil nach BGB und nicht nach PsychKG?«

»Wie meinst du das?«

»Das PsychKG ist das Psychisch-Kranken-Gesetz. Das darf nur vom Sozialpsychiatrischen Dienst angewandt werden, also wenn eine längerfristige Unterbringung nötig ist, auch gegen den Willen des oder der Erkrankten. Wenn eure Nachbarin, wie heißt sie, Peggy-?«

»Petra«, sagte Nils. »Petra Meyer.«

»Petra?«, sagte Irmgard.

»Das heißt gar nichts. Ich hatte neulich einen Patienten, der war Professor für Musikgeschichte. Sie ist nicht immer die gewesen, die ihr jetzt in ihr seht. Wisst ihr denn mehr über sie? Ist sie schon lange krank? Hat sie vielleicht Familie, die helfen kann?«

Sie schüttelten den Kopf. Sie wussten wenig, so gut wie gar nichts über sie.

»Hmm«, Susanne dachte nach. »Also, wenn da niemand ist, der helfen kann, und sie andere akut gefährdet, dann greift das PsychKG. Das scheint mir ja hier der Fall zu sein.«

»Also eigentlich kann der Betreuer gar nicht so viel machen?«

»Nein. Der kann nur Kurzzeit-Maßnahmen anordnen, nach dem Bürgerlichen Gesetzbuch. Ihr müsst zum Sozialpsychiatrischen Dienst.«

»Da waren wir ja.«

Susanne schüttelte den Kopf. »Das verstehe ich nicht. Die müssen die da rausholen. Dauerhaft! Vor allem, wenn sie ihre Medikamente nicht nimmt und euch doch offensichtlich in Gefahr bringt. Ich meine, hallo, die denkt, ihre Tochter ist bei euch. Und ihr habt ein Baby. In München hätte die längst einen Betreuungsplatz.«

»In München«, sagte Nils.

»Man kann da tolle Sachen machen. Musiktherapie. Theatertherapie. Da gibt es gute Erfahrungswerte bei Schizophrenie. Das geht inzwischen weit über reine Medikation hinaus. Denn nach Schizophrenie hört sich das ja an, wenn ihr mich fragt.«

»Ich versteh das nicht. Von solchen Möglichkeiten hat bisher niemand was gesagt.«

»Das ist auch nicht eure Aufgabe, dass ihr euch jetzt

um die Therapie eurer Nachbarin kümmert. Das müssen schon der Betreuer oder der Sozialpsychiatrische Dienst erledigen. Und wenn die ihre Arbeit nicht richtig machen, dann brauchen die vielleicht ein bisschen Druck von oben. Findet doch mal raus, wer deren Chef ist. Irgendjemand ernennt die ja.«

»Aber wer könnte das sein?«

»Ein Gericht, nehme ich an. Das für den Bezirk zuständige Sozialgericht. Fragt mal die netten Herrschaften vom Amt, wer sie bestellt hat. Und wenn du immer noch so gerne schreibst, Nils, dann schreibst du diesem Richter mal einen netten Brief.«

Laura dachte an Peggy, ihre Hand auf dem Bauch. Die Erinnerung daran durchfuhr sie heiß und kalt. Als hätte Peggy es ihr da schon angesehen, als hätte sie es wirklich gesagt, leise und eindringlich: Da ist nicht genug Liebe in dir. Laura spürte die Gänsehaut im Nacken, wie eine Spinne, die in Windeseile ihren Rücken herunterkletterte.

Insgeheim fragte sie sich, was für ein Mensch aus ihr geworden wäre, wenn sie eine Mutter wie Susanne gehabt hätte. Vielleicht würde sie sich dann wirklich auf dem Kunstmarkt behaupten. Das Vertrauen, das Irmgard, Klaus und Susanne ihren Kindern entgegenbrachten, gab Sicherheit. Eine Sicherheit im Denken, eine Selbstverständlichkeit in den Worten und Gesten. Ihnen gehörte die Welt, so schien es, auch wenn sie selbst, hätte man sie darauf gestoßen, lauthals widersprochen hätten. Aber Laura hatte es gemerkt, als Nils ihr seinen alten Tennisplatz gezeigt hatte, im Wald zwischen Buchen und imposanten Starnberger Villen. Eine Welt, zu der sie niemals in ihrem Leben Zugang gehabt hatte. Ihr Vater hatte sich hochgearbeitet. Doch kein Geld der Welt würde ihm den Status geben, den Nils' Familie einfach so hatte. Für Nils war es selbstverständlich, Sätze zu sagen wie: »Der Sechser in Starnberg ist der beste Platz der Welt.«

16

Das Haus war wie ein Körper von innen, es pochte und pulsierte. Wirbel um Wirbel schwangen sich die Treppen in die Höhe, sie waren das Rückenmark, transportierten die Signale. Laura wusste, dass es ein Traum war, aber sie kam nicht mehr aus ihm heraus. Und dann drehte sich das Haus. Sie sah Peggy, die plötzlich oben war, mit ihren kräftigen Schenkeln saß sie auf Lauras Bauch und nahm ihr die Luft zum Atmen. Peggy atmete schnappend, aber sie sagte nichts.

Laura wachte auf, sie war nassgeschwitzt. Es dauerte, bis sie begriff, wo sie war. Das Bett duftete sanft nach Lavendel. Durch das Fenster schien das gelbliche Licht der Siedlungslaterne, beleuchtete sacht das Regal neben dem Bett, die Boxen mit Nils' alten Darda-Autos und der Brio Bahn, Leitz-Ordner.

Und Luca. Als er geboren wurde und sie ihn ihr auf die Brust gelegt hatten, wie war es nur möglich gewesen, dass sie da nichts empfunden hatte? Keine Freude, kein Erstaunen, keine Euphorie. Bestürzung, ja, die hatte sie gespürt, weil alles so schnell gegangen war, weil sie zitterte und ihren Körper nicht unter Kontrolle hatte. Befremdung, auch Verwunderung angesichts des Babys, das also jetzt wirklich ihres sein sollte, ihr Kind. Sie sah fragend zu Nils, zur Hebamme, zur Ärztin, als könnte ihr jemand diktieren, was sie zu fühlen hätte, es aufdröseln in einzelne Bestandteile, damit sie es nachmachen, damit sie es vielleicht lernen könnte. Sie zitterte, sah Luca, ihr Kind, ihr erstes, ihr bisher einziges, wie durch einen Schleier hindurch.

Und so war es geblieben. Wochenlang. Als hätte jemand ein Tuch über sie geworfen und alle Geräusche gedämmt. Das Licht blieb matt, erhellte immer nur schwach Lucas kleine Gestalt, die im Halbdunkel schlief, mit hochgezogenen Armen. Jeder Besuch riss den Schutzfilm, der sie umgab, ein Stückchen weiter auf – und konnte ihnen doch nichts anhaben. Und dann zitterte die Tür unter Peggys unnachgiebigen Tritten, das Holz barst, mit einem Mal wurde es hell, gleißend hell, eine Wunde, die offen bleiben würde, für immer.

Peggy wusste, was sie wollte, mit einer Unerbittlichkeit, die Laura fast neidisch machte. Warum konnte es nicht andersherum sein. Sie würde Peggy wieder von sich stoßen und sich selbst auf sie setzen, sie würde sich ihren kräftigen Körper zwischen die Beine klemmen und dann würde sie ihr die Luft abdrücken, bis sie erstickte an ihrem Willen, bis das Ziel vor ihren Augen verschwamm und sie ganz klein wurde, ganz leise, so unsicher wie Laura. Bis sie mit gleichen Waffen kämpften. Sie würden, dachte sie, miteinander ringen wie Tiere. Um ein Kind, das im Traum schon mehr Peggy gehört hatte als ihr.

Laura tastete nach dem Handy. Sie deaktivierte den Flugmodus, den Nils ihr immer zum Schlafen einschaltete. Wahnvorstellungen, tippte sie in die Suchleiste, Verfolgungswahn, Angst vor Überwachung. Das traf es ungefähr. Schizophrenie, wie Susanne vermutet hatte? Paranoide Schizophrenie: »Oft taucht sie erst im mittleren Lebensalter auf.« Halluzinationen. Anderen Menschen gegenüber großes Misstrauen. Beziehungswahn: »Viele Patienten gehen davon aus, dass Menschen, die sich unterhalten, über sie selbst reden.«

War es das? Und wie gefährlich würde es werden? Zorn und Angst, Unruhe, in sehr seltenen Fällen Gewalttätigkeit, »das kann passieren, wenn sich die Betroffenen stark bedroht fühlen.« Der Vorfall mit der Tür. Hatte Peggy damit die Grenze schon überschritten, machte sie das zu einer Gewalttäterin? Hatten sie Peggy, ohne es zu ahnen, bedroht, durch einen zu langen Blick, ein falsches Wort, oder einfach, indem sie in die Wohnung über ihr gezogen waren?

Sie recherchierte genauer, Gewalt durch psychisch kranke Täter, Axt-Angreifer kommt in geschlossene Anstalt, las sie, Vergewaltigung auf Uni-Toilette, und dann: »Ich habe gerade ein Kind abgestochen.« Lauras Bauch zog sich zusammen. »Die Beschuldigte sei wegen einer paranoiden Schizophrenie schuldunfähig. Ihr fehlte die Unrechtseinsicht, sagt der Vorsitzende Richter. Unbehandelt seien weitere schwere Straftaten zu befürchten.« – »Die Kindheit der Täterin sei zunächst glücklich verlaufen, bis der Vater angefangen habe zu trinken.« Laura blinzelte, das Handy in ihren Händen zitterte so sehr, dass sie kaum fortfahren konnte: »Bleibt die Frage, ob die Tat nicht hätte verhindert werden können. Seit März 2015 sind mehrere Fälle von Gewalt durch die Frau –«

Laura legte das Handy beiseite. Sie sollte solche Nachrichten nicht lesen, das wusste sie. Sie atmete ein paarmal tief ein und aus. Und dann wappnete sie sich mit Susannes selbstverständlicher Entschlossenheit und tippte den Brief in ihr Handy, den sie vor der Heimfahrt ausdrucken und abschicken würde:

Betrifft: Bedrohung durch Frau Meyer

Sehr geehrte Frau Libosowitz,

wir sind die Mieter, die über Frau Petra Meyer wohnen. Wie Ihnen sicher bekannt ist, leidet diese unter einer paranoiden Schizophrenie und ist in der Vergangenheit häufig auffällig geworden. Seit sie nun aber sogar unsere Wohnungstür eingetreten hat, fühlen wir uns in unserem Zuhause nicht mehr sicher.

Als zuständige Richterin am Amtsgericht sind Sie für die Ernennung genau der Stellen zuständig, die uns helfen könnten. Doch weder bei Herrn Rechel, dem rechtlichen Betreuer von Frau Meyer, noch beim Sozialpsychiatrischen Dienst haben wir ein offenes Ohr für unsere problematische Situation gefunden. Das wundert uns, denn Frau Meyers Wahnvorstellungen scheinen ja ganz explizit auf unsere Wohnung bezogen zu sein, und sie scheinen noch dadurch verstärkt zu werden, dass wir ein kleines Kind haben. Hier müsste doch Interesse bestehen einzugreifen. Wir fühlen uns im Stich gelassen, denn auch wir benötigen Hilfe.

Wir bitten Sie daher eindringlich und freundlich, in

dieser Angelegenheit auch an unsere Sicherheit zu denken und unser Kind zu schützen. Kurzfristige Maßnahmen nach BGB, wie sie derzeit ergriffen wurden, helfen auf lange Sicht hingegen weder uns noch Frau Meyer. Wir danken Ihnen für Ihr Verständnis.

Für weitere Fragen erreichen Sie uns jederzeit telefonisch oder per Mail unter den oben angegebenen Kontaktdaten.

Mit herzlichen Grüßen,

Nils Hoffmann und Laura Kilian

17

Die Rückfahrt zog sich in die Länge, Stau und Pausen für Luca, zugige Rastplätze, ein Kaffee bei McDonalds, weil das gegenüberliegende Café geschlossen war. Laura stillte und beobachtete die anderen Familien, eingespielte Teams mit einem Kind, mit zwei Kindern, die hereinkamen und wieder hinausgingen, die wie sie ihren Weihnachtsbesuch hinter sich gebracht hatten und zurück in ihre Städte fuhren, in warme, fertig eingerichtete Wohnungen.

Als sie von der A9 auf die Stadtautobahn herunterfuhren, leuchtete der Messeturm in der Dunkelheit. Es war beinahe Mitternacht. In den ersten Jahren hatte Laura hier in der Nähe gewohnt, im Niemandsland zwischen Charlottenburg und Moabit, in einer winzigen Wohnung mit papierenen Wänden gleich hinter dem Ernst-Reuter-Platz, der im Winter zugig war und im Sommer grau. Ihre Eltern hatten das nie verstanden, wie so vieles, was Laura für sich angenommen hatte.

Seit sie denken konnte, hatten die Eltern Angst gehabt, um sie, aber auch vor Kleinigkeiten, von denen sie in der Zeitung lasen. »In Sindelfingen hat eine Ratte einem Baby in der Nacht die Finger und Zehen abgenagt«, lasen sie vor. Oder: »In Münster ist wieder ein Kinderfänger unterwegs.« Nachdem sie in das selbstgebaute Haus gezogen waren, das auf einem Hügel stand, nur ein paar hundert Meter von der Stadtgrenze entfernt, war die Angst noch größer geworden. Als hätten sie sich mit dem Haus auch eine neue Haut übergestreift, die ihnen aber nicht ganz passen wollte. Der Blick vom Hügel über die Stadt zeigte ihnen, dass da jetzt eine Fallhöhe war. Der eine Schritt zu viel schien nur eine Frage der Zeit.

Mit einem Mal freute sich Laura zurück zu sein. So kurz vor Silvester standen die Bagger am Mariendorfer Damm still, die Schaufeln verharrten in der Schwebe. Der Rohrbruch, der im August beinahe harmlos begonnen hatte, war immer noch nicht behoben. Im Untergrund, sie hatten es in den Nachrichten gelesen, taten sich Schächte auf, die niemand hier erwartet hatte. Andere hingegen fehlten komplett. Sämtliche auf den Karten eingezeichneten Trassen stimmten nicht. Die Leitungen, die vor über hundert Jahren verlegt worden waren, wichen sowohl seitlich als auch in der Tiefe erheblich von den Plänen ab. Dazu kam, dass die alten Rohre nicht einfach so ersetzt werden konnten, sie waren nicht kompatibel mit den heutigen Rohrsystemen. Und der für die nächsten Wochen befürchtete Wintereinbruch mit Frost und Schnee würde alles nur noch weiter hinauszögern.

Unten bei Peggy brannte Licht, matt fiel es auf die Sträucher unter dem Fenster, den Müll und Peggys Wanderstiefel, die dort lagen wie hingeworfen, seit Laura und Nils eingezogen waren. War Peggy zurück? Während sie die Treppen hochstiegen, Nils trug den Koffer, Laura hielt Luca im Arm, fühlte sich Laura plötzlich wie ein Eindringling. Als hätte das Haus, und alles darin, schon immer nur Peggy gehört.

Aber nichts passierte. Peggys Tür blieb zu. Nur das Brett, das notdürftig das Loch in der Tür verschloss, und ein blasser Schuhabdruck auf Höhe des Lichtschalters erinnerten daran, dass die Gefahr noch da, dass sie noch nicht gebannt war.

Nils hatte schon die Tür aufgesperrt und den Koffer hineingeschoben. Jetzt sah er Laura an, was ist, kommst du nicht, und sie war nicht mehr imstande auch nur einen Schritt weiter zu gehen.

Luca, dachte sie. Man konnte die Ähnlichkeit zu Nils so deutlich erkennen, er hatte sein sandfarbenes Haar und sein schmales Gesicht, aber er hatte auch Lauras Mund geerbt, mit der kleinen Kerbe zwischen Lippen und Kinn, und ihre runden Augen. Er atmete gleichmäßig gegen ihren Bauch, sein Atem war warm und feucht, und er roch ein bisschen nach Muttermilch und voller Windel, so ein buttriger Geruch war das, der sie überhaupt nicht störte. Wieso wollte Peggy ihr nehmen, was sie doch gerade erst zu begreifen begann?

»Hey«, Nils packte sie an den Armen und hielt sie mit beiden Händen fest, »Laura, was ist denn?«

Sie guckte ihn an. »Wir müssen die festnageln«, sagte sie matt, »wir müssen alles tun, damit die endlich weg ist. Versprichst du mir das.«

Nils sah sie an, unergründlich. Dann zog er sie sanft in die Wohnung.

Der süßliche Geruch schlug ihr entgegen. Er war überall, in den Vorhängen, in der Bettwäsche, in den am Boden verteilten Kleidungsstücken. Der Geruch griff nach ihr mit seinen unsichtbaren Fingern, er spann sie ganz und gar ein, bis sie nicht mehr unterscheiden konnte, ob es die Wohnung war, die so roch, oder sie selbst.

Nils versperrte die Tür zweimal von innen.

18

Es war sehr still in der Wohnung, ungewohnt still. Nicht ein einziges Geräusch drang von außen herein, kein Türenschlagen, keine Schritte auf der Treppe, keine Stimmen, keine Musik. Wahrscheinlich hatten die meisten Nachbarn ihre Koffer gepackt, um die Zeit zwischen Weihnachten und Silvester woanders zu verbringen.

Laura fand ihre Brille neben der Matratze und stand auf. Sie nahm Luca hoch und warf sich die Daunendecke über die Schultern, wickelte ihren und seinen Körper fest darin ein. Diese ungemütliche Kälte, vor der Abreise hatte sie sich beinahe daran gewöhnt; jetzt war sie kaum auszuhalten.

Nils war schon in der Küche. Er machte Pfannkuchen. Es sah toll aus, wie er an der Insel hantierte. Er hatte sich die Mütze bis über die Ohren gezogen und die Ärmel seines Wollpullovers hochgekrempelt. Obwohl er seit über einem Jahr kein Tennis mehr gespielt hatte, sah er immer noch sportlich aus. Als er nach der Pfanne griff, stellte sich Laura kurz vor, wie er damit zu einem Schlag ausholen würde, wie früher auf dem Platz. Ein Streifen Sonne fiel zitternd auf die hölzernen Küchenfronten.

»Konntest du nicht schlafen?«, sagte Laura.

»Ich glaub, ich hab vorhin Mick gehört«, sagte Nils, »ich glaub, er hat gesagt, Peggy nimmt ihre Medikamente nicht.«

»Quatsch.«

»Ich mein's ernst. Ich war im Badezimmer und hab nur kurz das Fenster zum Lüften aufgemacht. Ich hab keine Ahnung, mit wem er geredet hat.«

Laura atmete aus. »Dann ist sie also noch in der Anstalt.«

»Ja und! Das macht es nicht besser!«

»Wieso, was ist denn los?«

Nils antwortete nicht.

»Ist es wegen gestern? Wegen dem, was ich gesagt hab?«

Nils stellte die Pfanne auf die Platte und goss den Teig ein. Es zischte. »Weißt du noch, als wir hier eingezogen sind und ich Peggy zum ersten Mal gehört hab?«

»Ja. Und?«

»Dieses Gefühl, ich weiß nicht, wie ich's beschreiben soll. Ich wollte dir das eigentlich nicht sagen. Es hört sich so nach Klischee an, aber ich hab echt gesehen, wie vor meinem inneren Auge alles zusammenbricht. Ich hab gedacht, das war's. Jetzt geht der ganze Mist von vorne los. Wohnung suchen, umziehen, renovieren. Ich hab es nicht glauben wollen.« Der Pfannkuchen dampfte. Nils wendete ihn nicht. »Aber das mit der Tür, das mit dem Messer, das müssen wir ernst nehmen. Du siehst doch, wie die Dinge stehen. Das, was du gestern gesagt hast, da jetzt einfach blind weiterzukämpfen – ich weiß nicht, ob ich dir das versprechen kann.«

»Wie meinst du das«, Laura spürte, wie es in ihrem Magen zerrte.

»Dir geht's genauso. Du willst es bloß nicht hören.«

»Nee. Die haben ihr gerade fristlos gekündigt. Und wenn sie dann nicht geht, wird sie zwangsvollstreckt.« Laura sah auf die Uhr. »Ruf doch jetzt mal diese Richterin an. Ob die unseren Brief bekommen hat.«

»Zwischen den Jahren arbeitet die doch nicht«, Nils riss die Platte vom Herd. Schwarzer Ruß kreiselte in die Höhe. »Manchmal hab ich das Gefühl, ich weiß nicht mehr, wer du bist.«

Laura schwieg.

»Als ob dich was anderes treibt.« Er drehte den Wasserhahn auf, die heiße Pfanne zischte unter dem Strahl. »Warum malst du denn gar nicht mehr? Dass das nicht gut war mit den Dämpfen, als du noch schwanger warst, das leuchtet mir ein. Aber jetzt? Vielleicht würde das helfen.«

»Nils! Wir müssen zusehen, dass wir heil aus dieser Sache wieder rauskommen. Und zwar schnell.« Laura machte die Fenster auf und stellte sich mit Luca in den Zug.

Draußen roch es nach Gras.

»Als ob dich was anderes treibt.« Fast musste Laura lachen, wie konnte er sich erlauben, ihr so etwas zu unterstellen, was meinte er damit! Dass ihre Vergangenheit irgendetwas damit zu tun hatte, ihre Kindheit? Sie war ja nie wieder da gewesen, am Ort ihrer Geburt. Sie kannte niemanden von dort, nicht wirklich. Sie sprach auch die Sprachen des Ortes nicht, kannte seine Farben nicht, seine Gerüche. Aber vielleicht, dachte sie, ging es auch gar nicht um den Ort. Denn steckte die Frage nach der Herkunft nicht auch in diesem anderen Wort, Niederkunft, ich komme nieder, ich komme herunter, ich komme an. Eine falsche Frage, so fürchtete Laura, ein falscher Tritt. Wo würde sie dann hineinfallen, wer würde sie sein? Was für eine Mutter würde sie Luca sein. Als hätte sie die Angst ihrer Eltern doch nie ganz abgestreift: Dass sich wiederholen würde, was schon einmal war, lange vor ihr, und wieder davor und davor, wie ein Fluch. Darüber hätte sie malen können. Sie hatte es oft versucht. Aber Peggy? Es war, als ob da ein innerer Widerstand war, näher hinzugehen, sie anzusehen, nichts war ihr mehr zuwider als das.

Nils hingegen war wie gelähmt in letzter Zeit. Ausgerechnet er, der sich immer vor lauter Tatendrang beinahe übernommen hatte. Dieses ständige »Das geht nicht«, das in letzter Zeit so häufig aus ihm herausschoss, am besten noch, indem er sie mit ihrem Namen darauf stieß; wenn sie jetzt so darüber nachdachte, konnte sie sich nicht erinnern, wann er sie sonst bei ihrem Namen nannte. Eine gedankliche Enge war das, die Laura fast körperlich zusetzte.

»Das geht nicht, Laura.«

»Wir können diesen Kampf nicht gewinnen.«

»Das ist eine Sackgasse, siehst du das nicht.«

Er hatte ihr ein paar Links geschickt, zu Wohnungen, auf die sie sich bewerben sollten, doch alle Angebote waren jetzt, nur wenige Stunden später, bereits offline. Es hatte keinen Zweck, sah er das nicht?

Sie öffnete die Suchleiste.

Peggy Mariendorf.
Peggy Meyer.
Petra Meyer.
Petra Meyer Berlin.

Sie fand sie auf Facebook. Sie hatte tatsächlich ein Facebook-Profil. Es fühlte sich nicht richtig an, ein bisschen, als würde sie in ihr Wohnzimmer schauen, es ging sie nichts an, und doch, sie konnte nicht wegsehen. Peggy neben Mick auf einem durchgesessenen grauen Sofa, dahinter der Wäscheständer, dessen Umrisse man manchmal durchs halb geöffnete Fenster erahnen konnte. Er war leer. Es tat beinahe weh hinzusehen. So ein Zerren im Magen, als müsste sie sich gleich übergeben. Wird sie merken, dass ich ihr Profil besuche? Dieser durchdringende Blick. Wie damals, unten im Hof. Als würde Peggy jetzt durch den Bildschirm in ihre Wohnung gucken, auf sie, wie sie hier saß, den Laptop auf den Knien. Mehr noch, als würde sie wirklich »sehen«, etwas, was Laura nicht sah. Sie hatte einen Joint in der Hand, sie hatte nichts zu verbergen, keine Karriere, die durch ein solches Bild noch zerstört werden konnte. Auf Facebook hatte sie acht Freunde. Mick, eine junge Blonde und andere, die im Haus ein- und ausgingen, deren Gesichter sie meinte, im Kiez gesehen zu haben. Susanne hatte gefragt, ob da Familie wäre, jemand, der helfen könnte. Aber da war kein Hinweis auf einen Verwandten, niemand, der ihr ähnlich sah, niemand, der Meyer hieß, nicht einmal außerhalb Berlins. Wenn es jemanden gab, lag der Kontakt schon lange auf Eis.

Sie kann nicht lesen, hatte Sina gesagt. Wie ging Facebook ohne zu lesen; klickte sie sich da so durch, von Bild zu Bild? Und wie kann es sein, dass jemand nicht lesen kann? Laura hatte im Jahr nach dem Abitur eine Gruppe Erwachsener in Argentinien alphabetisiert. Ganz normale Leute. Sie hatten gelernt, ihre Umgebung auf andere Arten zu lesen, niemand hätte es ihnen angemerkt. Abgesehen von den argentinischen Erwachsenen war ihr noch nie jemand begegnet, der nicht lesen konnte, nicht dass sie wüsste. Oder war das nur eine Geschichte, die sie sich selber erzählte, den Blick nach vorne, nie nach hinten gerichtet? Laura und Peggy lebten im gleichen Haus. Aber Peggy war unten, nicht nur im wörtlichen, sondern in einem tieferen, übertragenen Sinne, und sie brachte Fallstricke mit. Laura hatte gar keine Wahl. Sie würde kämpfen. Mit Waffen, die Peggy nicht hatte, mit Briefen und Protokollen, dafür, dass sie, die ohnehin schon unten war, endgültig verschwand.

19

»Warte, ich trag dir den Kinderwagen runter«, sagte Nils, bevor sie ging. Er spürte ihren verärgerten Blick. In letzter Zeit wurde er nicht mehr schlau aus ihr. Gestern hatte sie noch einen halben Nervenzusammenbruch gehabt, kaum dass sie hier wieder vor der Tür standen. Und jetzt tat sie, als könnten sie zur Normalität zurückkehren, einfach so.

Als er die Tür hinter ihr schloss, klapperte das Brett. Die Hausverwaltung hatte sich immer noch nicht darum gekümmert. Und dann die Heizkörper – ein Temperatursturz, und sie wären verloren. Sie legten Luca wieder neben der Heizung im Schlafzimmer ab, wo Laura das Mobile aufgehängt hatte. Es war unvorstellbar, und jetzt, zwischen Weihnachten und Silvester, würde erst recht nichts passieren. Nils' rechtes Ohrläppchen kribbelte. Nichts war in Ordnung.

Es war wie mit dieser klebrigen Plastiktüte, die immer noch hinter der Zimmertür stand, wo Nils sie, unschlüssig, was damit zu tun wäre, vor ihrer Abreise hingeschoben hatte. Er griff danach und wollte sie wegtragen, sie endlich unten in die Tonne schmeißen, doch sie klebte am Boden fest. Was auch immer für eine Brühe aus dieser Tüte gesickert war – das Parkett hatte sich vollgesogen und war wie verwachsen damit. Ein kleiner Teil von Peggy, der sich hier eingenistet hatte. Denn aus irgendeinem Grund war er sich sicher, dass es Peggys Bücher waren, die Mick ihnen vorbeigebracht hatte, die Bücher ihrer Tochter, Leselöwen, Freundschaftsgeschichten und Gruselgeschichten, Ausgaben aus den 90ern. Schließlich hatte Mick die beiden Tage nach Peggys Abtransport in ihrer Wohnung verbracht, und er schien sich auch jetzt, nach Weihnachten, noch dort aufzuhalten.

Jemand musste Peggy die Bücher gegeben haben. Diese Frau Winter, die sie, wie die Nachbarn erzählt hatten, manchmal erwähnte? Er sah es jetzt richtig vor sich, diese Frau, Frau Winter also, kommt ab und zu vorbei, guckt nach dem Rechten, bringt Bücher mit für das Kind. Nach dem Essen sitzt die Tochter, sie ist so blond wie Peggy, nur die Augen sind klar, fast durchsichtig klar, neben Peggy am Tisch. Guck mal, Mama, das ist ein G, G wie Grusel, das sind Gruselgeschichten, G-r-u-s-e-l, Mama, siehst du, hier? Peggy nickt, der Blick verschwimmt. Ich les dir das vor, Mama, hörst du mir dann auch zu, wenn ich es vorlese? Die Tochter ist langsam im Lesen, einmal haben sie Peggy schon einbestellt, sie darauf aufmerksam gemacht, Frau Meyer, Ihre Tochter braucht mehr Förderung, Sie sollten zuhause mit ihr üben; doch hier, am Tisch, wo niemand zuguckt, nur Peggy, die nicht weiß, was richtig ist und falsch, hier kann sie es jetzt, die Wörter kommen einfach so aus ihr raus, reihen sich aneinander, bilden Sätze, werden zu einer Geschichte. Ja, sagt Peggy, aber dann steht sie auf, schüttelt den Kopf: Was für ein Mist, wer gibt dir denn sowas. Denken wohl, wir haben es nötig.

Nils rieb sich die Augen. Jedes Kind hat Lust zu lernen, das hat die Natur so eingerichtet. Er war bis heute voll und ganz davon überzeugt. Matze hatte dann ja auch innerhalb einer einzigen Woche Lesen gelernt, als er so weit war. Hätte Peggy, hätte ihre Tochter das auch geschafft, hätte eine freie Schule ihre Lebensläufe gerettet? Ein Start unter anderen Vorzeichen, sie dort, er hier, was wäre passiert, wo stünde er heute, wo sie?

Das Vertrauen seiner Eltern in ihn und in die Welt hatte ihn immer getragen. Aber in letzter Zeit überkam ihn häufig eine vollkommene und lähmende Haltlosigkeit. Nichts, gar nichts schien mehr gegeben zu sein. Es war diese Stadt, dachte er, in der Menschen wie er und Laura sich keinen Umzug mehr leisten konnten, in der sie geliefert waren, wenn eine wie Peggy daherkam. Diese Stadt war kein Ort für Luca. Daran würde auch die beste alternative Schule nichts ändern. Sie würde ihn höchstens von allem fernhalten, was weh tat, den Kids, die schon mit elf so viel Testosteron hatten, dass sie sich in der Freizeit gegenseitig vor fahrende Autos schubsen mussten, und dann würde Luca ihnen auf der Straße begegnen und nicht wissen, was tun.

Nils ließ die Tüte los. Er fand sie so widerlich, dass er sie keine Sekunde länger berühren wollte. Allein beim Gedanken, wie er die braune Soße nachher wegputzen würde, schüttelte es ihn. Er wusch sich die Hände mit Seife und rieb sie danach mit dem Desinfektionsgel ab, das Anna hiergelassen hatte.

»Guten Tag, Hoffmann hier. Ich wollte mich nur erkundigen, ob Sie unseren Brief bekommen haben. Frau Libosowitz, oder?« Nils war angespannt, er guckte aus dem Fenster. Er hätte nicht erwartet, die Richterin so kurz vor Silvester überhaupt zu erreichen. Vorsichtshalber überprüfte er noch mal, ob das Fenster auch wirklich ganz geschlossen war. So wie sie alles von unten hörten, hörte man unten alles von oben; das hatte Mick gesagt.

»Entschuldigung, welcher Brief?«

»Wegen Frau Meyer. Die hat uns die Tür eingetreten, und wir haben ein Baby.«

»Ja, ja, ja«, sie klang ungeduldig. »Petra Meyer. Habe ich gelesen. Die Lage, die Sie beschreiben, ist furchtbar, aber ich kann Ihnen leider auch nichts anderes raten, als sich an die entsprechenden Stellen zu wenden.«

»Sie meinen, an den Sozialpsychiatrischen Dienst und den Betreuer.«

»Genau.«

»Die haben ja gesagt, da kann man nichts tun. Deswegen dachten wir ja, wir wenden uns an Sie.«

»Wenn die das gesagt haben, dann wird das schon so stimmen.«

»Und was ist mit Betreutem Wohnen in der Eingliederungshilfe? Musiktherapie, Theatertherapie, es gibt da doch Ansätze«, sagte Nils, wie blöde wiederholend, was ihm vom Gespräch mit Susanne noch im Kopf geblieben war. War das nicht die eine, die einzige Chance, dass endlich was in Bewegung kam?

»Haben Sie Frau Ludwig und Herrn Rechel darauf angesprochen?«

»Ja. Wir haben über Betreutes Wohnen gesprochen. Die meinten, das geht nicht.«

»Dann geht es auch nicht.«

»Frau Meyer hat uns die Tür eingetreten!«

»Tut mir leid.«

»Aber sie läuft mit einem Messer durchs Haus! Wollen Sie es darauf ankommen lassen, dass sie es benutzt?«

»Wie gesagt. Ich leite den Brief an die entsprechenden Stellen weiter, mehr kann ich nicht für Sie tun.«

»Sie wollen den Brief, in dem wir uns über Frau Ludwig und Herrn Rechel beschweren, an Frau Ludwig und Herrn Rechel weiterleiten.«

»Genau.«

Nils schwieg.

»Wenn Sie es wirklich so wenig in dieser Wohnung aushalten, wie Sie sagen, dann müssen Sie halt ausziehen.«

»Aber wohin denn?«

»Woher soll ich das wissen!«

»Wir haben monatelang gesucht. Wir haben keine bessere Wohnung gefunden. Warum sollen wir weg, warum nicht sie? Warum kann man, wenn die Plätze fehlen, nicht Kapazitäten dafür schaffen?«

»Hören Sie, wir drehen uns hier im Kreis. Alles Gute, ja?«

20

»Krass, wie Luca schon den Kopf heben kann«, sagte Clara mit schmalen Augen. »Der fängt bestimmt früh an zu krabbeln.«

»Ja?« Laura streckte ihre Beine aus. Nach dem Yoga hatte sie immer das Gefühl, zwei Zentimeter größer zu sein.

Sie saßen im Café, zwischen Tannenzweigen und Weihnachtsschmuck, den noch niemand abgehängt hatte, und im Hintergrund lief *Do They Know It's Christmas*, obwohl Weihnachten vorbei war. Sie saßen hier und aßen Kuchen, als wäre nie etwas passiert; Laura musste beinahe lachen, so absurd kam ihr das vor. Sie hatte sich auf das Treffen gefreut. Das Band zwischen ihnen war fest, da war ein innerer Kern, der sie ausmachte, den Laura immer wieder suchen würde. Sie hatte gehofft, daran anknüpfen zu können, als sie Clara endlich von Peggy erzählt hatte.

»Ich denk die ganze Zeit an sie«, hatte sie gesagt, »manchmal träum ich auch von ihr. Sie kommt dann und holt Luca mit. Clara, was, wenn sie recht hat.«

»Spinnst du?«

Laura griff nach dem Zweig, der zwischen ihnen auf dem Tisch lag, die spitzen Nadeln stachen ihr in die Haut. »Fühlst du es denn?«, sagte sie ohne aufzusehen, »Also diese überbordende Liebe zu deinem Kind, von der immer alle reden.«

»Ja natürlich.«

Laura schwieg. Blinzelte die Tränen weg, die ihr schon in die Augen stiegen. Weil sie es ausgesprochen hatte und sich im gleichen Moment dafür schämte, schuldig fühlte, schuldig gegenüber Luca, der im Schlaf zuckte, tief einatmete, weiterschlief. »Ich werd einfach dieses beschissene Gefühl nicht los. Als ob es mir recht geschieht.«

»Du wächst da rein, Laura, glaub mir, das kommt.«

»Ja.« Sie legte den Zweig zurück und nahm einen Schluck von ihrem Latte, der so nach ihrem alten Leben schmeckte, dass er sie hätte beruhigen müssen. »Ich will nur, dass wir endlich unsere Ruhe haben. Dass wir wieder wir selbst sein können. Ich will, dass die die wegsperren. Für immer.«

»Klar.«

»Aber ist das nicht fies?«

»Was?«, Clara unterdrückte ein Gähnen. »Sorry, Paul hat mich letzte Nacht sieben Mal geweckt.«

»Oh.«

»Wie sind denn eure Nächte?«

»Keine Ahnung. Hart. Natürlich sind sie hart.« Laura schwieg. »Nils hat Mitleid mit ihr. Ich mein, sie war zuerst da. Und sie ist krank.«

Clara sah sie müde an, es war nicht ganz klar, ob der Gedanke zu ihr durchdrang. »Laura, hör auf damit. Hör auf dich zu quälen. Denk an euch. Wo sollt ihr denn hin?«

»Ich weiß.«

»Du warst doch sonst nicht so.«

»Wie meinst du?«

»Ich weiß nicht. So zaghaft. Das mit Peggy ist ja nicht euer Problem. Darum soll sich das Amt kümmern.« Sie wirkte genervt. Fing dann wieder von Paul an, sie hätte ja auch gerne Stoffwindeln probiert, aber Vince machte da nicht mit, niemals. Eine ganze Waschmaschine voller Kacke wäre ihm definitiv zu viel. Und ehrlich gesagt, jetzt, wo sie mit der Beikost angefangen hätte, machte Paul ja richtige Würste, die würden stinken ohne Ende, sie wäre gespannt, ob Laura dann immer noch auf ihren Stoffwindeln beharrte, wenn es so weit wäre.

Laura hatte mit den Schultern gezuckt, »keine Ahnung«, hatte sie gesagt, »hab ich mir noch keine Gedanken drüber gemacht«, enttäuscht, dass das Gespräch, das sie eigentlich hatte führen wollen, versandet war.

»Paul ist irgendwie voll hinterher im Vergleich«, sagte Clara jetzt, mit Blick auf Luca. »Der dreht sich nicht mal. Ich leg ihn immer auf den Bauch und dann beschwert er sich.«

»Hmm.« Laura hielt sich an ihrem Glas fest, spürte der Wärme unter den Fingern nach. »Aber jedes Baby ist doch anders.«

Clara schüttelte den Kopf. »Er ist ja jetzt schon fünf Monate alt. Wie alt ist Luca? Drei?«

»Zwei.«

»Dann habt ihr das Schlimmste bald geschafft. Ab jetzt wird es immer cooler, du wirst sehen.«

Paul quengelte. Clara steckte ihm den Schnuller in den Mund.

Die U-Bahn fuhr ein. Laura hievte den Kinderwagen durch die Mitteltür und ließ sich auf einen Sitz sinken. Sie hatte gerade ihr Smartphone aus der Tasche gezogen, da tippte ihr jemand von hinten auf die Schulter.

»Viel Glück mit deinem Kind«, sagte ein Mädchen. Harmlos sah sie aus, das glänzende Haar sauber gelockt.

»Was?«

»Viel Glück. Ich dachte, das kann man ja mal gebrauchen, oder?« Die Stimme klang sehr weich, sie lispelte.

»Äh ja, danke.« Lauras Herz pochte. Sie starrte konzentriert nach vorne. Luca war auf dem Weg zur U-Bahn wieder eingeschlafen, nachdem sie ihn im Café noch einmal gestillt hatte. Er mochte es gefahren zu werden, der Trubel und die Geräusche beruhigten ihn. Sein Gesicht lag seitlich, halb gegen Henry gedrückt, dessen blau-roter Stoff aus dem Kinderwagen hervorstach. Der Blick des Mädchens im Rücken. Sollte sie Henry beiseiteschieben, konnte Luca atmen?

Am U-Bahnhof Tempelhof stauten sich die Leute, die aussteigen wollten, neue Menschen drängten herein.

Wieder tippte das Mädchen auf Lauras Schulter. »Du hast da was im Haar«, sagte sie, »darf ich dir das wegmachen.«

Es ziepte ein bisschen, dann zog sie die Hände zurück.

»Danke.« Lauras Gesicht glühte. Sie spürte den Blick des Mädchens beißend im Nacken. Die Schamanen aus Südamerika, dachte sie erschrocken. Klauten Haarsträhnen, klemmten sie unter die Rinde von Bäumen. Als sie dort war, hatte sie so viele solcher Geschichten gehört.

Es ließ sie nicht los, auch als sie endlich, erleichtert und ohne sich noch einmal umzudrehen, wieder ausgestiegen war. Heimlich tastete sie sich mit den Fingern durchs Haar. Da war nichts. Natürlich nicht. Es war albern. Abergläubisch. Und doch. Viel Glück mit deinem Kind, hatte das Mädchen gesagt. Als wäre ihr das Unglück schon ins Gesicht geschrieben.

21

Sein eigenes Gesicht starrte ihm aus dem Badezimmerspiegel entgegen wie das eines Unbekannten, bleich, verhärmt, die Haare zerzaust. Er beugte sich tief übers Becken und schaufelte sich Wasser über den Kopf, den Nacken, er roch auch nicht gut, so ein bisschen nach Essig und Krankheit, er wusste das. Er wollte Laura trotzdem einen zerstreuten Kuss auf den Mund drücken, als sie wenige Minuten darauf blass wie ein Gespenst mit Luca die Wohnung betrat. Sie wich zurück.

»Bist du sauer?«

Laura schüttelte den Kopf.

Nils nahm einmal kurz Luft, dann sagte er: »Ich hab die Richterin angerufen.«

»Was, echt? Und?«

»Nichts und. Sie leitet unseren Brief an Herrn Rechel und Frau Ludwig weiter.«

»Das ist ein Witz, oder?«

»Seh ich aus, als ob ich Witze mache?«

Nils ließ sich auf die Matratze im Wohnzimmer fallen. Wie er diese Provisorien hasste. Noch diese Woche würde er ihnen ein Sofa organisieren. Wenn schon alles andere nicht klappte, ein Sofa würde er finden. Er schloss die Augen.

»Lass uns wegfahren.« Lauras Stimme hallte unnatürlich zwischen den halbleeren Wänden.

»Was?«

»Ganz weit weg. Ein paar Monate. Oder wenigstens ein paar Wochen. Bis der Prozess durch ist.«

Nils öffnete die Augen, das dreckige Laken ekelte ihn, selbst er, der hart im Nehmen war, fand es langsam unerträglich. Laura hätte ruhig mal waschen können, während er sich um den ganzen anderen Kram kümmerte.

»Irgendwohin, wo es warm ist.«

»Lebst du auf dem Mond?«

»Wieso.«

»Bei dem ganzen Mist, der hier grade abgeht, willst du in den Urlaub?«

»Genau. Auf dem Mond.«

Jetzt war sie auch noch beleidigt. Sie legte Luca neben ihm ab, stapfte ins vordere Zimmer und schloss die Tür hinter sich. Er hörte sie weinen. Auch Luca wimmerte auf dem Laken neben ihm. Er wachte immer auf, wenn sie stritten, und normalerweise, wenn Laura das mitbekam, brach sie alles ab und guckte ihn, Nils, vorwurfsvoll an. Aber war es denn besser zu schweigen, so wie Anna und Johann, die die ganze Zeit so freundlich taten, aber unter der Oberfläche brodelte es? Wie kam sie überhaupt auf den Gedanken, dass es eine gute Idee sein könnte, jetzt in den Urlaub zu fahren? Sie waren doch gerade erst in Bayern gewesen! Wusste sie denn gar nicht, wie es finanziell bei ihm aussah? Eigentlich müssten sie nicht weniger, nein, eigentlich müssten sie viel mehr miteinander sprechen. Stattdessen knallte sie Türen und heulte.

Nils nahm Luca hoch und trug ihn summend im Wohnzimmer auf und ab. Es wirkte nicht. Fliegergriff? Luca tobte. Der Storchenschritt? Den hatte Matze ihm gezeigt, nachdem Emil auf die Welt gekommen war. Nils machte Ausfallschritte, er ließ sein Bein nach unten sacken, und Luca, immer noch bäuchlings auf seinem Unterarm liegend, sackte mit. Kurz schien es zu wirken, dann ging alles wieder von vorne los.

»Laura«, rief Nils. »Luca weint!«

Lauras Tür knackte. Nils atmete auf. Doch Laura guckte ihn gar nicht an, sie verschwand einfach im Badezimmer, schloss die Tür hinter sich und drehte das Wasser auf. Nils setzte sich auf den Gymnastikball, der seit Lauras Schwangerschaft in der Wohnung herumrollte, und zog Henry auf. Eins, zwei, drei Henrys. Lucas Gesicht war ganz nass, die Wangen glühten. Vierzehn, fünfzehn, sechzehn Henrys. In Nils' Ohren begann es zu pfeifen. Einundzwanzig Henrys. Zweiundzwanzig Henrys. Nils spürte plötzlich so eine Wut im Bauch, eine Wut auf Luca, weil er sich einfach nicht von ihm trösten lassen wollte. Er hasste dieses Gefühl, das Luca ihm gab. Nicht gebraucht zu werden. Nur Laura wurde gebraucht. Lauras Brust. Er klopfte zaghaft.

»Laura?«

Ihre Haare waren nass und wirr, das Gesicht verheult und aufgeheizt vom Duschen. Sie hatte sich Wollsocken angezogen und Nils' türkises Sweatshirt mit dem Haifisch drauf. So nahm sie Luca an sich, sank auf den Drehstuhl im zugestellten Zimmer, das eigentlich sein Studio werden sollte, und schob trotzig das Sweatshirt in die

Höhe. Sie guckte Nils nicht an, während sie stillte. Nils spürte, dass sie das absichtlich tat, und plötzlich merkte er, wie eine Zärtlichkeit in ihm aufstieg.

»Wo willst du denn hin?«, fragte er.

Laura hob den Kopf, eine Träne hing ihr noch in der Wimper.

»Jetzt sag doch.«

»La Gomera reicht mir schon.«

Nils blinzelte. »Euer Ferienhaus? Ich weiß nicht, Laura. Es ist doch Winter, da ist Hochsaison. Deine Eltern haben bestimmt auf die Einnahmen gesetzt.«

Er war schon mit Laura zusammen gewesen, als Johann sein zweites Haus gefunden hatte. Zwanzig Jahre hatten sie da im ersten gelebt, mühselige Jahre, die Johann immer lukrativere Stellenangebote eingebracht hatten. Er nahm sie an, wenn sie keinen Umzug erforderten, schlug sie aus, wenn sie im Ausland gewesen wären, in China, in Indien, noch einmal auswandern wollte er nicht. Laura hatte das erzählt. Ein Werdegang, der klassisch hätte sein können, wenn die Herkunft nicht gewesen wäre, und der tatsächlich zu bekräftigen schien, dass es stimmte, was auch Matze glaubte: Wer wollte, konnte es schaffen. Aber vielleicht war Johanns Wille auch einfach stärker als der seiner Kollegen, vielleicht brauchte er einfach dringender die Bestätigung, dass sich am Ende all die Opfer gelohnt hatten, dass es richtig gewesen war, dafür ein Land, ein erstes Leben zurückzulassen.

»Mein Vater hat gerade diesen Hügel gekauft.« Laura hatte ihm Bilder geschickt; ein sonnengetränkter Blick übers Tal, von Pinien und Kaktusfeigen gerahmt, dahinter glitzerte der Ozean. Nils würde nicht vergessen, wie sehr ihn das beeindruckt hatte, wie sehr er sich gewünscht hatte, an Johanns Stelle zu sein. Immer, wenn er daran dachte, spürte er so eine Benommenheit, so ein dumpfes Gefühl im Bauch, als genügte er nicht, als müsste er es, wenn er mit Laura zusammen wäre, auch so bringen wie er. Das Problem war: Er brachte es nicht. Sie konnten nicht einfach umziehen, wie die Richterin es ihm vorgeschlagen hatte, längst hatte er begonnen, täglich die Annoncen zu durchforsten wie letzten Sommer, die Lage war schwieriger geworden, nicht leichter; und sie konnten auch nicht verreisen. Nicht mal nach La Gomera.

»Du weißt, wie sehr ich es da mag. Aber es geht nicht, Laura«, sagte Nils. Er gab sich Mühe, nicht so bitter zu klingen wie sonst, wenn er den Satz, der ihm in letzter Zeit so häufig rausrutschte, mit ihrem Namen unterstrich. »Wir haben kein Geld.«

»Wir müssen doch nur die Flüge bezahlen.«

Nils schüttelte den Kopf. »Nein. Ich meine, wir haben wirklich kein Geld. Wenn ich meine Umsatzsteuervorerklärung mache, bin ich praktisch auf Null.«

22

Das Zimmer war schäbig, mit gräulichem Teppichboden und schweren, verrauchten Vorhängen. Über dem Doppelbett hing eine Fotografie von einem tropischen Sandstrand, mit Palmen und ein paar geduckten Hütten im Hintergrund, davor das hellblaue Meer.

Sie waren in Hamburg. Nils hatte bei Red Circles angefragt, in Köln, und nachdem er keine Antwort erhalten hatte, war ihm Peppers&Joe eingefallen. Sein ehemaliger Kollege Juri war gerade dahin gewechselt, das halbe Team von Helm Richter war wohl jetzt da. In der Nacht wachte Nils plötzlich auf, schweißübertrömt, und dann rannte er auf die Toilette und übergab sich. Jedes Mal, wenn er sich von der Toilette zurück ins Bett kämpfte, guckte Laura ihn an, aufrecht, mit angezogenen Knien. Nils legte sich neben sie, er schloss die Augen und für kurze Zeit schlief er sogar, träumte von seinem alten Vermieter, du musst mehr an deine Frau denken, und irgendwann merkte er, dass Laura ihn schüttelte, ihm ein Handtuch hinhielt, er hatte ins Bett gekotzt, ein Speichelfaden hing aus seinem Mund.

»So kannst du da morgen auf keinen Fall hin«, sagte sie.

Nils rubbelte das Bett mit einem nassen Handtuch trocken und antwortete nicht. Um halb sieben rief er bei dem renommierten Alternativmediziner an, der auch Matze immer behandelte, wenn er in der Stadt war, und spielte die Karte, die er sich sonst immer weigerte zu spielen. »Hallo, Nils Hoffmann hier, der Bruder von Matze«, sagte er. »Könnte ich heute Morgen vor der Arbeit spontan vorbeikommen?«

Laura wickelte Luca und tat, als hörte sie nichts.

23

Im Hotel gab es kein Frühstück. Laura packte Luca in den Anzug aus Schurwolle, den sie von Emil übernommen hatten, und legte ihn in den Wagen. Draußen, auf der Straße, fühlte sie sich auf einmal so schäbig wie das Zimmer, in dem sie schliefen.

Sie dachte wieder an neulich, das schlechte Gewissen verfolgte sie noch: Sie hatte geduscht, zum ersten Mal seit langem so richtig geduscht, ein paar Tage war es jetzt her. Das heiße Wasser hatte ihren Körper dampfend eingehüllt, rosig und warm gemacht, bis das Blut unter ihrer Haut pulsierte. Und Luca hatte draußen geweint, sie hatte ihn gehört, aber es war ihr egal gewesen, fast egal, sie hatte sein Schreien absichtlich an sich abperlen lassen wie den Wasserstrahl auf ihrer Haut. Wie lange hatte sie so nicht mehr geduscht. Ja, sie hatte Angst, auch und besonders um Luca. Aber es war Selbstmitleid gewesen, das sie unter der Dusche dann weinen ließ.

Als ihre Eltern das kleine Haus auf La Gomera gekauft hatten, war das mit Nils noch ganz frisch. Während Laura mit ihren Eltern Cortado am Strand trank und mit dem Makler Smalltalk machte, schielte sie alle paar Sekunden auf ihr Handy, doch Nils schrieb ihr nicht. »Hey«, tippte sie grimmig, »was machst du?« Und dann schickte sie das Bild, ein sonnengefluteter Blick übers Tal, dahinter das Meer: »Mein Vater hat gerade diesen Hügel gekauft.« Ein kleiner Verrat an Johann, der, sie wusste das, niemandem von diesem zweiten Haus erzählen würde, und auch an sich selbst, die es hasste zu lügen, die niemals übertrieb. Denn das Haus war ja nur eine einfache Bauernhütte, die Räume, nachträglich durch einen Anbau erweitert, wirkten zusammengeschustert, und sieben Katzen wohnten auch noch darin. Der riesige Garten war verwildert und teilweise so zugewuchert, dass man sich den Weg freihacken musste. Aber überall waren kleine, geheime Ecken, von denen man einen phänomenalen Blick hatte aufs Meer, das in der Sonne glitzerte. Dieser Hügel also. Als wollte sie ihm sagen: Wir spielen jetzt auch in deiner Liga. Kein bayrischer See, aber ist das nicht cooler, ist das nicht noch viel aufregender?

Ein paar Monate später flogen sie hin. Laura hatte den Eltern versprochen, das Haus für eine touristische Vermietung vorzubereiten, Möbel auszusuchen, die Katzen umzusiedeln, ein Netzwerk aufzubauen.

Die Ruhe, nur durchbrochen vom Rauschen der Pinien, die frische Luft auf über tausend Metern Höhe, der wuchernde Garten voller Mandelbäume, das alles hatte etwas Rohes, Urgewaltiges, das Nils, mehr noch als Laura, innerlich brennen ließ. Oft ging er auf die Ebene oberhalb des Hauses, von wo aus man den Hügel am besten überblicken konnte. Er spüre richtig, sagte er, wie das hier alles, das Haus, die Natur, die darin herumwuselnden Tiere, in ihm glühte und lebte. Er hatte schnell Farbe im Gesicht bekommen, sah gesund aus und irgendwie stark, wenn er abends im Kamin herumstocherte und das Totholz, das er im Garten gesammelt und gehäckselt hatte, darin verteilte.

Sie hatte sich gewundert, mit welcher Leidenschaft er annehmen konnte, was sich für sie immer noch unwirklich anfühlte, wie eine Leihgabe auf Zeit. Es war ja nicht nur so, dass sie das Haus, sobald es vermietet wäre, kaum mehr nutzen würden. Waldbrände gab es in der Gegend, besonders im Sommer, und Laura fürchtete sie, sie fürchtete die Schilder mit der durchgestrichenen Zigarette und den Flammen darauf, die am Straßenrand neben den Pinienwäldern vor der Katastrophe warnten. Ahnte sie, dass alles, so wie es gekommen war, irgendwann auch wieder vergehen würde?

Auf dieses Haus war kein Verlass. Auch jetzt war auf das Haus kein Verlass. Obwohl Johann ihnen sogar eine Bürgschaft ausgestellt hatte. Sie hatten keine Wohnung gefunden, als sie mit Luca schwanger war, und wenn sie jetzt wieder anfangen würden zu suchen, würden sie immer noch keine finden. Anna und Johann nahmen das schweigend zur Kenntnis. Der Hügel, dachte Laura, war im Laufe der Zeit einfach noch etwas höher gewachsen, der Abgrund dahinter tiefer. Es war, als trügen sie alle diesen langsam sich ausdehnenden Abgrund unterm Herzen, nähmen ihn mit, egal wohin, und mit dem Abgrund das Wissen um den kommenden Fall. Dieses Wissen schwelte in ihnen genau wie in ihr; es hatte sich eingebrannt.

Nils hingegen hatte sich gleich mit Haut und Haaren

in das Leben auf der Insel gestürzt, obwohl sie doch nur Urlaub dort machten. Er hatte sich mit Ricardo angefreundet, einem der Hippies, die unten im Dorf wohnten, ließ sich von ihm beibringen, wie man mulchte, wie man Mandeln zu Nektarinen veredelte. »Stell dir vor. Die werden Eltern, also Aleca und er«, sagte er. »Und was machen die? Schmeißen ihre Jobs hin, verkaufen alle Sachen und ziehen hierher. Einfach so! Finden einen Platz auf dem Land, bei einem Bauern, der sich freut, dass da jemand ist, weil er das allein überhaupt nicht bewirtschaften kann alles. Und wissen, hier bleiben sie.«

Laura sagte nichts.

»Ich meine ja nur, wir könnten auch mal anfangen, uns Gedanken zu machen. Führen wir das Leben, das wir haben wollen. Und wo sollte dieses Leben sein.«

»Also nicht in Berlin.«

»Keine Ahnung. Ja, vielleicht nicht in Berlin.«

Nicht in Berlin, hatte er gesagt. Damals schon. Aber das Haus war keine Option, auch die Insel nicht. Nicht für Laura, nicht auf Dauer. War denn Hamburg besser? Laura saß auf der Bank eines Spielplatzes in Rotherbaum, obwohl es kalt war und Luca mit Spielplätzen noch nicht viel anfangen konnte. Andere Mütter und Väter standen in einem lockeren Kreis und führten Elterngespräche. Gelegentlich unterbrachen sie sich und fischten ihren Kindern, die in bunten Schneeanzügen durch den feuchten Sand stakstEN, Eicheln aus den Mündern. Der Himmel spannte sich wie ein graues Zelt über ihnen auf.

Irgendwann rief Nils an. Er hörte sich erleichtert an,

und schon beinahe gesund. Matzes Arzt hätte gesagt, er könne heute in die Arbeit gehen. Er hätte ihm befohlen, die Hand auf den Problembereich zu legen, also den Bauch, und dann hätte er ihm den Arm mehrmals runtergedrückt, um zu sehen, wo der Widerstand war. »Keine Sorge«, hätte er anschließend gesagt, »das ist garantiert kein Virus bei dir, das ist nicht ansteckend. Das ist nur ein Pilz, vielleicht hast du eine schimmelige Erdnuss gegessen.«

Am Abend, als Laura schon blass wie ein Handtuch war und so ein wellenförmiges Ziehen in der Magengegend spürte, erzählte Nils kichernd, wie er sich im Büro alle paar Minuten die Hände gewaschen hätte, sogar seine Tastatur hätte er heimlich desinfiziert, nichts hätte er angefasst, keinen Stift, keine Tasse. Dafür wäre dann am späten Nachmittag Juri zu ihm gekommen, hätte sich an seinen Tisch gelehnt und länger gequatscht. »Nächste Woche, was sagst du?«, hätte er gesagt.

Laura nickte und verschwand auf der Toilette. Das Fischbrötchen vom Nachmittag schwamm aufgelöst in der Schüssel. Sie sah die Brühe, und es überkam sie direkt noch einmal, und noch einmal, bis nichts mehr in ihr war, nicht mal mehr Wasser. In der Nacht spuckte auch Luca, zweimal kam die Milch, die er getrunken hatte, in einem Schwall wieder aus ihm raus. Laura ließ Nils schlafen, wischte kraftlos das Laken sauber und tastete Luca übers Gesicht. Er hatte kein Fieber, es schien ihm gutzugehen. Er guckte sie nur aus großen Augen an und wollte direkt wieder trinken.

»Was meinst du«, sagte Nils am Morgen, nachdem er ihr im Café zwei Straßen weiter noch einen Tee organisiert und aufs Zimmer gebracht hatte, »noch eine Woche?«

Laura wärmte die Hände an der Tasse.

»Das sind nochmal zweitausend Euro«, sagte Nils, »und am Wochenende könnten wir in Blankenese übernachten und ein bisschen durch Hamburg laufen. Vielleicht geht's euch dann schon wieder besser.«

Die Woche zog sich. Laura fühlte sich schlapp, sie hatte kaum Kraft zu gehen, geschweige denn Luca zu tragen. Sie wusch die Windeln in einem Waschsalon und überbrückte die Zeit zwischen Waschen und Trocknen auf dem Spielplatz. Die anderen Eltern erkannten sie inzwischen, ein paar suchten das Gespräch, und Laura murmelte etwas von Berlin und lächelte ausweichend. Sie versuchte sich vorzustellen, wie es wäre, wenn. Sie würden eine kleine Wohnung hier haben. Während Nils bei Peppers&Joe arbeitete, würde sie jeden Morgen die Brotdose packen und mit Luca hierherkommen. Und dann würde sie hier sitzen und mit den anderen Müttern und Vätern über die Dinge reden, die ihre Kinder schon konnten oder noch nicht. Sie würden sich nicht gut kennen, nur flüchtig, aber irgendwann würde eine Mutter kommen, vielleicht auch ein Vater, zu der, zu dem sie eine größere Nähe empfinden würde. Vielleicht würden sie sich verabreden, wenn es regnete, bei einem von beiden zu Hause. Denn sie würden ein neues Zuhause haben. Es würde nicht wie vorher sein, und nicht in Berlin. Aber der Hauch eines Neuanfangs, das vielleicht.

»Frisch hergezogen?«

Eine Mutter hatte sich neben sie auf die Bank gesetzt und musterte sie neugierig.

Laura lächelte. »Wir wohnen eigentlich nicht hier.«

»Ah. Urlaub? Auch schön!«

»Nee. Wir können nur gerade nicht zu Hause sein.«

Die Augen der anderen Mutter wurden schmal. *Unsere Nachbarin hat uns die Tür eingetreten.* Laura spürte, dass sie vor der Wucht dieser Geschichte zurückschrecken würde, wie andere vor ihr, als hätte sie, als hätten sie alle Angst, mit hinabgezogen zu werden.

Am Freitagmorgen hatte Luca Fieber. Laura packte die Reisetasche und zog ihm alle dicken Klamotten an, die sie dabei hatte. Sie checkte aus und lief zum Bahnhof. Es hatte geschneit, der Kinderwagen schlitterte etwas und das Eis knackte unter ihren Füßen. Sie hielt das Handy in der rechten Hand und folgte der Navigation, während sie mit der linken Hand den Kinderwagen gegen seinen Rechtsdreh ansteuerte. Vor ihr schob ein Obdachloser einen Einkaufswagen. Er war genauso vollbepackt wie sie. Sie hielt seinem Blick stand und für einen kurzen Moment hatte sie das Gefühl, sie stünden sich gegenüber wie Gleich und Gleich. Als hätte sie sich schon zu weit entfernt von der bürgerlichen Sicherheit, in der die Eltern auf dem Spielplatz sich bewegten, steuerte sie immer weiter zu auf ein unbehaustes Nichts.

Sie trug das Gefühl bis nach Blankenese, wie löchrige, zu feuchte Socken, die unter den Stiefeln verborgen waren. Hinter den Hecken links und rechts verbargen sich hübsche Einfamilienhäuser. Teenager strichen einen VW-Bus neu an. Dreads, Kapuzenshirt, Chucks, so alternativ wie man es eben werden konnte, wenn man im Schutz des elterlichen Geldes rebellierte.

Vor einem von hohen Büschen umrankten Altbau mit grünen Fensterläden stoppte die Navigation. Laura klingelte und wartete. Die Frau, die schließlich öffnete, musterte wie beiläufig erst das im Kinderwagen schlafende Kind, dann Lauras verwaschenen Mantel, ihre lädierte Brille.

»Laura Kilian«, Laura streckte ihr die Hand hin. »Herr Hoffmann kommt später nach.«

»Alles klar.«

»Mein Sohn ist etwas krank.« Da war sie wieder, diese unbegreifliche Scham. Jetzt schob sie also Luca vor, um sich zu rechtfertigen für ihren erbärmlichen Auftritt, für diese feuchtnasse Jämmerlichkeit, die sie glaubte, bis in die Knochen zu spüren. Als hätte das alles etwas miteinander zu tun: ihre Brille und seine Rotznase, seine geröteten Augen.

»Brauchen Sie Paracetamol?«

Laura schüttelte den Kopf. Die Frau nickte erleichtert, griff nach dem Schlüssel und führte sie zur Gästewohnung in den Keller. Als sie weg war, legte Laura Luca auf den Teppich, der sehr weich war. Er hatte immer noch Fieber und döste. Laura wanderte etwas ratlos durch die Wohnung. Auf dem runden Küchentisch fand sie die Anweisungen für die Gäste und eine Liste mit Tipps, der nahegelegene Wildpark wurde Familien besonders ans Herz gelegt. Sie setzte sich aufs

Sofa am Fenster, rosa Plüsch, daneben ein schönes altes Holzregal, sie holte ein paar der Bücher heraus, sie konnte sich nicht konzentrieren. Von oben hörte sie die Schritte der Frau und ihrer Familie. Zwei Kinder hatte sie, und einen Hund. Irgendwann klingelte es, und der Hund bellte. Der Mann war jetzt auch da. Alle Schritte polterten durcheinander. Und plötzlich glaubte Laura eine Ahnung davon zu haben, was das hieß, unten zu sein, so weit unten, wie man nur sein konnte, so weit unten wie Peggy.

Es war schon dunkel, als die Frau wiederkam, mit Nils. Ihr Blick wanderte von Nils zu Laura, ehe sie wortlos wieder verschwand.

Nils schien ihr Verhalten nicht sonderbar zu finden. Er hielt Laura das Handy unter die Nase: »Schau mal, was ich heute bekommen hab!«

Laura las, guckte ihn an, las nochmal.

Sehr geehrter Herr Hoffmann,

auf Ihr Schreiben vom 27.12. an das Amtsgericht kann ich Sie in soweit beruhigen, als ich gerade mit dem Krankenhaus telefoniert habe. Zwar läuft die Unterbringung am 01.02. aus, jedoch wird Frau Meyer das Krankenhaus nicht verlassen. Sie wird freiwillig dort zu weiterer Behandlung bleiben.

Sollte Frau Meyer diese Meinung ändern wollen, wird das Krankenhaus sie nicht etwa entlassen, sondern festhalten, bis das Gericht eine erneute Unterbringung ange-

ordnet hat. Im Moment besteht also keine Gefahr. Wenn sich daran etwas ändert, informiere ich Sie.

Mit freundlichem Gruß
Rechel

Laura lächelte ungläubig. »Das heißt, wir können nach Hause?«

»Ein, zwei Wochen noch. Ich verdien uns einen Puffer und dann gehen wir zurück und kaufen uns endlich ein Sofa.«

Laura strahlte. »Und hängen ein paar Bilder auf?«

»Oh ja.«

»Und räumen dein Studio auf.«

»Ja, da mach ich ne Hochebene rein, für den ganzen Kram. Und ich bau uns ein Bett.«

»Ein schicker Teppich wär auch nicht schlecht. Dann sieht man das Parkett nicht so.«

»Haha. Und wenn die Heizungen immer noch nicht gehen, wickeln wir uns darin ein.«

»Ich hoffe nur, wir können uns auf den verlassen«, sagte Laura, plötzlich wieder ernst.

»Glaub mir, das können wir«, sagte Nils, »der hat Druck von oben bekommen.«

BODEN

I

Laura lehnte am Fenster und beobachtete den Hof. Auch ohne Peggy war die Spannung immer da. Sie lag über ihnen wie eine unsichtbare Decke und beschwerte alle ihre Handlungen und Blicke.

Laura riss sich los. Sie sammelte die über den Wohnzimmerboden verteilten Socken auf und dachte doch wieder an Mick, er musste sich genau unter ihr befinden, er hatte irgendetwas gerufen. Und das Mädchen, war es auch hier? Sie blieb ihr ein Rätsel, nur ab und an sah sie sie über den Hof laufen, das Gesicht stolz, fast trotzig in die Ferne gerichtet. Wussten die beiden schon von der Kündigung? Und was sagten sie dazu, dass Peggy jetzt noch länger fortbleiben würde?

Laura legte die Wäsche in die Trommel, den Raum darunter immer noch mitdenkend, hatte nicht jemand erzählt, dass das Bad viel kleiner war? Wo sie nur eine Tür hatten, gab es unten zwei. Hatte eines dieser Zimmer Peggys Tochter gehört? Oder war es vielleicht ganz anders gewesen. Hatte Peggy damals nicht unten, hatte sie vielleicht selbst oben gewohnt? Der Gedanke durchfuhr Laura eisig, Peggy und die Tochter hier oben, darum der Geruch, darum Peggys Verdacht, die Tochter könnte immer noch, für immer hier sein.

Laura schaltete die Maschine ein und stand auf. Sie betrachtete Nils von der Seite, der reglos am Rechner saß, er trug seinen Wollpullover und die Mütze, obwohl der Februar mild und es in der Wohnung wieder besser auszuhalten gewesen war, seit sie aus Hamburg zurück waren. Sein Studio gehörte ihnen allein, unten war nur der Heizungsraum. Wie still es hier war, so still, dass man nichts hörte außer dem Klicken der Maus.

Laura hatte sich zu einem Rückbildungskurs angemeldet. Es war ein kleiner Schritt, aber ein wichtiger, ein Schritt zurück in Richtung Normalität. Sie legte Luca in die Kinderwagenschale und trug ihn die erste Hälfte der Treppe runter, dann ging sie hoch, um das Untergestell zu holen. Es fühlte sich nicht richtig an, ihn dort alleine zu lassen. Luca, sein manchmal fast mädchenhaft weiches Gesicht, die Unbestimmtheit im Namen. Jetzt lag er genau dort, wohin Peggy sich zurückgezogen hatte, als Mick ihre Wohnung nach der Tochter durchforstet hatte.

Laura schleppte das Gestell aus der Tür und die Stufen hinunter. Da sah sie Sina. Sie stand auf dem Treppenabsatz und beugte sich über die Schale. »Na, zu wem gehörst du denn?«

»Zu mir, zu mir«, Laura lachte hysterisch ihre Verlegenheit weg.

»Weiß ich doch«, Sina richtete sich grinsend auf. »Der ist ja richtig groß geworden. Wie alt ist er jetzt. Drei Monate?«

»Fast.«

»Wie geht's euch?«

Laura zuckte mit den Schultern. »Wir versuchen nach vorne zu schauen.«

»Super! Das wird schon!«

Laura nickte, die E-Mail von Herrn Rechel, sie setzte an, wollte Sina einweihen, doch die sah schnell weg.

»Ich hab es leider gerade sehr eilig, wir sprechen bald, ja?« Sina hastete davon.

Laura guckte ihr hinterher, sie war enttäuscht, ja, aber dann gab sie sich selbst einen Ruck.

2

Nils stand hinter dem Fenster und sah zu, wie Laura den Kinderwagen mit Luca aus dem Hof schob. Mit federnden Schritten, so wie früher. Das hatte immer etwas leicht Provozierendes, wenn sie so losmarschierte. Es forderte den Beobachter heraus, sieh nur, mir kann niemand was! Eigentlich hätte er sich freuen müssen, Laura wieder aufblühen zu sehen. Doch es erfüllte ihn mit Unbehagen.

Sie schob Luca geradewegs in die Gefahr hinein. Das war es, was er fühlte. Luca, der seinem Leben einen Rhythmus gab, eine Farbe, einen Geruch, einen Namen. Konturen, die ihm gefehlt hatten, nachdem er die Tenniskarriere an den Nagel gehängt hatte. Wenn er Luca in der Trage am Bauch hatte, machte ihn das stolz. Neulich waren ihm ein paar Dudes entgegengekommen: »Walla, Bruder, geiler Trick mit dem Baby! Da kann man voll gut Mädels klarmachen.«

Er fand das super. Nicht das Klarmachen. Das Tragen. Er wollte Zeit mit Luca verbringen. Viel mehr Zeit. Einsinken in Lucas buttrigen Babygeruch, ihn am Bauchspeck kitzeln, bis man die zahnlosen Leisten in seinem Mund sehen konnte: »Lach doch mal, du guckst immer so ernst, von wem hast du das nur.« Er wollte am liebsten nichts anderes tun, als Luca in der Hängematte, er hatte sie aus einer von Lauras Kisten gekramt und aufgespannt, in den Schlaf zu schaukeln und dabei Lieder über Käsebrote zu singen.

Doch hatte er ein Recht dazu? Er konnte Laura und Luca ja nicht mal mehr richtig in die Augen sehen. Als würde er, der wie gelähmt vor seinem Rechner saß und zusah, wie das Geld auf seinem Konto wieder schwand, der trotzdem nicht handelte, der der kommenden Katastrophe einfach offenen Auges entgegensah, einer Verantwortung nicht gerecht. Denn eine Katastrophe bahnte sich an, er war sich sicher, etwas, er wusste es, würde passieren. Nichts war ausgestanden, solange Peggy jeden Augenblick zurückkehren konnte. Diese E-Mail von Herrn Rechel – je länger er darüber nachdachte, desto weniger wollte er sich darauf verlassen.

Er begann zu tippen. Lücken, die mit Wörtern gefüllt, Sätze, die geschrieben werden wollten. Wie die Stimmen, die jetzt aus der Wohnung unter ihm drangen. Solange die Tür zwischen Studio und Wohnungsflur offenstand, hörte er unweigerlich das Auf- und Abschwellen ihrer Rufe. Er verstand nicht, worum es ging, nur dass sie stritten, sie wurden laut, lauter, als wollten sie ihm zuschreien: Du hast Recht, mach doch endlich die Augen auf, jetzt haut hier doch endlich ab. Jemand schrie Hurensohn, dann knallte eine Tür. Nils schob den Laptop beiseite und schlich zum Badezimmerfenster. Er sah, wie ein jüngerer Mann mit gehäkelter Rastamütze und Turnbeutel auf ein angelehntes Fahrrad stieg und schimpfend aus dem Hof radelte. Mick hatte sich Gesellschaft organisiert.

3

Die noch zahme Sonne versteckte sich wieder und der blanke Märzhimmel wurde grau. Die Temperaturen gingen runter auf drei Grad. Vor einem Jahr war Laura aufgewacht, hatte Nils nachgelauscht, wie er ihre Wohnung verlassen hatte, das Knistern der Lederjacke, das noch nachtwarme Kissen, und draußen der graugetretene Schnee. Dann hatte sie den Test gemacht.

Wieder drehten sie die Heizungen auf, doch bis auf den Heizkörper im Schlafzimmer blieben alle kalt. Sie riefen den Hausmeister an, dessen Nummer sie inzwischen herausgefunden hatten, den Not-Hausmeister und schließlich wieder die Hausverwaltung. Niemand kam. Sollten sie die Miete kürzen? Sie dachten ernsthaft darüber nach und verwarfen den Gedanken dann doch, sie waren auf die Hilfe der Hausverwaltung schließlich angewiesen; Peggys Kündigung, die Räumungsklage, alles hing davon ab. Sie telefonierten und warteten, hielten der Kälte in Decken gehüllt stand. Und dann, völlig unerwartet, war es so weit.

Sie war dick geworden, und langsam, wie eine pummelige Biene, die an zu viel gegorenem Obst genascht hatte. Sie hatten sie schon vorher zu erkennen geglaubt, an ihrem rauen Lachen, das durch den Zwischenboden in ihr Wohnzimmer kroch – und an jenem ersten Tag, einem

Freitag, kälter noch als die vorangegangenen Tage, lachte sie oft. Danach wurde sie still. Nur manchmal mischte sie sich ein, wenn die anderen zu laut geworden waren, beendete die Streits mit einem einzigen, vehementen Schrei. Bald schon sahen sie sie, wie sie hinter Mick und den anderen aus dem Hof trottete, teilnahmslos und neben sich, als gehöre sie nicht dazu und eigentlich nirgendwohin.

Niemand hatte sie vorgewarnt, Herr Rechel nicht, obwohl er es ihnen versprochen hatte, Frau Ludwig nicht und die Hausverwaltung schon gar nicht. Und wenn man Peggy so beobachtete, vom Fenster aus, wie sie den anderen hinterherschlurfte, hätte man denken können, warum auch. Und vielleicht wäre es auch gutgegangen, eine Weile lang. Manuel und Patrick hatten schließlich, zumindest behaupteten sie das, beinahe drei Jahre über Peggy gewohnt, bis zum ersten Mal etwas passiert war.

Doch eines Tages schwang sie sich auf ihr Fahrrad und radelte los, eine Kippe im Mundwinkel.

»Du«, sagte Laura, »ich glaub, die nimmt ihre Medikamente nicht mehr.«

»Ich fass es nicht!« Nils, der gegen den Heizkörper gelehnt stehen geblieben war, tastete mit den Händen die Rohre ab und lauschte. »Hörst du das auch?«

»Nils …«

»Das Rauschen! Das Gas kommt! Sie ist schon lauwarm!«

»Nils, hast du gehört, was ich gesagt habe?«

»Ja!« Zu laut. Viel zu laut war es ihm rausgerutscht. Nils ließ sich auf einen Stuhl sinken, ballte die Hände mehrmals zur Faust und öffnete sie wieder.

4

»Das ist schön, das will ich haben.«

Laura eilte auf Socken zum Fenster. Sie konnte sehen, dass Mick und der Kerl mit dem Turnbeutel auf dem Rücken zwei Fahrräder in den Hof geschoben hatten. Eins warfen sie neben die Wanderschuhe unter Peggys Fenster, das andere stellten sie verkehrt herum in den Hof. Mick zog einen Inbus aus der Hosentasche und begann zu schrauben.

»Du solltest die online stellen«, sagte Mick.

Peggy schien nicht zuzuhören. Ihr Blick hing unergründlich und fest am Fenster im ersten Stock, wo Laura halb verborgen hinter dem Vorhang stand.

Eine Fliege wummerte gegen die angelehnte Scheibe.

Laura wich zurück. Vielleicht lag es an der Brache um die Baustelle herum, an der aufgegrabenen und wieder aufgeschütteten Erde, dass sich die Tiere in Scharen zu vermehren schienen, seit es wieder etwas wärmer geworden war.

Unten sagte Mick zu dem anderen Kerl: »Warum stellt sie die nicht online, ich versteh das nicht.«

Laura lauschte zurück ins Innere der eigenen Wohnung. In den Monaten, in denen Peggy nicht dagewesen war, hatte Nils ihnen tatsächlich ein Bett gebaut, eine große Liegefläche mit Schiebekästen für die Wäsche. Luca schlief an der Seite zur Wand. Aus Nils' Arbeitszimmer, das immer noch so vollgestellt war, dass man kaum einen Schritt gehen konnte, klang angestrengtes Klacken. Er arbeitete an etwas, aber immer, wenn sie fragte, wich er aus. Er wirkte kränklich und gereizt.

Früher hatte sie immer das Gefühl gehabt, dass ihm nichts und niemand was anhaben konnte. Wie damals, an dem Tag, als er von seinem letzten Match zurück nach Berlin gekommen war, ein paar Monate kannten sie sich da. Er war in ihrer alten Straße aus dem Smart gestiegen, verschwitzt und niedergeschlagen, und hatte mit einem matten Lächeln gesagt: »Das war's.« Schon damals hatte er nicht mehr richtig gespielt, nur so ein paar Matches im Team, Herren 30. Er schlang einen Arm um ihre Taille und dann gingen sie Pizza essen. Der Saum seiner zu langen Hose streifte über den Asphalt, während er neben ihr lief, sportlich und fast zwei Köpfe größer als sie.

Sie näherte sich dem vorderen Zimmer und warf einen Blick durch die angelehnte Tür. Nils stand auf dem Stuhl, mit dem Rücken zur ihr. Er hatte einen Müllsack um den Tennisschläger gebunden und fuhr mit zirkelförmigen Bewegungen durch die Luft. Bei jedem Schlag knisterte die sich aufblähende und wieder in sich zusammenfallende Tüte.

»Was machst du da?«

Nils fuhr herum, er hatte rote Flecken auf der Haut, gleich unter den Augen, und seine Haare waren wirr. »Nichts. Die scheiß Fliegen.«

Er stieg vom Stuhl und setzte sich wieder an den Rechner.

Laura sagte: »Peggy war wieder unten. Die dealen jetzt auch noch mit Fahrrädern, glaub ich.«

Nils tippte etwas in seinen Computer, im Hintergrund ploppte ein Battle-Rap-Video auf. Er klickte es weg.

Im Wohnzimmer kramte Laura ihren eigenen Laptop hervor. Sie setzte sich auf das Sofa, das sie vor kurzem auf Kleinanzeigen gefunden hatten, und öffnete ein neues Word-Dokument. Sie überlegte kurz, dann tippte sie: »Freitag, 15.3., 12:15 Uhr: Peggy, Mick und ein Typ mit Turnbeutel-Rucksack schieben zwei Räder in den Hof.«

Peggy machte nichts, nicht wirklich. Es war unfair, Protokoll gegen sie zu führen und es wöchentlich an die Hausverwaltung zu schicken. Aber genau das hatte Herr Marquardt ihnen geraten. Laura hatte Nils gedrängt, ihn noch mal anzurufen. Nils hatte sich erst gesträubt und dann doch die Nummer gewählt. Er war durchgekommen.

Herr Marquardt tat überrascht. »Ach nein, sie ist wieder da? Und das mit der Tür, das gebe ich persönlich an den Hausmeisterservice weiter. Sie haben ja Recht, das ist ja so kein Zustand. Ich verstehe auch nicht, warum das so lange dauert. Ach – und gut, dass Sie anrufen. Ich habe ja mit Herrn Kummer gesprochen, also unserem Rechtsanwalt, wegen der Klage gegen Frau Meyer. Da wäre es gut, wenn Sie alles dokumentieren, was Sie mitkriegen, für den Prozess. Wir wollen den ja gewinnen, nicht?«

»Ja«, hatte Nils mit belegter Stimme gesagt, und Laura, die alles mitgehört hatte, weil Herr Marquardt auf Laut war, hatte genickt.

Wir, hatte er gesagt. Sie standen auf einer Seite. Zogen an einem Strang. Hatten sich mit Herrn Marquardt verbündet, ausgerechnet Herrn Marquardt, den die Heizung nicht interessierte, genausowenig wie das Loch in der Tür, und der ihnen, wenn sie sich nicht in den WG-Mietvertrag von Manuel und Patrick eingeschlichen hätten, nie eine Chance auf die Wohnung gegeben hätte.

Der Hausmeister meldete sich in den Tagen darauf nicht. Aber Laura hatte das Protokoll inzwischen auf dem Startbildschirm verlinkt. Jedes Mal, wenn unten die Tür auf- oder zuging, schreckte sie hoch und huschte ans Fenster. »Hast du das gehört, Nils?« – »Was haben die gesagt?« Manchmal öffnete sie das Badezimmerfenster einen Spalt und glitt dann dort zu Boden. Hier harrte sie aus, den Kopf auf den Knien, die Augen geschlossen, den Rücken gegen den Heizkörper gelehnt. Sie glaubte, die im Streit verknäulten Worte so am besten entwirren zu können, zu verstehen, ohne selbst gesehen zu werden.

5

»Oh oh«, sagte Luca und packte mit beiden Händen den Apfel, der vor ihm auf dem Tisch gelegen hatte.

Laura hatte ihn in seinen Hochstuhl gesetzt, mit einem großen Kissen im Rücken, und ihn dann angeschnallt, fast konnte er sich schon alleine halten.

»Willst du?«, fragte sie.

»Oh oh.« Luca senkte den Kopf und tastete mit zitternden Lippen über die Fruchtschale. Er versuchte hineinzubeißen, glitt ab, der Apfel kullerte über den Tisch.

Laura konnte nicht anders, sie lachte. »Nils, hast du das gesehen?«

Nils antwortete nicht. Er saß in seinem Zimmer vor dem Rechner, die Tür blieb zu.

Laura rollte den Apfel zurück zu Luca, zog das Handy aus der Tasche und filmte. Sie würden zusammen darüber lachen. Irgendwann, wenn das alles überstanden war.

Sie fotografierte Luca gerne und viel. Von ihr gab es nicht viele Bilder aus dieser Zeit, und die wenigen, die es gab, waren verblichen. Eines hatte sie neulich hervorgekramt und an die Wand gehängt. Beinahe ein Jahr alt musste sie darauf sein, sie trug ein kurzes, abstehendes Kleid, und hinter ihr hockte die Tante und umschlang sie mit einem Arm, während sie mit der anderen Hand auf den Spiegel vor ihnen deutete. Wenn es nicht unmöglich wäre, hätte sie schwören können, sich daran erinnern zu können: An ihr eigenes Ich im Spiegel der Vitrine, nur getrennt durch die grünen Gläser und Vasen. Die Aufregung der Tante, die auf das Spiegelbild deutete und dabei hektisch auf sie einredete. Und die eigene Verwirrung, die noch nicht ausformulierte Frage: »Wer ist das Baby? Was will die Frau von mir?« Kurze Zeit später hatten sie die Tante zurückgelassen und mit zwei Koffern das Land verlassen. Johann war zurückgekommen und hatte Anna geheiratet. Er wartete in Deutschland.

Waren sie denn wirklich angekommen? Wo gehörte Laura hin, zu wem? Ihre eigene Geschichte war ja selbst wie ein Haus, dessen Boden sie nicht kannte. Es hatte keinen Zweck, deswegen traurig zu sein.

Lucas Geschichte dagegen war noch nicht geschrieben. Sein Interesse am Apfel ermutigte sie: Sie kochte ihm eine Pastinake und sah zu, wie er daran nuckelte, sie aussaugte, wie er schließlich ein Stück abbiss, kaute und herunterschluckte. War es in Ordnung, dass sie ihm schon feste Nahrung gab? Er war noch nicht mal fünf Monate alt. Sie fragte Nils, doch der hatte keine Meinung dazu. Nils hatte auch keine Meinung zu den Kitas, bei denen Laura Luca anmeldete. Viel zu spät; schon jetzt waren alle Wartelisten voll. Nils positionierte sich nicht zu den Konzepten – Fröbel, Montessori, Waldpädagogik – deren PDFs Laura dann, wenn Luca schlief, auf dem Smartphone überflog und an ihn weiterleitete. Dabei war er ja derjenige, der diverse Bücher zum Thema besaß und immer meinte, keine Regelschule wäre gut genug für Luca.

Er duckte sich vor seinem PC, als wollte er hineinkriechen und nie wieder herauskommen. Was machte er da? Sie hatte ihn gefragt, wieder und wieder, bis sie endlich eine Antwort hatte: »Nur ein kleiner Job, nichts Besonderes.«

»Was mit Benjamin?«

»Nee, wieso denn mit Benjamin.«

»Hast du dich nicht nochmal bei ihm gemeldet?«

»Nein.«

»Vielleicht würde das helfen?«

»Laura, lass es einfach, das nervt.«

Laura ließ ihn in Ruhe. Er hatte auch was von Red Circles gemurmelt, und von Peppers&Joe, es gab wohl immer mal wieder Anfragen, und er hatte abgelehnt, weil er ja Laura und Luca nicht allein lassen könne, jetzt wo Peggy wieder da war. »Dabei hätten wir es so nötig«, hatte er gesagt und geseufzt, und Laura hatte nicht wirklich gewusst, was sie darauf hätte antworten sollen.

Sie hätte ihm anbieten können, ihn wieder zu begleiten. Doch diesmal wollte sie bleiben. Nicht dass sie etwas verpasste, die eine, die entscheidende Auseinandersetzung im Hof. Peggy, mit dem Messer in der Hand. Sie schaute genau hin, an jenem Tag Ende März, als sie plötzlich weiße Plastikstühle in den zweiten Hinterhof schleppten, Peggy und Mick, das Mädchen und dieser Mann. Plastikstühle und einen Grill, dabei war es noch kalt, der Boden dunkel und aufgeschwemmt von den vorausgegangenen Regenfällen. Laura konnte kaum glauben, dass sie das taten, dass sie jetzt tatsächlich ein Feuer entfachten und Würstchen grillten, Alditüten und Pet-Flaschen standen auf dem Boden um sie herum. Mick krempelte sich die Hemdsärmel hoch, seine Arme wirkten weiß wie Papier. Er kniff die Augen zusammen, während er den Rauch mit einem Stück Pappe wegwedelte. Wie sie da beieinander saßen, wie eine Familie, wie sie ihre Würstchen aßen und sich das Fett von den Fingern leckten. Und dann, Tage später: Peggy alleine, argwöhnisch umrundete sie das im Hinterhof parkende Auto, sie machte Bilder davon, mit dem Handy, durfte sie das? Sie sprach mit sich selbst, so wie sie auch zu anderen sprach, laut und bestimmt, als wäre da jemand, den nur sie sehen konnte, und dann steckte sie ihr Handy wieder ein und zog die Hose runter. Laura sah nicht weg, obwohl ihr Gesicht brannte vor Scham, gleich schaut sie hoch, gleich sieht sie mich; sie sah die schlaffe Haut auf Peggys Po, während sie sich vor dem Auto auf den Boden hockte und pinkelte. Die Pisse bildete ein Rinnsal um den rechten Hinterreifen und versickerte langsam.

6

Nils saß in einem Thai Restaurant in Friedrichshain und erinnerte sich an die Schnecken. Als Kind hatte er sich manchmal ins Gras gelegt und ihnen zugeguckt, wie sie sich langsam ihren glitschigen Weg durch den Garten bahnten. Dort wimmelte es von Schnecken. Es gab sie in allen Variationen, in groß, in klein, in fleckig, in braun, mit Haus und ohne. Irgendwann war er dann auf die Idee gekommen, sie mit farbigem Edding zu markieren und ihnen Namen zu geben. Er wollte herausfinden, wie weit die Wege waren, die sie zurücklegten, und wie lange sie lebten. Fred war blau, Christine war grün, Sergei war rosa. Sergei lebte am längsten. Er kam wirklich wieder, im kommenden Jahr. Die anderen fielen dem Bier zum Opfer, das seine Mutter im Garten auskippte, um ihnen den Garaus zu machen.

Eigentlich war er auf die Schnecken nur wegen Thomas gekommen. »Hab ich im Isaan mal gegessen«, hatte der gesagt, »warst du mal im Isaan?«

»Nee.«

»Im Nordosten von Thailand. Die ärmste Region überhaupt. Aber Thailand kennst du?«

»Ja. Ist das eine wichtige Qualifikation für den Job?«

Thomas lachte. »Jeder war mal in Thailand. In unserer

Branche jeder.« Er klemmte sich ein paar Nudeln zwischen die Stäbchen. »Um es kurz zu machen: Ich fand deine Arbeit immer super. Aurevoir transformiert und so.«

»Woher hast du das? Benjamin?«

Thomas zuckte mit den Schultern.

»Ich wusste gar nicht, dass ihr euch kennt.«

»Warum bist du so plötzlich ausgestiegen? Ich versteh das nicht. Du und Benjamin, ihr wart ne super Kombi. Du indie, er down to earth. Du authentisch, er mehr so business. Super Kombi, echt.«

»Ist kompliziert.«

»Versteh mich nicht falsch. Das, was wir brauchen, ist indie, ist real, das bist du. Ich bin froh, dass du mir geschrieben hast. Klar, die Bezahlung müssen wir anpassen, Festanstellung ist Sicherheit, da kann ich dir nicht geben, was du sonst an Tagessätzen nimmst.«

»Darüber wollte ich eh mit dir sprechen.«

»Weil?«

»Ich müsste von zuhause arbeiten, nur dieses Jahr, dann mal sehen.«

»Soll das ein Witz sein?«

»Nee?«

Thomas schwieg, hüstelte, schüttelte langsam den Kopf. »Sowas machen wir nicht.«

»Nicht mal in Teilzeit?«

»Teilzeit.« Thomas guckte ihn an, er ließ die Stäbchen sinken. »Hast du nicht ne Frau, die auf den Kleinen tagsüber aufpassen kann?«

»Wie gesagt. Es ist kompliziert.«

»Wir machen kein part time. Wir brauchen dich ganz oder gar nicht. Du bist Vater, Mann. Du bist ein Versorger. Hier ist deine Chance.«

Nils schwieg. Für einen Moment hatte er das Gefühl, keine Luft mehr zu kriegen, so heftig sehnte er sich nach dem Duft seiner Kindheit zurück, nach Erde und feuchtem Gras. Der Schleim der Schnecken löste sich auch mit Wasser nie ganz von der Haut, und die letzten Sonnenstrahlen des Tages, die sich hinter der Regenrinne fingen, kitzelten in der Nase und trieben ihm Tränen in die Augen.

7

Laura hatte eine Ladung Wäsche gemacht und dann die schicken Teller mit dem goldblauen Rand, die ihnen Nils' Eltern zu Weihnachten geschenkt hatten, in die Spülmaschine geräumt. Als sie mit dem Schwamm die Krümel von der Arbeitsplatte wischte, entdeckte sie zwei Flecken, daumengroß und schwarz. Wie Ungeziefer hatte sich der Schimmel ins Holz gefressen, unweit der Durchreiche zum Wohnzimmer. Obwohl sie die Platte erst vor ein paar Monaten eingebaut hatten.

Das Brummen der Waschmaschine hatte Luca eingeschläfert. Er döste jetzt auf dem Bett. Laura ging ans Fenster und betrachtete prüfend den Hof. Der kleine Sandkasten, von dem sie gedacht hatte, eines Tages würde Luca darin spielen, blieb abgedeckt. Die Schaukel verwaist. Nur manchmal fegte ein Windstoß durch den Hof, und dann bewegte sie sich sachte, als hätte gerade jemand darauf gesessen, als hätte Laura nur nicht rechtzeitig hingeguckt. Seit sie hier wohnten, hatte sie keine Kinder auf dem Spielplatz gesehen. Nur zwei Katzen streiften manchmal zögerlich darum herum. Es gab aber Kinder. Sie wohnten im gegenüberliegenden Gebäudekomplex. Dort war eine andere Hausverwaltung zuständig, dort sah man tatsächlich manchmal einen Hausmeister und ein paar Handwerker, dort schien alles halbwegs gepflegt. Jetzt, wo die Tage wieder länger wurden und das Wetter besser, hörte man die Kinder von der anderen Seite abends, wenn sie nach dem Essen draußen in den Höfen spielten. Ihre Kinderstimmen hallten flach gegen die Brandwände, während die einen abzählten und die anderen sich versteckten.

Wie früher war das, als sie im Sommer bis abends um elf mit den Jungs Bälle gegen die Hauswand gekickt hatte. Sie hatte sich gewundert, als die Eltern eines Tages verkündeten, dass sie umziehen würden. Warum denn umziehen, hatte sie gedacht. Aber dann hatte sie sich doch gefreut, noch in der Wohnung hatte sie mit den Wohnzimmerpolstern »Haus« gespielt, »und hier sind die Treppen, und zwar im Haus drin, unsere eigenen Treppen! Und dann gehen wir da so runter, und ich trag dich, okay?«, hatte sie zu ihrer Puppe gesagt. Aber es war alles anders gekommen. Laura vermisste die langen Sommer auf der Straße, die in Kellerschächte gespuckten Aprikosenkerne, die Nachbarskinder, die nach Fanta und Wurstbrot rochen. Sie hatte es immer geliebt zuzusehen, wie der schwarze Asphalt abends von ihren nackten Füßen in den Abfluss kreiselte. Im neuen Haus fühlte sie sich eingesperrt. Manchmal stellte sie sich hinters große Fenster im ersten Stock und lehnte das Gesicht ans kalte Glas. Von hier konnte sie die ganze Stadt überblicken, und auch die Wohnblocks an den Rändern, wo Kinder aufwuchsen, wie sie einmal eins gewesen war.

Das Kind, das sie einmal gewesen war, lief an der Hand der Großmutter durch einen Fußgängertunnel und sang:

Mama net do, Tata net do. War das eine Erinnerung oder war es nur die Geschichte von einem Kind in einem Tunnel, irgendwo erzählt, und wieder erzählt, bis sie mehr erfunden war als wahr? Sie sprach den alten Dialekt, sagte noch Mama zu Anna, Tata zu Johann, wie alt konnte sie gewesen sein, eineinhalb, oder schon zwei? Die Eltern hatten sie bei der Großmutter gelassen, weil sie Berlin sehen wollten, einen Blick über die Mauer wagen, in den Osten, dem sie gerade erst entkommen waren und der dort noch existierte, kleine, wohltuende Schauer im Nacken. Mama net do, Tata net do, sang das Kind währenddessen in den Nürnberger Tunnel hinein, als hätte der Osten die Eltern behalten, als kämen sie anders als das Echo jetzt nicht mehr von dort zurück. Einmal schon ist das Kind aus einer Welt herausgefallen, hat einen Ort verloren und ein Haus, eine Tante und einen Onkel, einen Hund, einige Katzen und Hühner; da war das Verschwinden der Eltern durchaus eine Möglichkeit. Und war sie nicht immer noch da, die leise Stimme im Rücken, die den Dialekt noch nicht vergessen hat, die immer noch raunt: Mama net do, Tata net do.

Luca würde seine ersten Schritte hier machen, auf diesem roten Teppich, Stufe um Stufe, an der fleckigen Tür Peggys vorbei bis raus in den Hof. »Das da?«, würde er mit seinem immer erstaunten Lächeln sagen und mit seiner kleinen, runden Hand auf die rostigen Fahrräder und die kaputten Wanderschuhe zeigen, auf die Kippen und die Kotze. Laura spürte, wie der Boden unter ihren Füßen zu schwanken begann. Und weil sie niemandem schreiben konnte, immer noch nicht, Clara nicht, und schon überhaupt nicht Sina, griff sie nach dem Schwamm. Sie hatte es versucht, sie hatte um die richtigen Worte gerungen, Antworten, die längst überfällig waren; nicht zu dramatisch sollten sie klingen, aber auch nicht albern, und gemerkt, dass es keine Worte gab, immer noch nicht. Sie gab einen Spritzer Zitronensäure auf die Arbeitsplatte und dann rubbelte sie, als gelte es, mit dem Schimmel auch etwas anderes auszumerzen, meine Geschichte und deine, die Zitrone wirkte nicht. Also Chlor, aus der Sprühflasche, der Geruch stieg ihr scharf in die Nase. Aber nicht Luca, dachte sie, Luca kriegst du nicht.

Unten klingelte es. Sie hörte Micks Stimme aus einem Gewirr mehrerer Stimmen heraus, »darf ich vorstellen, meine Mutter und meine Schwester.« Ganz förmlich, es schien überhaupt nicht zu ihm zu passen, fehlte nur noch ein Knicks. Beinahe meinte sie ihn zu sehen: Mick, mit durchgestrecktem Rücken, zur Seite gegeltem Haar und einem Frack, wie ihn Hotelpagen trugen. So sah sie ihn da stehen, im Wohnungsflur ein Stockwerk weiter unten. Rechts gingen die beiden Türen ab, und in seinem Rücken mündete der Flur ins Wohnzimmer, das noch dunkler sein musste als ihres. Wem stellte er wen vor, und warum? Was feierten sie, gab es etwas zu feiern? Die Stimmen verschwanden im Inneren der Wohnung. Sie konnte kein Wort verstehen. Hatten sie Platz genommen auf dem grauen Sofa, das sie auf Peggys Facebookprofil gesehen hatte, an der rückseitigen, fensterlosen Wand? Und vor ihnen, auf dem Beistelltisch: Erdbeerkuchen aus dem Café, zwischen Papers, Feuerzeug und den letzten Krümeln Gras.

Dieses Lachen. Was gab es da bitte zu lachen. Laura holte ein Glas aus der Küche, platzierte es auf dem Boden und lauschte.

»Komm Peggy«, Micks immer etwas schleppender Singsang, »lass das mal. Lass gut sein, ja?«

»Komm Peggy«, machte Peggy ihn nach, »Alter, checkst du es nicht!«

Mick lachte, die anderen auch, sie wiegelten ab, wollten sich die Stimmung nicht vermiesen lassen, nicht heute, nicht jetzt, wo sie doch, wie Mick sagte, so schön beisammen saßen.

Aber Peggys Stimme ließ sich nicht kleinkriegen, drängte sich in den Vordergrund, laut, lauter als alles zuvor: »Meine Tochter, ich pack das nicht mehr! Ich geh da jetzt hoch, fickt euch, ich reiß sie ihr aus dem Bauch!«

Laura wich zurück, als hätte sie sich am Ohr verbrannt. Die Hitze breitete sich aus, rasend schnell, und schnitt ihr die Luft zum Atmen ab. Die kleine, schwitzige Hand auf ihrem Bauch. Es ist ein Junge, wollte sie schreien. Er ist mein Sohn. Meine Tochter. Die Worte hallten wider in ihrem Kopf, bis sie ganz leer waren, bedeutungslos, nur Hülle, mehr nicht. Sie musste sich zusammenreißen. Sie musste nach vorne schauen. Der Gerichtstermin stand vor der Tür.

8

Das ganze Treppenhaus stank nach Haschisch. Dazu der süßliche Modergeruch der Wohnung, es drehte einem den Magen um. Nils stürmte in die Wohnung und riss die Fenster auf.

»Laura!«, rief er.

Keine Antwort. Er spähte in die Zimmer, lief vor zur Küche, doch sie war nicht da, nirgends. Nicht mal ein Zettel auf dem Tisch. Wusste sie nicht, dass er sich Sorgen machen würde, wenn sie jetzt, nach allem, was passiert war, einfach wieder verschwand? Er war sauer. Auf Laura und Luca, auf Peggy, auf die ganze Welt. So sauer, dass er, als sein Handy klingelte, gar nicht richtig aufs Display guckte.

»Laura«, sagte er, »wo steckt ihr denn?«

»Herr Hoffmann?«

»Ja?«

»Herr Kummer hier, der Anwalt Ihrer Hausverwaltung.«

»Achso, Entschuldigung. Ich dachte –«, Nils unterbrach sich, er spürte eine Anspannung im Schweigen Herrn Kummers, und dass sie nichts Gutes verhieß.

»Leider habe ich keine besonders guten Nachrichten für Sie. Aber in Anbetracht der Wichtigkeit der Lage wollte ich Sie persönlich anrufen.«

Nils stützte sich mit der freien Hand gegen die Kücheninsel.

»Der Prozess gegen Ihre Nachbarin ist leider vertagt worden.«

Nils hatte das Gefühl, die Insel rutschte sehr langsam weg, unmöglich, massiv und solide war sie, wie aus dem Katalog. Er ließ los, sank zu Boden, nickte stumm.

»Der Richter, Herr Zanetti, ich kenne ihn noch vom Studium, ein toller Richter, wirklich, aber er meint, wir brauchen noch eine zweite Kündigung, damit eine Räumung Bestand haben kann. Die alte Kündigung liegt schon zu weit zurück.«

»Das verstehe ich nicht. Die war doch erst im Dezember.«

»Das mit der Tür, ja. Aber wir mussten uns zusätzlich auf die Vorfälle im Juli berufen, wissen Sie, mit dem Messer im Treppenhaus, Ihr Vormieter hatte das erzählt? Nur so konnten wir die neue Kündigung überhaupt aussprechen. Es ist aber noch nicht alles verloren, Herr Hoffmann. Machen Sie einfach weiter wie bisher. Anzeigen, Protokolle, alles, was geht.«

»Alles, was geht«, sagte Nils heiser. »Soll ich sie vielleicht provozieren? Wenn sie mich angreift, haben wir endlich was in der Hand.«

Herr Kummer räusperte sich. Nach einer kurzen Pause sagte er: »Nein, Herr Hoffmann, das würde ich Ihnen nicht empfehlen. Ich kann Ihnen doch nicht raten sich in Gefahr zu begeben.«

9

Laura strahlte. Wie eine Zauberin zog sie eine kleine weiße Schachtel aus der Tasche. »Guck mal, was ich mitgebracht habe!«

Die Schachtel klimperte ein bisschen. Luca, den sie locker auf der Hüfte hielt, streckte interessiert seine Hände danach aus, doch sie zog sie ihm weg. »Nee, Luca, nicht kaputt machen!«

Es war unglaublich. Bei allem, was sie gerade durchmachten, war sie immer noch imstande, vom Mama-Kind-Yoga nach Hause zu kommen, denn dort war sie ganz offensichtlich mit Luca gewesen, und so zu tun, als wäre nichts.

»Jetzt guck doch mal«, sagte Laura.

In der Kiste befand sich ein etwa zwanzig Zentimeter hoher Zylinder aus Bambus. Laura zupfte ein bisschen daran herum, bis sie eine Kordel rausgezogen hatte, so dass das Bambusteil seinen vollen Klang entfalten konnte, während sie es sachte hin- und herschwenkte.

»Das ist Luft. Wie die vier Elemente. Luft fand ich am schönsten. Auf der Packung steht, dass der Klang für innere und äußere Reinigung sorgt, und für bessere Kommunikation. Atem ist Leben und so«, sie lachte. »Aber im Ernst. Ich dachte, wir könnten die ins Fenster hängen.«

Nils schwieg.

»Nennt sich Koshi. Ein Glockenspiel, hab ich heute beim Yoga gesehen. Ich musste es unbedingt kaufen.«

Sie hatte sich schon einen Hocker ans halb geöffnete Fenster geschoben, war, immer noch mit Luca im Arm, drauf geklettert und suchte nach einer passenden Aufhängung.

»Ich dachte, es geht da um Rückbildung in diesen Mama-Kind-Kursen.«

»Entspannung ist voll wichtig! Gerade im ersten Jahr, wenn man so wenig schläft und ständig das Baby herumträgt. Du könntest auch mal so einen Kurs machen. Die gibt's inzwischen auch für Papas.«

»Wie viel hast du denn dafür ausgegeben?«

»Vierzig.«

»Vierzig Euro für ein Glockenspiel?«

»Wieso? Du arbeitest doch wieder. Oder, du arbeitest doch? Du erzählst mir ja nichts.«

Nils spürte, wie ihm die Wut die Brust zuschnürte. Wie konnte sie nur. Wie konnte sie immer noch glauben, dass es Sinn machte, es sich hier gemütlicher zu machen, sich hier einzurichten. Es war ein riesiger Fehler gewesen, dass sie es überhaupt versucht hatten, das Sofa, das Bett. »Du hast echt nicht mehr alle Tassen im Schrank.«

»Ich?«

»Ja, du!«

Sie schien den Tränen nahe. »Wenigstens bin ich rausgegangen, Nils, wenigstens hab ich was getan, wenigstens versuche ich es. Und außerdem – du bist doch derjenige, der unser Auto gegen einen Baumstamm fährt, der

Fliegen mit dem Tennisschläger fängt, der nicht mehr mit mir spricht!«

Nils schnappte nach Luft. »Der Baumstamm war nicht gesichert! Und ich dachte, euch wäre was passiert. Und jetzt haut ihr einfach wieder ab und sagt nicht Bescheid.«

Er schwieg, und Laura auch.

»Sei doch nicht so naiv«, sagte Nils irgendwann, seine Stimme zitterte. »Ausgerechnet jetzt, wo das Geld so knapp ist. Wenn du doch weißt, dass wir jetzt einen Unfallwagen haben.«

»Du meinst, wegen dem kleinen Kratzer im Lack?«

»Das kann in die Tausender gehen!«

»Ja okay«, sagte Laura mit müder Stimme. »Darüber haben wir uns doch schon einmal unterhalten. Wir wollen das Auto doch gar nicht verkaufen, oder? Wir haben es doch gerade erst gekauft. Wir brauchen es doch.«

Nils fuhr sich mit den Händen durchs Haar. »Wie soll ich dir das nur erklären. Wir haben so gut wie kein Geld mehr, weil ich seit Monaten nicht richtig arbeiten kann.«

»Weil du nicht kannst oder weil du nicht willst?«

»Was soll das.«

»Ich frag nur.«

»Du hast sie doch nicht mehr alle. Du bist es doch, wegen der wir ewig doppelt Miete gezahlt haben!«

»Dann rede mit mir!« Als hätte sie nicht gemerkt, wie sie lauter geworden war. Jetzt schrie sie.

Luca war still.

»Okay«, sagte Nils leise, »Dann rede ich mit dir. Und vielleicht hörst du mir ausnahmsweise auch mal zu. Herr

Kummer hat vorhin angerufen. Der Prozess wurde vertagt. Wenn wir noch eine Chance haben wollen, brauchen wir einen neuen Kündigungsgrund.«

»Was?« Jede Farbe war schlagartig aus Lauras Gesicht gewichen. »Bist du ganz sicher?«

»Ja.«

Laura stieg vom Hocker und ließ sich zu Boden gleiten, mit Luca auf dem Schoß. Ihr Gesicht versank in Lucas Haar, es war voller geworden, aber der Kringel am Hinterkopf war noch da. Luca war immer noch still, in den Augen eine wortlose Frage. Wie bei ihr, dachte Nils plötzlich, wie bei ihr, auf diesem Bild aus ihrer Kindheit, das sie sich über das neue Bett gehängt hatte, und jetzt dachte er: Auch Luca ahnt es noch nicht. Er ahnt noch nicht, dass es passieren wird, aber etwas wird passieren, und danach ist nichts mehr wie jetzt. Es war fast nicht auszuhalten.

Nils setzte sich neben sie, vorsichtig strich er ihr mit den Fingerkuppen über den Arm, eine Nähe, die ihm schwerfiel. Es half nichts. Laura zitterte und schluchzte, und Luca guckte sie die ganze Zeit mit sehr großen Augen an.

Nils seufzte. Er griff nach dem Teil, wie hatte Laura gesagt, hieß es, Koshi?, kletterte auf den Hocker und hing es an einen Haken im Fensterrahmen. Lucas Augen folgten neugierig seinen Bewegungen und auch Lauras Blick klarte ein bisschen auf. Draußen zog ein Sturm auf, zusammengeknülltes Papier schlitterte durch den Innenhof, der Wind zerrte an der Schaukel. Die Töne des Glockenspiels perlten im Luftzug so hell und sacht gegeneinander wie gläserne Murmeln. Sie ließen Licht in den Raum, selbst in diesen.

Peggys Ruf drängte sich zwischen sie: »Mach das scheiß Teil da weg!«

Vor dem Modelabel trat einer eine Kippe aus, ging rein und schloss die Türen hinter sich.

10

Schweißgebadet wachte er auf. Tastete panisch nach rechts, Lauras Haare, ihr sanft geschwungener Körper mit dem Rücken zu ihm. Daneben, klein, kompakt und warm, lag Luca. Er lauschte in die Stille hinein, ihre regelmäßigen Atemzüge, Lucas Atem immer etwas schneller als Lauras, lauschte, bis ihm das Herz nicht mehr gegen die Brust hämmerte, bis er selbst wieder zu Atem kam.

Die Lines hatten mit einer Deutlichkeit vor ihm gestanden, dass er nicht sagen konnte, ob er sie nur geträumt hatte oder nicht: *Ich schlag den Kleinen tot, ich schlag den Kleinen tot.* Die da unten, hörten die nicht ständig solche Sachen, 187 Straßenbande, Haftbefehl, Manuellsen, er kannte sich ein bisschen damit aus. Sie drehten auf und rappten laut mit, dass es über den Hof schallte, über neue Nachbarn, frisch hergezogen, die dauernd die Polizei riefen, die dafür jetzt gelyncht wurden. Und dann: *Ich schlag den Kleinen tot,* immer lauter schraubte sich die Line in seine Gedanken, fast hatte er das Gefühl, er stünde selbst auf der Bühne, hochkonzentriert, mit gesenktem Kopf und geballten Fäusten, zum Gegenangriff bereit, und vor ihm stand jemand, er war sich sicher, aber er konnte nicht sagen, wer, der Körper des anderen verschwamm im wabrigen Dunkel.

Peggy war krank, nicht zurechnungsfähig, und ja, manchmal gefährlich. Aber was war mit den anderen? Die waren doch abhängig von ihr. Die wohnten da, einfach so, und wenn Peggy ihre Wohnung verlor, saßen die auf der Straße. Dieser Kerl und das Mädchen, wahrscheinlich sogar Mick. Obwohl Mick ja, wie er einmal irgendwo behauptet hatte, offiziell woanders wohnte. Nils glaubte das nicht mehr. Er hatte eine andere Theorie. Peggys Wohnung wurde ihr vom Amt bezahlt. Und die da unten, die profitierten davon. Sie würden sich den Rauswurf nicht einfach so gefallen lassen.

Erst vor ein paar Tagen hatte er alle vier im Hof gesehen, verschwörerisch hatten sie sich auf die Bank neben dem Sandkasten gesetzt und Mick hatte ein Handy in der Hand. Er hatte das Gespräch auf Laut gestellt, als wollte er, dass alle im Haus mithörten, dass alle wüssten: Den kann man nicht einfach so ficken, der lässt das nicht mit sich machen! Nils, der sich hinter dem Fenster versteckt hielt und lauschte, verstand trotzdem kein Wort, hörte nur das metallische Schnurren einer Stimme aus dem Hörer und dann plötzlich Mick, wie er atemlos brüllte: »Du Wichser, ich sag dir doch, ich bin ihr Mann, ich bin wie ihr Bruder, ich kann wohnen, wo ich will, das lass ich mir doch von dir nicht erzählen.«

Jemand hatte sie verpetzt. Das wussten sie jetzt. Peggy hatte illegale Untermieter. War das vielleicht schon ein zweiter Kündigungsgrund? Oder zumindest eine gute Grundlage für eine Mahnung, um die zweite Kündigung vorzubereiten? Laura hatte sich genau das erhofft, als sie es Herrn Kummer per Mail mitgeteilt und so ins Protokoll geschrieben hatte. »Wir müssen jetzt alle Register ziehen«, hatte sie gesagt. Aber was, wenn die da unten rausfanden, dass sie dahintersteckten, was, wenn sie sich rächten?

Sie konnten alles tun. Sie konnten ihnen Angst einjagen und irgendwelche Lines mitrappen. Sie konnten ein Messer in die Hand nehmen, oder eine Knarre. Sie konnten aber auch einschlafen, die langsam abbrennenden Joints noch in der Hand, und versehentlich ein Feuer entfachen, dem sie, die Mieter direkt darüber, nicht mehr entkommen würden.

Die beiden Fenster in den zweiten Hinterhof lagen über dem Kellerschacht. Sie würden den Sprung vielleicht nicht überleben. Luca mit Sicherheit nicht. Er könnte versuchen, Luca in die Trage zu setzen und sich dann irgendwie vom Fensterbrett zu einem der Rohre hangeln. Und Laura? Er bekam ganz kalte Hände, wenn er die möglichen Szenarien durchspielte. Ihm fielen die alten, ausgefransten Kletterseile ein, die Elías gehört hatten. Nils hatte sie aus einem der Müllsäcke gefischt, die Laura zum Recyclinghof fahren wollte. Er hatte gedacht, er könne sie vielleicht noch für irgendwas gebrauchen. Sie waren in einer Kiste im Schlafzimmer. Er musste sie finden.

»Was soll das«, Laura hielt sich geblendet die Hand vors Gesicht, ihr Blick schwankte zwischen Empörung und Schock.

»Ich such die Seile.«

»Welche Seile?«

»Ich bind die jetzt an den Heizungen fest.«

»Mitten in der Nacht?« Luca begann schon zu quengeln, gleich würde sie ihn stillen müssen. Lauras Augen waren schwer und klein und voller Vorwurf.

»Zum Abseilen. Falls da unten was ist.«

Laura starrte ihn an, schüttelte langsam den Kopf. Sie legte sich auf die Seite, schob ihr T-Shirt in die Höhe und drückte Luca an ihre Brust. Sie weinte leise, ohne Aufhebens und ohne sich die Mühe zu machen, die Tränen aus den Augenwinkeln zu wischen.

Nils tat so, als bemerkte er es nicht. Er durchwühlte schon die zweite Kiste, beförderte alles Mögliche daraus hervor, Knieschoner, Schnürsenkel, Schlittschuhe, einen Lenkdrachen, alte Postkarten. Er warf alles auf den Boden. Als er hier nicht fündig wurde, ging er über zur nächsten. Endlich hatte er, was er brauchte.

Er hatte es sich einfacher vorgestellt, seine Konstruktion hatte ihre Schwachpunkte, aber sie würde halten, ein paar Meter zumindest, die wesentlichen Meter. Jetzt würde er schlafen können. Er schaltete das Licht aus und kletterte zurück ins Bett. Als er die Augen schloss, spürte er neben sich Lauras eisige, fast atemlose Stille.

11

Am Morgen weinte Luca.

»Oh nein«, sagte Laura und strich ihm mit der Hand übers Haar. »Willst du noch was trinken?«

Aber Luca wollte nichts trinken. Er stieß Lauras Hand mit den Füßen weg und krümmte sich. Hatte er die miese Stimmung zwischen ihr und Nils gespürt und sie mit in den Schlaf genommen? Sonst lag er morgens einfach zwischen ihnen im Bett, guckte zur Decke und redete in seiner Sprache vor sich hin: Dadada, Bababa, Mamama.

»Weißt du was«, sagte Laura, »du kriegst jetzt eine Birne!«

Sie nahm ihn hoch, trug ihn in die Küche und setzte ihn in den Hochstuhl. Luca hatte mittlerweile einiges probiert: Süßkartoffeln, Avocados, Zucchini, Bananen. Reife Birnen mochte er am liebsten. Weder gekocht noch geschnitten, sondern ganz und am Stück. Er griff dann mit beiden Händen danach und schrappte das Fruchtfleisch mit den beiden Zähnchen ab, die ihm im Unterkiefer gekommen waren. Aber diesmal war es anders. Luca versuchte danach zu greifen, doch es klappte nicht. Er saß auch ganz schräg im Stuhl, den Kopf zur linken Seite geneigt. Laura spürte ein Zerren im Magen. Sie spielte die Möglichkeiten durch, ein Sturz, eine Spastik, eine

Hirnhautentzündung, sie hatten ihn noch nicht gegen Meningokokken geimpft. Schmerzen im Nacken, er hatte doch Schmerzen im Nacken? Und dann? Bleibende Schäden? Sie hatte eine Doku gesehen, eine weinende Mutter, die einen Zwilling verloren hatte und den anderen fast. Ein Dunkel im Kopf tat sich auf, wie als Kind, wenn sie einschlafen sollte und nicht konnte, die Bettdecke bis unters Kinn gezogen: In Sindelfingen, die Ratte. Sie musste jetzt unbedingt ruhig bleiben. Sie hielt Luca die Birne von der anderen Seite hin. Das war besser, Luca biss ab, einmal, dann noch einmal, ehe er wieder verzweifelt zu weinen begann.

Da fiel es Laura wie Schuppen von den Augen. Gestern hatten sie noch einen Spaziergang gemacht. Sie hatten frische Luft schnappen wollen, wieder zusammenfinden, sich rüsten für alles Weitere. Ein kalter Tag im April, wenige, eisige Tropfen im Nacken, ein letzter Nachgeschmack des März, in dem es viel geregnet hatte und nie richtig warm geworden war. Doch als sie nach Hause gekommen waren, hatte der Geruch sie wieder umfangen, diese Mischung aus Moder und Gras. Er war ihnen geradezu entgegengefallen, als sie die Wohnung betreten hatten. Sie hatten sich nicht angesehen, auch nichts gesagt, hatten einfach, ohne sich weiter absprechen zu müssen, alle fünf Fenster der Reihe nach aufgerissen. Über eine Stunde hatten sie die Wohnung stoßgelüftet, und Luca mittendrin, auf dem Fell im Wohnzimmer, dort hatte er gelegen und geschlafen.

»Nils, steh auf«, brüllte Laura, »wir müssen zum Arzt!«

Im Behandlungszimmer weinte ein Kind. Sie hörten es durch die geschlossene Tür. Laura nahm Luca auf die Hüfte und lief mit ihm den Gang runter, dort war ein Aquarium. Sie deutete darauf, »guck mal, da. Fische.«

Luca machte ganz große Augen und versuchte sie mit den Händen zu fangen. Seit sie die Wohnung verlassen hatten, ging es ihm besser. Beinahe kam es Laura jetzt albern vor, dass sie überhaupt zum Arzt gefahren waren. Sie wussten schließlich, was los war. Was würden die hier zu ihnen sagen? Würden sie sie fragen, warum sie ihr Kind einfach im Luftzug liegen gelassen hatten? War das schon Kindeswohlgefährdung?

»Also nochmal in Ruhe. Was genau ist passiert?« Die Ärztin guckte von Laura zu Nils.

»Wir waren verreist und haben danach die Wohnung erst mal ordentlich durchgelüftet«, sagte Nils mit einem raschen Blick zu Laura. »Dabei haben wir wahrscheinlich nicht gemerkt, dass es zieht.«

Laura nickte.

»Wie alt ist er denn jetzt, hält er normalerweise den Kopf stabil, sitzt er schon allein?«

»Fünfeinhalb Monate. Und ja, er sitzt.«

Die Ärztin hielt Luca ein Spielzeug vor die Nase, mal eher links, mal eher rechts, um den Neigungswinkel des Kopfes zu beobachten, und sagte dann: »Ich werde jetzt kurz seinen Hals abtasten. Das wird nicht angenehm, halten Sie ihn gut fest.«

Sie tastete über Lucas weiche Babyhaut und beugte plötzlich den Kopf nach links. Luca heulte auf.

»Wahrscheinlich hat er wirklich einen steifen Nacken«, sagte sie. »Das geht normalerweise von selbst wieder weg. Wenn es innerhalb von 24 Stunden nicht besser wird, kommen Sie bitte wieder.«

»Meningokokken sind es also sicher nicht«, fragte Laura.

»Laura, hör auf damit«, sagte Nils, »das sind keine Meningokokken.«

»Wie gesagt, wenn es nicht besser wird, kommen Sie bitte wieder. Bei Fieber sofort.«

Laura nickte. Er hat ja kein Fieber, dachte sie. Er hat überhaupt kein Fieber gehabt. Sie knöpfte seinen Pulli bis zum Hals zu und zog ihm die Schalmütze über die Ohren. Nils schüttelte den Kopf, eine Schalmütze im April; es war ihr egal. Sie fühlte sich wie geohrfeigt, als sie die verschlungenen Wege von der Praxis zurück zum Auto liefen. Würde die Ärztin das Jugendamt benachrichtigen, durfte sie das? Wie sie sie angeguckt hatte. Als hätte sie ihr einen Spiegel vorgehalten, schau dich an, und du willst also Mutter sein.

Am nächsten Tag klarte der Himmel auf. Zum ersten Mal seit Wochen. Laura spürte eine unwiderstehliche Sehnsucht nach draußen, sie wollte spazieren gehen, den Kopf in die Sonne halten und den Wind auf ihrem Gesicht spüren. Auch Luca ging es schon viel besser. Er quengelte noch etwas mehr als sonst, aber die Freude am Essen war zurück. »Siehst du«, sagte sie erleichtert zu Nils, »alles halb so wild. Wenn die Ärztin von gestern das sehen würde.«

Nils sah sie hart an. »Alles halb so wild? Gestern denkst du noch, er stirbt, und jetzt hakst du das einfach so ab?«

»Ich hatte Angst, ist doch voll normal. Aber jetzt ist es doch wieder gut. Warum regst du dich so auf?«

»Gar nichts ist gut! Peggy ist dir egal, aber dann so eine Panik wegen einem steifen Nacken? Das ist doch lächerlich. Morgen erzählst du mir, dass er high ist vom Gras, das die da unten rauchen, weil er sich nicht mehr auf den Rücken drehen kann.«

»Peggy ist mir nicht egal! Wie kannst du sowas nur sagen?«

»Du machst Dinge groß, die überhaupt nichts bedeuten und glaubst dann, die Schalmütze richtet das. Denk doch mal nach, Laura. Warum glaubst du denn, dass uns das passiert ist gestern? Weil wir immer noch hier sind! Weil wir immer noch glauben, die Situation lässt sich irgendwie lösen! Und wenn alle Instanzen dabei versagen, wenn der Prozess wieder und wieder vertagt wird, wenn niemand uns glaubt, ist ja egal, am Ende können wir ja immer noch alle miteinander reden, wir machen eine Mediation, ein Krisengespräch, wer weiß, vielleicht können wir diese Frau sogar heilen! Glaubst du das? Willst du das riskieren, willst du Lucas Leben wirklich aufs Spiel setzen?«

»Du spinnst doch.«

Nils schüttelte wütend den Kopf. »Pass mal auf. Luca schläft unter dem offenen Fenster, das ist ja noch harmlos. Aber was kommt danach? Vielleicht schnallen wir ihn im Auto nicht an, vielleicht langt er in die Steckdose.

Ich weiß es nicht. Ich will es überhaupt nicht wissen. Was passiert da mit uns? Das ist einfach kein Zustand mehr!«

»Ich weiß!«, Lauras Stimme zitterte vor Wut. »Aber was sollen wir denn tun?«

Nils schwieg, Laura atmete aus.

»Ich tu doch schon alles, was ich kann«, sagte sie heiser, die Tränen stiegen ihr in die Augen. »Warum hast du ihn denn nicht unter dem Fenster weggeholt, wenn du so gut Bescheid weißt.«

»Das ist nicht der Punkt.«

»Für dich ist das ein schöner Gedanke, Papa-Sein, Luca rumtragen und so. Aber in Wahrheit weißt du gar nichts. Nicht mal, wo seine Wechselklamotten sind. Wenn ich ihn einmal mit dir allein lasse, tigerst du nach der ersten halben Stunde schon um mich rum und stöhnst und ächzst die ganze Zeit so leidend, dass ich es fast nicht aushalte. Ständig lässt du alle Schranktüren offen und ich mach sie hinter dir wieder zu!«

Nils schwieg. Auch Laura schwieg. Es gab nichts mehr zu sagen. Draußen schien die Sonne, zum ersten Mal seit Wochen schien die Sonne, und sie saßen hier und schrien sich an, als hätten sie nichts Besseres zu tun. Luca spielte leise mit einer Plastiktüte.

Von unten hörten sie Peggy. Sie hörten sie schimpfen, ohne verstehen zu können, was; ein dumpfes, auf- und abschwellendes Grollen, als wollte, als müsste sie antworten, auf Lauras und Nils' plötzliches Schweigen, auf ihre ohrenbetäubende Nachlässigkeit.

12

Da draußen war jemand. Nils spürte das förmlich, dass da noch jemand war, auf der anderen Seite der Tür, mitten in der Nacht. Ein kratzendes Geräusch hatte ihn geweckt. Als machte sich jemand von außen an der Tür zu schaffen. Er war aufgestanden und zur Wohnungstür geschlichen und hier, im finsteren Flur, war er stehengeblieben. Jetzt tastete er mit den Fingern nach dem Schloss. Der Schlüssel steckte, wie immer. Und dann bewegte er sich. Unendlich langsam drehte er sich nach rechts. Nils hielt mit all seiner Kraft dagegen. Auf der anderen Seite der Tür atmete jemand heftig und tonlos.

Wie lange stand er so da? Später konnte er sich nicht mehr erinnern. Nur dass es irgendwann aufhörte. Draußen ein Knacken, dann nichts mehr. Schritte hörte er keine. Er wartete, die Finger um den Schlüssel gekrallt, bis ihn die Kraft in den Beinen verließ. Er ließ sich zu Boden gleiten, mit dem Rücken gegen die Tür gestemmt, und schloss die Augen. Aus dem hinteren Zimmer hörte er die regelmäßigen Atemzüge Lauras und Lucas. Sie waren völlig ahnungslos.

Irgendwann stand er auf und schlich ins Studio. Er wühlte sich durch die Kisten, bis er die mit dem Werkzeug gefunden hatte. Da war sie, die Gewindestange aus dem Baumarkt, die er eigentlich für die Dunstabzugshaube gekauft und dann doch nicht gebraucht hatte. Er fädelte sie durch das Loch im Schlüsselkopf, bis sie links gegen die Wand stieß. Wenn wieder jemand versuchen sollte, den Schlüssel von außen zu drehen, würde die Stange dagegenhalten und blockieren. Und dann ging er in die Küche und holte das Brotmesser aus der Schublade.

Petra, dachte er, Petra Meyer, sie ist die Mutter einer Tochter, er durfte das nicht vergessen! Er dachte an das Mädchen, es ist so blond wie Peggy, guck mal, Mama, das ist ein G, G wie Grusel, Peggy nickt, der Blick verschwimmt. Ich les dir das vor, Mama, hörst du mir dann auch zu, wenn ich es vorlese? Aber die Angst war zu groß, sie hatte sich ihm wie ein Pfeil ins Herz gebohrt.

Es war genug. Peggy hörte ja auch nicht auf die Polizei. Sie hörte nur auf ihre innere Stimme, alles Äußere prallte an ihr ab. Und niemand, nicht die Polizei, nicht der Betreuer oder der Sozialpsychiatrische Dienst, nicht einmal das Gericht, würde ihnen, wenn es hart auf hart käme, schnell genug helfen. Nils kauerte sich mit dem Rücken gegen die Tür und ließ den Kopf auf die Knie sinken.

13

Das Surren des Akkuschraubers weckte Laura. Sie fand Nils im Flur. Er hatte das riesige Seekieferbrett, das vom Küchenbau noch übrig geblieben war, vor die Tür geschraubt. Die roten Flecken, die er neuerdings unter den Augen hatte, waren geschwollen.

»Was machst du denn da?«, sagte Laura.

»Wenn die reinkommen wollen, haben wir einen Puffer. Dann seilen wir uns so schnell wie möglich durch die hinteren Fenster ab.«

»Falls sie uns nochmal die Tür eintritt.«

»Nein. Hast du denn nichts gehört, heute Nacht?«

»Nee?«

»Einen Schlüssel im Schloss!«

»Aber da war doch nicht wirklich jemand, oder?«

»Er hat sich bewegt, Laura.«

»Puh.« Laura rückte sich die Brille zurecht. Sie nahm einmal tief Luft. »Bist du sicher, dass du dir das nicht nur eingebildet hast?«

»Natürlich bin ich mir sicher. Glaubst du mir jetzt nicht mehr?«

»Keine Ahnung, Nils. Natürlich glaub ich dir. Aber andererseits, das kann doch alles Mögliche gewesen sein. In letzter Zeit bist du immer so überspannt.«

Nils lachte auf. »Ich?« Er verstaute den Akkuschrauber und verschwand im Studio.

Laura hielt sich an Luca fest. Wollte Nils denn wirklich nicht verstehen? Sie hatte Angst, natürlich hatte sie Angst. Aber sie durften den Prozess nicht aus den Augen verlieren! Sie waren verweht, dachte sie. Wie die Sanddünen auf ihrem Bild, das sie nie fertig gemalt hatte, hatten sie schon begonnen sich aufzulösen, beinahe bis zur Unkenntlichkeit. Die Fingerspitzen zuerst, dann die Zehen, bald schon würden sie ihre Gesichter verlieren. Sie würden einander verlieren, dann würden sie Luca verlieren, und am Ende verlören sie womöglich selbst den Verstand. Beim bloßen Gedanken daran wurde Laura übel. Peggy beschmutzte sie mit ihren Worten. Sie zog sie mit sich in den Dreck, und wenn sie nach Luca rief, wenn sie wieder und wieder ihre Tochter in ihm sah, nahm sie ihm, wer er war.

Vielleicht hatte Nils Recht, vielleicht war es lächerlich, aber sie war imstande, das jetzt noch länger auszuhalten, nur ein paar Wochen noch, und sich gleichzeitig zu fürchten. Vor Kleinigkeiten. Den schwarzen Flecken auf der Arbeitsplatte, den Löchern in den Bodys, vor den Ratten im Hof. Sie fürchtete sich vor der Stille, die manchmal, wenn sie allein mit Luca in der Wohnung war, so allumfassend und vollständig war, dass da ein Raum entstand für mehr, ein Knacken, ein Glucksen der Rohre, ein leises Ausatmen in der dunkelsten Ecke. »Kennst du das«, hatte Nils sie auf La Gomera einmal gefragt, »wenn man am Abgrund steht und plötzlich denkt, dass man springen will?« – »Nein«, hatte sie gesagt. Aber das war gelogen. Bald würde sie es nicht mehr aushalten. Sie würde den Blick nicht mehr abwenden können, sie würde springen. Hatten ihre Eltern es nicht schon immer geahnt? Wenn sie nicht hart zu sich wäre und sich anstrengte, würde sie fallen, tiefer, als sie es je für möglich gehalten hätte, sie würde in Stücke zerbrechen, denn das war es, was das Wort Scheitern bedeutete, in seinem ursprünglichen Sinn. War es denn nicht eine Art von Tod? Mit einem Mal spürte Laura den dringenden Wunsch die Wohnung zu verlassen. Doch das Brett vor der Tür versperrte den Weg, niemand konnte herein, niemand hinaus.

14

Es war nicht hinnehmbar. Sie setzte Luca in den Buggy und griff nach dem Akkuschrauber. Das Brett war mehr als zwei Meter hoch, für die oberen Schrauben brauchte sie einen Stuhl. Vorsichtig schob sie es zur Seite, griff nach ihrer Jacke und trug den Buggy runter. Die Babyschale war nicht mehr nötig, seit Luca sitzen konnte.

Sie schob den Wagen durch den Hof bis ins türkische Café von nebenan. So früh am Morgen war nicht viel los, ein paar Leute in Anzügen, die sich Kaffee holten, ein Frühstück auf die Hand. »Latte to Go, bitte«, sagte sie, als sie an der Reihe war, »und für den Kleinen ein Croissant.«

Ob es stimmte, fragte sie sich, während sie wartete, jemand hatte versucht bei ihnen einzubrechen, mitten in der Nacht, das waren neue Dimensionen, eine Art der Bedrohung, wie sie sie noch nicht erlebt hatten. Sie zwang sich nicht daran zu denken. Der Kaffee war fertig. Einen Augenblick wärmte sie sich unschlüssig die Hände am Becher. Und dann erinnerte sie sich an den Park. Sie war noch schwanger gewesen und so unsicher, ob Mariendorf wirklich der richtige Ort für sie wäre, aber Nils hatte gesagt, sie müssten auch mal über den Tellerrand gucken. Und dann hatte sie diesen bezaubernden Park entdeckt.

Sie hatte sich vorgestellt, wie sie Luca später einmal die Enten dort zeigen würde, Luca, guck mal, eine Ente. En-te.

Obwohl es noch früh am Morgen war, umfing sie die Sonne warm, als sie das Café wieder verließ. Sie zog die Jacke aus und knüllte sie unten in den Wagen. Und dann dachte sie, warum eigentlich nicht. Wer hielt sie davon ab. Niemand hielt sie davon ab, einen kleinen Schlenker zu machen, zu diesem Teich. Hinten über den dichter werdenden Baumkronen sah man die Altbauten Tempelhofs, zwischen Neubauten aus der Nachkriegszeit, konnte nur erahnen, dass es weiterging, dass diese Stadt immer weiterging, bis an ihr bitteres Ende. Diesmal fand sie die Enten nicht. Sie blieb eine Weile am Ufer stehen und fischte mit einem Stock im trüben Wasser. Luca betrachtete die Zweige über seinem Gesicht, die Blätter daran waren noch klein und zart, hellgrüne Frühlingsblätter. Sie drückte die Zweige etwas nach unten und kitzelte ihn. Sie lachte, er auch, sie sah ihm so gerne beim Lachen zu. Schließlich drehte sie sich um und nahm langsam den Weg zurück nach Hause, ein schmaler Weg, links und rechts Bäume, und kein Mensch in Sicht.

Niemand, außer Peggy und Mick.

Nicht einmal hundert Meter weiter vorne. Dort liefen sie, kamen rasch auf sie zu. Sie hätte sich umdrehen können. Sich umdrehen und rennen. Aber dann hätte sie erst recht die Aufmerksamkeit auf sich gelenkt. Sie würden schneller sein, natürlich würden sie schneller sein als sie, die den Buggy über den holprigen Weg schieben musste. Also ging sie einfach weiter, immer geradeaus, Peggy und

Mick direkt in die Arme. Diese klobigen Stiefel. Würde sie nach ihr treten, wenn sie sich kreuzten? Laura spürte den Drang zu pinkeln, ihr Herz klopfte wild. Sie hielt den Blick starr nach vorne gerichtet.

Nicht hinschauen.

Eine Jacke mit dem Logo der Deutschen Bahn, lose, gelbliche Haarsträhnen klebten ihr an der Haut am Hals wie Schnitte.

Nur nicht hinschauen.

Es ist ja nichts dabei. Es ist nichts dabei. Ihr Gesicht glühte. Was habe ich schon getan, dachte sie, als sie an ihnen vorbeilief und dann weiter, Mick hatte sie erkannt, ganz sicher hatte er sie erkannt, er hatte den Mund geöffnet und dann doch nichts gesagt, war weiter in die andere Richtung gelaufen, die Entgegengesetzte.

Erst hundert Meter weiter wagte Laura einen Blick zurück. Dort liefen sie. Entfernten sich immer weiter von ihr. Peggy hatte nicht geblinzelt, war nicht einmal stehengeblieben, da war kein Erkennen in ihrem Blick gewesen, nicht die Spur davon. Und da erst begriff Laura, wie es war. Die dreckige Hure gab es hier nicht. Die Hure und die Tochter blieben da, wo sie immer waren: In der Wohnung über Peggy. Außerhalb von dort gab es sie nicht, hier lösten sie sich auf, wurden zu zahnlosen Gespenstern.

Sie riss die Tür auf: »Nils!«

Nils antwortete nicht. Sie fand ihn schließlich im Wohnzimmer, in einer komischen weißen Jacke, steif und doch fast elegant. Er schien etwas zu suchen, dann, als folgte er einer plötzlichen Eingebung, schritt er zum Fensterbrett, griff nach seinem Geldbeutel und steckte ihn ein.

»Gehst du weg?«

»Nur kurz rüber ins Center. Ruf mich an, wenn was ist.«

»Und diese Jacke?«

»Mein Fechtanzug. Falls die das Messer aus der Tasche zieht. Die hat so einen Schutz eingebaut.«

»Boah Nils ….«

»Eigentlich bräuchte ich auch ne Knarre. Ich hab jetzt nur das Brotmesser dabei.«

»Du willst die aber nicht provozieren, oder?«

Nils war stehengeblieben, mit unergründlichem Blick. »Nee … Ich weiß nicht, soll ich?«

Und dann marschierte er los, im Fechtanzug, in den inzwischen fast hochsommerlich warmen April da draußen, und sie stand am Fenster und schaute ihm hinterher. Nils schwankte, dachte sie, mehr noch, viel mehr als sie. Die Sträucher wucherten grün, fast verbargen sie schon den Müll, die Reifen, die Schuhe. Nils durchschritt den Hof mit schnellen, etwas eckigen Schritten, er wirkte so wütend.

Kurz war sie sich nicht mehr sicher, wer dieser Nils überhaupt war.

Sehr geehrter Herr Hoffmann, sehr geehrte Frau Kilian,

ich habe soeben einen Schriftsatz mit Ihrem letzten Protokoll und dem Foto von der Verbarrikadierung an das Gericht mit einer weiteren Kündigung geschickt. Wir sehen uns dann am 3. Mai.

Gehen Sie bitte davon aus, dass Richter Zanetti ein sehr erfahrener und kompetenter Richter ist, der sich auch mit Betreuungssachen bestens auskennt.

Ich kenne Herrn Zanetti persönlich seit 1998, als ich beim Zivilgericht während meiner Referendariatszeit meine erste Station beim Amtsgericht machte. Das soll nicht bedeuten, dass er die Position Ihres Vermieters aus persönlichen Gründen vorzieht. Ich halte von Herrn Zanettis Fähigkeiten viel und meine, dass er Recht und Gerechtigkeit sprechen wird.

Ich wünsche Ihnen bis dahin eine Zeit, die so ruhig wie möglich ist.

Mit freundlichen Grüßen
F. Kummer

Rechtsanwalt
Fachanwalt für Miet- und Wohnungseigentumsrecht

15

Vorne bei der Sicherheitskontrolle hatten sie ihnen einfach die Schranke geöffnet und sie durchgewinkt. Nicht mal ihre Taschen hatten sie durchleuchtet. Würden sie Peggy auch so leicht durchlassen? Während Laura allein mit Luca vor dem Saal darauf wartete, dass Nils seine Aussage beendete, stellte sie sich vor, wie sie jeden Moment auf sie zustürmen würde. Es gab doch diese Fälle, jeder kannte sie, immer wieder tauchten sie in der Presse auf – ein Angeklagter zückte mitten im Gerichtssaal eine Waffe und schon war jemand tot.

Aber Peggy kam nicht.

Die Tür öffnete sich einen Spalt und Nils guckte raus, er wirkte erschöpft. Laura nahm Luca hoch und stand auf. Luca griff ihr mit den Händen ins Haar. Sie löste sanft seine Finger, »nicht, Luca«, sie zögerte.

»Was ist?«, sagte Nils.

Luca strahlte, er machte ein paar Spuckebläschen mit dem Mund.

»Ja«, sagte Laura zerstreut, und dann gab sie sich einen Ruck: »Ich komme.«

Der Raum war winzig. Laura nahm neben Peggys Pflichtverteidigerin Platz, auf einem gepolsterten Stuhl direkt am Richterpult. Die Verteidigerin hatte ein gräuliches Gesicht und die Haare zurückgesteckt, sie hielt die in ihrem Schoß liegende Mappe mit beiden Händen fest. Als Laura berichtete, wie Peggy gesagt hätte, sie ficke ihr dreckiges Kind in den Arsch, und später, sie würde ihr das Kind aus dem Bauch reißen, als Lauras Stimme so zitterte, dass sie den Satz beinahe nicht zu Ende bringen konnte, seufzte die Verteidigerin gequält und sah sie kurz von der Seite an.

Herr Zanetti, der Richter, ein sehr schlaksiger Mann Ende fünfzig, las aus dem Protokoll vor. Laura war es unangenehm, ihre eigenen, ungelenken Sätze aus dem Mund eines Fremden zu hören. Es kam ihr spießig vor, wie sie den Geruch nach Haschisch mit genauer Uhrzeit dokumentiert hatte, jedes Räuspern und Rumpeln von unten, als hätte sie nichts Besseres zu tun, als hätte sie kein eigenes Leben.

»Haschisch, Marihuana, Cannabis, auf welchen Begriff einigen wir uns denn jetzt? Marihuana?«, fragte Herr Zanetti.

»Okay«, sagte die Protokollantin.

»Marihuana also. Wie schreibt man das überhaupt. M-a-r-i, und dann? Mit H oder ohne?«

»H-u-a-n-a«, sagte Laura.

«M-a-r-i-h-u-a-n-a, da haben wir's doch. Und das hat man dann im Flur gerochen, oder in Ihrer Wohnung, oder wie war das genau?«

»Im Hausflur, aber sobald wir die Fenster zum Lüften geöffnet haben, war es überall, sogar in Lucas Sachen.«

»Und wie oft, täglich, alle zwei Tage, einmal die Woche?«, fragte Herr Zanetti.

»Täglich. Also mindestens einmal pro Tag.«

Nils, der mit Luca hinter Laura im Saal sitzen durfte, da er ja schon ausgesagt hatte, rutschte auffällig auf seinem Stuhl hin und her. Wahrscheinlich hatte sie jetzt das Falsche gesagt. Aber war es nicht normal, dass zwei Personen die Dinge eben auch verschieden wahrnahmen? Laura warf einen Blick zu Herrn Kummer. Der lächelte ermutigend. Er hatte rötliches, zurückgegeltes Haar und ein glattrasiertes Gesicht mit unruhigen Augen.

Irgendwann wurden sie wieder rausgebeten. Sie warteten. Aus dem Saal drangen gedämpft die Stimmen des Richters, der Verteidigerin und die von Herrn Kummer. Laura verstand kein Wort. Sollten sie bleiben, ging sie das überhaupt etwas an? Es war doch Peggys Prozess. Aber Peggy, um die es ging, war nicht da. Petra Meyer war nicht da. Laura wusste ja nicht einmal, gegen wen sie hier kämpfte. Sie wusste nicht, warum diese Petra Meyer es ausgerechnet auf ihre Wohnung so abgesehen hatte, ob sie einmal dort gelebt hatte oder nicht. Sie wusste nicht, konnte nur raten, was vorgefallen war, zwischen ihr und der Tochter; wann die Krankheit ihren Lauf genommen hatte. Alles, was sie hatte, war eine Geschichte. So wie sie selbst von Peggy neu erzählt worden war, zu jemand gemacht, der sie nicht glaubte zu sein. Je länger sie im Flur saßen, desto unsicherer war sie, ob sie hier richtig waren, ob sie je hierher gehört hatten.

»Es gab ein paar Unstimmigkeiten zwischen Ihren Aussagen«, sagte Herr Kummer mit einem leichten Lächeln, als er nach einer langen halben Stunde endlich im Flur erschien. »Aber das macht nichts, das war eher gut. So wirkte das noch überzeugender. Sonst hätte man denken können, Sie hätten sich abgesprochen, vorher.«

Sie nickten. Lauras Herz klopfte so doll, als wollte es ihr gleich aus dem Mund hüpfen. Instinktiv suchte sie nach Nils' Hand. Aber Nils hielt Luca im Arm.

16

Sie hatten die gepackten Taschen schon im Kofferraum. Die Zeit bis zur Räumung in der dunklen Wohnung zu überbrücken wie Mäuse in der Falle, mit dem Brett vor der Tür, auf dessen Einsatz Nils in den letzten Wochen bestanden hatte, bang lauschend, wie Peggy und Mick das Urteil aufnehmen würden – das war definitiv keine Option. Herr Kummer hatte gesagt, dass es dauern könnte, zwei, drei, manchmal auch mehr Wochen, je nach Auslastung des Amtes. Sie waren also in den Golf gestiegen und losgefahren. Richtung Süden.

Nils wollte einfach nur »nach Hause«. Keine Pause bei Lauras Eltern machen, auch diesmal nicht. Obwohl die, kaum dass sie von der Reise erfahren hatten, schon eine Kartoffelsuppe gekocht hatten. Laura hatte sofort wieder so ein Gesicht bekommen, »warum machen sie denn jetzt eine Suppe, ich hab ihnen doch gesagt, dass wir gleich weiterfahren.« Jetzt würde sie sich die ganze Zeit vorstellen, wie die Eltern allein ihre Suppe essen würden, und natürlich wäre es viel zu viel Suppe, und den Rest würden sie in den Kühlschrank stellen, falls sie wider Erwarten doch noch bei ihnen auftauchen sollten. »Das Haus senkt sich den Hügel runter, wusstest du das?«

»Von deinen Eltern?«

»Die Risse sind überall, und hinter dem Schrank in meinem alten Zimmer ist die Wand komplett aufgeplatzt.«

»Seit wann denn?«

Sie zuckte mit den Schultern. »Ist mir erst das letzte Mal so richtig aufgefallen. Ich hab mir am Anfang nichts dabei gedacht. Aber in letzter Zeit macht es mir Angst. Als ob sich alles auflöst gerade. Alle Sicherheiten lösen sich auf.«

»Okay«, sagte Nils, »von mir aus stoppen wir.«

Laura schüttelte den Kopf. »Nein, das machen wir nicht! Wir können doch nichts dafür, dass meine Eltern jetzt eine Suppe gekocht haben! Wir lassen uns doch nicht erpressen.«

Sie machten also keine Pause, und er war froh darüber, einfach fahren zu können, weiter geradeaus. Annas Stimme in der Freisprechanlage hatte sich leicht verzerrt angehört. »Wenn ihr wollt, könnt ihr bei uns bleiben«, hatte sie gesagt, »also wirklich bleiben. Sogar für immer. Im Dachgeschoss ist Platz.« Sie hatte das wahrscheinlich wirklich so gemeint. Trotzdem hatte er Laura verstehen können, als sie ablehnte: »Wir müssen jetzt nur noch ein paar Wochen warten, und dann ist die raus.«

Ob sie recht hatte? Würden sie Peggy einfach so hinter sich lassen und neu anfangen können, als wäre nichts gewesen? Nils fühlte sich wie gescheucht. Er konnte nicht anders, immer wieder fiel sein Blick auf die Straße hinter ihnen. Das Auto, das ihm die Lichthupe machte, brachte sein Herz beinahe zum Stillstand, und dann bretterte es doch nur mit 200 Stundenkilometern an ihnen vorüber. Erst die Hügel am unteren Ende von Thüringen, kurz vor dem Rasthof Frankenwald, ließen ihn aufatmen. Das schier endlose, erdrückende Flachland, das sie von allen Seiten umzingelt hatte, lag hinter ihnen.

Er betrachtete Laura kurz von der Seite, sie döste mit dem Kopf gegen die Scheibe, draußen war der Himmel rostrot verfärbt. Wie leicht ihr das Nein über die Lippen gegangen war. Wie geht es Luca? Habt ihr ihn warm genug angezogen? Passt ihr auch wirklich gut auf ihn auf? Bringt ihn doch zu uns, da ist er sicher. Anna hatte nichts von alledem sagen müssen, und doch schwang es mit, Nils wusste, dass Laura das fühlte, dass ihr Nein deswegen noch entschiedener ausgefallen war.

Es war beinahe elf, als sie in der Siedlung eintrafen. Die Rollläden waren heruntergelassen. Er hob die Fußmatte an, suchte den Blumenkübel ab, durchforstete das Mülltonnenhaus nach dem Schlüssel und fand ihn nicht. Er klingelte.

Seine Mutter öffnete im Schlafanzug. »Wenn ihr noch was essen wollt, müsst ihr euch was machen«, sagte sie und nahm Luca entgegen. »Wie war die Fahrt?«

Nils zuckte mit den Schultern. Vor Bayreuth war Luca aufgewacht und hatte sich bald nicht mehr trösten lassen, mit Henry nicht und keinem Löffel Brei, Laura hatte die Wanze auf der Mauer durchdekliniert, und Old Mac Donald gesungen, mit allen Tieren, die ihr eingefallen waren, am Ende hatte sie sogar gepfiffen. Umsonst. Luca hatte geweint, stotternd und herzzerreißend und mit offenem Mund, während Laura bettelnd auf ihn eingeredet hatte, wir sind doch bald da, nur ein paar Stunden noch, komm, hör auf zu weinen, schlaf ein bisschen. Unmöglich, sich so aufs Fahren zu konzentrieren. Nils hatte sie angefleht, »Laura«, hatte er gesagt, »nimm ihn doch einfach aus dem Sitz.«

»Das ist viel zu gefährlich.«

»Es ist viel gefährlicher, wenn du das jetzt nicht machst!«

»Und wenn sie uns erwischen?«

»Laura, bitte tu, was ich dir sage.«

»Können wir nicht einfach irgendwo rausfahren?«

»Laura! Verdammt!«

Sie hatte ihn abgeschnallt und an ihre Brust gelegt und dabei noch was von Kindeswohlgefährdung gemurmelt, wütend, wahnsinnig wütend auf ihn, wie so oft in letzter Zeit, aber er hatte nichts gesagt, was hätte er auch sagen sollen. Er konnte nicht fahren, wenn Luca so weinte, und er wollte auch nicht stoppen, er wollte einfach nur weiterfahren, solange, bis sie zuhause waren.

Jetzt guckte er seine Mutter an, nahm einmal tief Luft, sollte er das jetzt alles erklären, musste er?

Seine Mutter legte ihm die Hand auf den Arm. »Ruht ihr euch erst mal aus. Ach, und weißt du es überhaupt schon?«

»Was?«

»Matze ist hier!«

Sie setzte Luca auf den Wohnzimmerteppich und schob ihm den Korb mit den Duplosteinen hin. »Schau mal, was ich hier für dich hab. Mit denen hat schon dein Papa gespielt.«

Über dem Moor brannte der Himmel. Nils stand mit dem Gesicht an der Scheibe, so nah, dass sie beschlug, und beobachtete die Gänse, die Richtung See flogen. Manchmal sah man hier auch Rehe. Und im Spätsommer kam ein Trecker und mähte das trockene Gras ab, bis die ganze Wiese voller Heuballen war. Von unten hörte er das Rasseln der Kaffeemühle, das Klacken der Tür, jemand hatte Semmeln geholt, nirgends gab es bessere Semmeln als hier. Er hörte ihre Stimmen, sie redeten viel und ein bisschen durcheinander. Beinahe war es wie früher. In seinem Bauch kribbelte es, und plötzlich merkte er, dass er sich freute.

»Dann habt ihr es also endlich geschafft«, sagte sein Vater, als sie kurz darauf alle am Tisch saßen. Er roch nach Seife und Rasierwasser.

Laura nickte, sie sah gar nicht erleichtert aus, sondern erschöpft, ihr Gesicht wirkte mager, die Knochen stachen hervor.

Nils stand auf und holte sich eine Tasse aus der Küche. Seine Mutter hatte ihn vergessen. Sie machte das manchmal, wie unabsichtlich, als wollte sie ihm sagen: Nimm dir doch einfach, was du brauchst, sei nicht immer so zaghaft.

Fritzi, Matzes Frau, schob Emil ein Butterbrot hin. Emil schleuderte es aufheulend zu Boden. »Kein Brot!«

Matze sagte: »Wollt ihr es ihnen nicht endlich verraten?«

Fritzi schüttelte beinahe unmerklich den Kopf, und die Eltern wechselten einen Blick, als wollten sie sich aneinander festhalten, nur kurz.

»Was ist los?«, fragte Nils.

»Nichts ist los«, sagte die Mutter. »Wir geben bloß das Haus auf.«

Nils legte seine Hände, die gerade nach der ersten Semmel greifen wollten, auf den Tisch.

»Wir ziehen zu Matze aufs Land«, sagte sein Vater.

Fritzi lächelte verlegen: »Emil kriegt nämlich einen kleinen Bruder.«

Nils atmete aus. Für ein paar Sekunden schloss er die Augen, und dann öffnete er sie wieder, und alle waren sie noch da, seine Eltern und Matze, Fritzi, Emil, Laura und Luca. Saßen gedrängt in der Essecke und sahen ihn erwartungsvoll an.

»Herzlichen Glückwunsch«, sagte er. Und dann stand er auf, fuhr in die Hausschlappen seines Vaters, die wie ausgesetzt im Eingangsflur auf ihn warteten, und knallte die Tür hinter sich zu.

Zwei Wochen. Und jeden Tag hatte Nils das Gefühl, ein Stück mehr von sich selbst zu verlieren. Als hätte Laura recht, als löste sich alles auf, seine Finger und seine Hände, seine Füße und Beine, schließlich glaubte er für ein paar Sekunden sogar, sein Gesicht nicht mehr zu spüren. Während sich die Zimmer seines Elternhauses schon jetzt begannen zu leeren und um ihn herum alle den Aufbruch ins Neue, ins Unbekannte zu feiern schienen, hing er mit jedem Atemzug ein bisschen mehr in der Luft.

Matze machte es nicht besser. Egal, wo er hinwollte, immer stand sein kleiner Bruder im Weg. »Was machst du denn wieder für ein Gesicht? Kopf hoch, den Prozess habt ihr gewonnen! Mach dich mal frei. Kommt uns doch mal besuchen. Du brauchst mal ein bisschen Natur um dich rum.« Als ob es ein Problem wäre, die Dinge auf sich wirken zu lassen. Tief, immer tiefer unter die Oberfläche zu tauchen, sich selbst auf den Grund zu gehen. Auch auf die Gefahr hin mitgerissen zu werden.

»Matze«, sagte die Mutter. »Lass ihn in Ruhe. So ist er halt. Wisst ihr noch, als wir die Nelly einschläfern lassen mussten? Wir haben es euch gesagt, als ihr aus der Schule heimgekommen seid: Die Nelly ist jetzt nicht mehr da. Matze ist einfach nur durchgedreht. Und Nils? Hat sich umgedreht und ist in seinem Zimmer verschwunden. Der ist da bis zum Abend nicht mehr rausgekommen.«

»Großer«, sagte der Vater, »früher haben wir immer das Nein-Doch-Spiel mit dir gespielt. Das hat dir immer so gut getan.« Er guckte Nils an, der nichts sagte, immer noch nicht, und fuhr fort: »Du sagst Nein und ich sag Doch, und du wirst jetzt lauter: Nein! Und ich dann so: Doch! Und du brüllst: Nein! Und ich: Aber doch! Komm, wir probieren das jetzt mal aus.«

Nils schwieg alles weg. Zwei Wochen lang. Und dann, als ob es ein Zeichen wäre, klingelte Lauras Handy, und Sina war dran. »Die Hausverwaltung war heute da«, sagte sie, »sie haben die ganze Bande vor die Tür gesetzt! Nur die Wanderschuhe haben sie vergessen.«

Laura und Nils tauschten einen Blick. Er sah die tiefe Erleichterung in ihrem, und wie sie sich gleich bremsen ließ von seinem. »Sollen wir noch warten?«, sagte sie.

Nils schüttelte den Kopf. »Ich fahr vor und check die Lage. Hier ist eh nichts mehr, was mich noch hält.«

»Weil sie das Haus aufgeben?«, sagte Laura.

»Du kannst das nicht verstehen. Du hast nie so lange an einem einzigen Ort gewohnt. Das ist meine Heimat.«

Sie schwieg, und er auch.

Irgendwann sagte sie: »Du weißt aber, dass sie keine Wahl haben, oder? Matze würde dir das nie zeigen, aber die ganzen Tiere, der Hof, da muss wohl einiges renoviert werden. Und das mit zwei Kindern. Ich hab mit Fritzi geredet. Eigentlich war sie ganz nett.«

Nils sagte immer noch nichts. Sie saßen vorn am See im Halbschatten der Bäume, von Bibern angespitzt, jetzt eingezäunt, und sahen zwei älteren Damen in Badeanzügen zu, die sich mitten im Mai schon ins Wasser wagten, langsam und etwas strauchelnd.

»Hast du eigentlich schon mal einen Biber gesehen?«, sagte Laura. »Also einen richtigen?«

»Die kommen abends. So gegen acht. Wenn du magst, laufen wir später nochmal vor, dann zeig ich sie dir.«

»Falls er dann schon schläft.« Sie strich Luca beiläufig übers Haar, eine Geste, die sich ihr eingeschlichen hatte, als wollte sie sich versichern: Er ist immer noch da. Er saß gegen ihren Bauch gelehnt und sortierte Kieselsteine, die flüchtigen Schatten der Zweige huschten ihm übers Gesicht. Sie hatten ihn eingecremt, zum ersten Mal in diesem Jahr, man sah die Spuren noch, weiße Schmiere auf den nackten Armen, am Haaransatz.

»Nicht essen, Luca.« Laura fischte Luca einen Kieselstein aus dem Mund. Sie biss sich auf der Unterlippe herum. »Eigentlich willst du gar nicht zurück, oder?«

»Könnte es dir denn nicht egal sein, wo wir sind?« Nils

guckte sie an, und für einen Moment hoffte er, dass sie ihm zustimmen würde.

Sie lachte, schüttelte den Kopf.

»Weißt du noch, dieses Bild, das du mal gemalt hast?«, sagte er.

»Welches Bild?«

»Mit den Sanddünen.«

»Das Unfertige.«

Nils nickte. »Ich hab immer gedacht, irgendwie passt das gar nicht zu dir. Für mich warst du immer eine, die auch im Sandsturm stehen bleibt, mit zusammengekniffenen Augen.«

»Quatsch.«

»Doch. Du hast solche Angst die Kontrolle zu verlieren, dass du wirklich und wider jede Wahrscheinlichkeit stehen bleibst.«

17

Er wartete am Südkreuz auf sie. Es war nur eine Woche vergangen, und doch wirkte er anders, aufrechter, er lächelte, und das sandfarbene Haar glänzte im Licht.

Luca strampelte sofort wild mit den Beinen, Walfischbeinen, Nils' Mutter hatte ihm wieder eine Hose genäht. Er stemmte sich mit dem ganzen Körper in der Trage ab und streckte die Arme nach seinem Papa aus. Nils nahm ihn heraus und presste ihn an sich. Dann umarmte er Laura, fragend und etwas zögerlich. Sie stiegen in die Ringbahn, Südkreuz bis Tempelhof, beschlossen schließlich, noch ein bisschen spazieren zu gehen, von der S-Bahn bis nach Hause. Über dem Tempelhofer Hafen ging die Sonne unter.

»Und sie ist echt nicht wieder aufgetaucht?«, sagte Laura.

Nils schüttelte den Kopf.

»Das Gefühl kommt irgendwie nicht bei mir an.«

»Soll ich einen Sekt besorgen? Vielleicht wird es dann echter.«

Laura lächelte. »Okay.«

»Ich beeil mich. Geh ruhig schon mal vor.« Hinter ihm strebten gehetzt wirkende Grüppchen durch die Schwingtüren des Einkaufscenters. Ein Motz-Verkäufer hatte sie schon ins Visier genommen, in der Hoffnung auf Trinkgeld, gleich würde er auch Nils seinen Becher hinhalten.

Laura guckte ihm hinterher, unschlüssig, ob sie warten sollte oder nicht. Luca quengelte. Er war hungrig und müde. In der S-Bahn hatte Nils ihn auf dem Schoß gehalten, erst kurz vor dem Aussteigen hatte sie den Buggy ausgeklappt. Sie machte sich auf den Weg.

Luca weinte, glucksend warf er seinen Körper nach hinten und streckte sich lang. Laura nahm ihn heraus, sie waren ja beinahe da, das sagte sie leise, »und Papa kommt gleich nach«, während sie die Hofeinfahrt schon durchschritt und dann den leeren Wagen durch den Hof schob, an den Mülltonnen vorbei und am Sandkasten, an den Sträuchern unter dem Fenster, das bis vor kurzem Peggys Fenster gewesen war, und weiter, bis zur Tür. Es blieb keine Zeit, den Blick im Vorübergehen genauer durch den Hof gleiten zu lassen. Vielleicht wäre ihr irgendetwas aufgefallen. Ein Licht, wo keines sein sollte, eine plattgetretene Kippe, die noch schwelte, ein Geräusch.

Sie schleppte sich hoch, in einem Arm Luca, im anderen den Buggy. Luca brüllte. Aber es gab keinen Grund sich zu fürchten. Nicht mehr.

Der Geruch, kaum dass sie die Wohnung betrat. Er fiel ihr entgegen, immer noch. Laura war enttäuscht. Hatte sie wirklich gedacht –?

»Komm«, sagte sie zu Luca, der immer noch strampelte, »wir machen jetzt erst mal die Fenster auf.«

Und noch während sie das tat, hörte sie es scheppern.

Peggy trat auf die Mülltonnen ein, alle Container der Reihe nach, mit einer solchen Wucht, dass sie ins Wanken gerieten, und Mick hielt sie nicht davon ab. Finster sah er zu, die Arme in die Hüften gestemmt. Diesmal, Laura sah es ihm an, würde er ihr nicht in den Rücken fallen.

Und dann guckte Peggy hoch. Genau wie damals, als Laura sie zum ersten Mal gesehen hatte, stand sie da unten, mit einer Entschlossenheit im Blick, die Laura damals noch nicht hatte entziffern können und die ihr heute einen Schauer über den Rücken jagte. Sie starrte direkt zu Laura, die sich mit Luca hinter dem Fenster versteckte. Luca war verstummt.

Unten sagte Peggy zu Mick: »Die Fenster sind schon mal offen.«

Mick ballte die Fäuste, er nickte.

Peggy trat noch einmal gegen die Mülltonnen, ein paar Dosen kullerten über den Hof. »Zeig dich, du dreckige Hure!«

Laura duckte sich. Unten im Hof stand Nils, die Flasche Sekt in der Hand.

»Deine Freundin«, brüllte Peggy in Nils' Richtung, »ich nehm sie dir weg!«

Laura spähte noch einmal durchs Fenster, sah Nils, wie er den Sekt losließ, die Flasche fiel weich auf das neben dem Müll wuchernde Efeu; Nils rannte los. Kurz sah es so aus, als würde Peggy ihm folgen, doch nach drei oder vier Metern gab sie auf. Laura hörte Nils' donnernde Schritte im Treppenhaus, er stürmte in die Wohnung, schlug die Tür hinter sich zu und stemmte seinen Körper dagegen. Laura sank neben ihn, mit Luca im Arm. Sie wagten kaum zu atmen. Harrten aus. Luca guckte mit großen Augen zwischen beiden hin und her, fast schien er amüsiert, als wäre das alles nur ein lustiges Spiel.

Laura schüttelte ungläubig den Kopf, »Ich versteh das nicht«, sagte sie, »hast du denn nicht die Lage gecheckt, du hast doch gesagt, hier ist es sicher?«

»Hab ich auch«, flüsterte Nils, »sie war wirklich nicht mehr da!«

Sie schwiegen. Draußen war es still.

»Sind die weg?«, flüsterte Laura irgendwann.

»Glaub schon«, sagte Nils.

»Sollen wir die Bullen rufen?«

»Und was sagen wir denen dann? Dass sie gegen die Mülltonnen getreten hat? Wenn wir jetzt die Bullen rufen, dreht die doch erst recht am Rad.«

»Fuck.«

»Ich hab's dir gesagt, Laura«, flüsterte Nils. »Du hast mir ja nicht geglaubt.«

»Was hast du mir gesagt?«

»Dass das nichts ändern wird. Der gewonnene Prozess.«

»Spinnst du?«, zischte sie. »Das hast du nie gesagt!«

Nils fuhr sich mit den Händen durchs Haar, wie immer, wenn er nicht weiterwusste, er antwortete nicht.

»Nils«, sagte Laura, »was soll der Scheiß? Wir stecken da zusammen drin.«

»Weil du nie locker lassen kannst!«

Lauras Lippen bebten.

Später kam dann doch die Polizei. Nils, der wieder ans Fenster geschlichen war, machte Laura ein Zeichen, komm schnell, schau dir das an. Die beiden Beamten guckten hoch. »Wir haben einen Anruf bekommen. Leider nicht so viel verstanden, die Anruferin war ziemlich wirr. Aber dass hier ein Mädchen festgehalten wird? Bei einer Frau Kilian oder Frau Marquardt oder sogar Frau Winter?«

»Also Frau Kilian sind wir. Wollen Sie raufkommen?«

Damit war die Sache erledigt. Natürlich war sofort klar, wie die Fronten verteilt waren. Wer hier verrückt war und wer nicht. Peggy warf nun offenbar die Namen all jener zusammen, die ihr, wie sie dachte, in irgendeiner Form Schaden zugefügt hatten. Aber mehr, außer ihnen gutes Durchhalten zu wünschen, konnten die Beamten nicht tun. Die Räumung hatte Erfolg gehabt, Peggy wohnte nicht mehr hier. Niemand konnte ihr verbieten, den Hof zu betreten, solange kein Näherungsverbot bestand. Doch ein solches würden sie nicht durchsetzen können, denn Frau Meyer war ja psychisch krank. Wie sollte sie den Inhalt eines Näherungsverbotes begreifen? Und was sonst, außer den Hof zu betreten, hatte Peggy getan? Peggy hatte nichts getan, nicht wirklich, wie immer war es zumindest nicht schlimm genug. »Aber rufen Sie sofort die 110, wenn was ist.«

In der Nacht verbarrikadierten sie wieder die Tür mit dem Brett. So harrten sie aus, abwechselnd wachend. Einmal meinte Laura einen Schatten durch den Hof huschen zu sehen, und dann sagte Nils, Peggy läge da hinten auf der Bank und schlief, fast sicher wäre er sich, »hörst du sie nicht, ich glaub, sie hat was gesagt. Beim Sandkasten?«

Laura lauschte, aber sie hörte nichts.

»Okay«, sagte sie, »egal wie – wir müssen jetzt was tun.«

»Kapierst du es denn nicht«, sagte Nils. »Es ist vorbei. Du und Luca, ihr steigt jetzt in den nächsten Zug und fahrt sofort zurück nach Bayern.«

»Spinnst du? Dann hätte sie ja auch gleich in ihrer Wohnung bleiben können.«

»Eben!«

Nein. Laura sah es nicht ein. Wieso sollten sie aufgeben. Und dann sagte sie es, schrie es heraus, sie hatten den Prozess doch gewonnen, und weil Nils nichts mehr sagte, kein Wort, war auch sie dann wieder still. Aber irgendjemand da draußen musste das doch sehen, dachte sie, irgendjemand musste doch endlich etwas tun.

Frau Ludwig zum Beispiel.

»Frau Meyer?«, sagte Frau Ludwig, als Laura sie endlich in der Leitung hatte. »Für die bin ich nicht mehr zuständig.«

»Moment mal«, sagte Laura, »Sie wissen aber schon, welche Frau Meyer ich meine, oder?«

»Die, die gerade obdachlos geworden ist.«

Laura blinzelte. Sie schwieg.

»Tun Sie jetzt bitte nicht so, als ob Sie das nicht gewusst hätten.«

»Wieso haben Sie denn nichts für sie organisiert? Betreutes Wohnen, irgendein Heim?«

»So läuft das nicht, Frau Hoffmann.«

»Kilian.«

»Wenn Sie noch Fragen haben, Frau Kilian, dann wenden Sie sich ab jetzt bitte an das Amt, das für Frau Meyers neuen Bezirk zuständig ist.«

»Und welcher Bezirk ist das?«

»Darf ich Ihnen nicht sagen.«

»Bitte?«

»Datenschutz!«

Wie immer war es Frau Ludwig, die auflegte. Laura lauschte noch dem Tuten hinterher, als könnte sie jeden Moment wieder rangehen und alles aufklären, gucken Sie, Frau Kilian, es tut mir leid, mein Job ist stressig, aber hier, zack, haben Sie die Nummer, Sachbearbeiterin soundso, Bezirk soundso. Sie tat es nicht. Laura fühlte sich schäbig, Frau Ludwigs Worte, so berechnend sie gewesen waren, hatten gesessen. Peggy war auf der Straße, und von dort würde es keinen Weg nach oben mehr geben. Sie würde sinken, immer weiter nach unten sinken; ihre Tochter würde sie nie wieder sehen. Petra Meyer würde Peggy bleiben, für immer.

Laura spürte Nils' Blick im Rücken, hab ich es dir nicht die ganze Zeit gesagt. Wann wirst du es endlich akzeptieren. Eine Welle der Hilflosigkeit schwappte durch ihren Körper. Sie erinnerte sich an den Betreuer, Nils hatte ihr erzählt, wie er ihn im Internet gesucht hatte und wie er ihm kurz vorgekommen war wie ein Gott, in seiner leuchtenden Gore-tex-Jacke vor einem Gipfelkreuz, dahinter die Wolken.

»Frau Meyer aus Tempelhof?«, Herr Rechel hörte sich müde an. »Die hat meinen Betreuungsvertrag gekündigt.«

»Moment mal, darf sie das?«

»Ja klar.« Kurz hielt er inne. »Um ehrlich zu sein, bin ich ja ohnehin nie wirklich zu ihr durchgedrungen.«

»Wissen Sie denn wenigstens, wo sie sich aufhält?«

Herr Rechel schwieg. »Okay, ich sage Ihnen das jetzt. Aber nur, weil ich rechtlich gesehen nicht mehr ihr Betreuer bin. Sie haben es nicht von mir. Aber ich hab da was von Neukölln gehört. So ein Obdachlosenheim.« Er räusperte sich. »Frau Hoffmann. Wenn ich jetzt mal ganz offen sein darf, würde ich Ihnen raten, es gut sein zu lassen. Das bringt doch nichts, was Sie da machen. Ich kenne zig solche Fälle. Die gehen nie gut aus. Sie haben doch nicht gedacht, dass Sie den Prozess gewinnen, und dann sind Sie Frau Meyer los, oder?«

Laura schwieg. Für einen Moment hätte sie sich das alte Festnetztelefon zurückgewünscht, um ordentlich den Hörer knallen zu lassen.

Immerhin hatte Herr Rechel ihr noch den Tipp mit Neukölln gegeben. Laura suchte die Nummer des zuständigen Sozialpsychiatrischen Dienstes heraus, und wählte.

»Frau Meyer«, sagte eine Frau, der Stimme nach jung, sie klang überrascht, »die hat doch noch gar nichts gemacht!«

»Das kann nicht sein.«

»Da ist aber nichts. Noch keine Einträge bisher. Ein weißes Blatt Papier.«

»Aber hat denn der Sozialpsychiatrische Dienst aus Mariendorf gar keine Daten übermittelt?«

»Sowas machen wir nicht.«

»Haben Sie keine Computer?«

»Nein. Wir haben keine Computer.«

»Soll das ein Witz sein?«

»Aber melden Sie sich jederzeit, wenn was ist.«

Laura starrte ratlos auf ihr Handy. Als wüsste sie plötzlich selbst nicht mehr, was damit tun. Sie hob den Blick und sah zu Nils. Sie sah, dass er mitgehört hatte, dass er die gleiche hilflose Wut empfand wie sie. Sah, wie er noch einmal ans Fenster ging, mit Luca im Arm. Und dann, als sie selbst aufstand und neben ihn trat, sah sie Peggy.

Sie hatte das Smartphone nach oben gerichtet und filmte. Als hätte die Welt sich nun wirklich gedreht, dachte Laura, und mit ihr das Haus. Jetzt rief Peggy die Polizei. Und weil die Polizei nicht half, so wie sie Laura und Nils nicht geholfen hatte, nahm Peggy die Sache selbst in die Hand. Überwachte jede ihrer Bewegungen, hörte sie ab, so wie auch sie Peggy abgehört hatten.

18

Es war nicht einfach gewesen, die Wohnung zu verlassen. Sie hatten eine Lücke genutzt, Minuten, in denen sie Peggy nicht gesehen hatten und alles ruhig schien im Hof. Mit klopfenden Herzen waren sie die Treppen hinabgestiegen und hatten den Hof durchquert. Auf der Straße hatten sie prüfend nach links und rechts geschaut und Peggy nirgends entdeckt. Ob sie wusste, dass der Golf ihnen gehörte? Noch stand er da, unversehrt. Sie verschlossen das Auto von innen und fuhren los. Das Quietschen der Reifen, wie im Film. Wohin hatte sich Peggy verzogen? Saß sie irgendwo und sah sich das Video an, das sie von ihnen gemacht hatte, von Luca?

Es ließ sie nicht los, auch jetzt nicht, als sie ausstiegen und sich auf ihren Smartphones vergewisserten, ob sie richtig waren. Die türkisen Fensterrahmen ließen das Gebäude noch trister wirken. Hier und da hatte man für ein paar Sprenkel Grün gesorgt, abgespeckte Bauminseln zwischen Beton. Es dauerte, bis sie den richtigen Eingang gefunden hatten.

»Wissen Sie, wo Frau Ludwig sitzt?«, fragte Nils eine Gruppe von Angestellten, die sich, mit Kaffees bestückt, wieder in ihre Büros zerstreuen wollten.

Ein Junge, dicklich und mit kurzgeschorenem Haar,

deutete vage den Gang runter. »Name steht draußen. Termin, nehm ich an?«

»Ja.«

Die Tür war angelehnt. Frau Ludwig, die gerade irgendwas in ihren Desktop-PC tippte, hob den Kopf und blickte sie aus zusammengekniffenen Augen an. Sie trug ein hellblaues Wollkleid, war ungeschminkt, das Gesicht gerahmt von steifem, weiß-grauem Haar.

»So lassen wir uns nicht abservieren«, sagte Nils. »Warum haben Sie Ihre Kollegin in Neukölln nicht über Frau Meyer informiert? Meinen Sie, damit ist irgendjemandem geholfen? Sorgen Sie endlich dafür, dass diese Irre dahin kommt, wo sie hingehört!«

»Wohin gehört sie denn, Ihrer Meinung nach?«

»In die Klapse!«

Diese Tasse auf dem Schreibtisch. Nils sah sie erst jetzt. Je größer der Dachschaden, desto besser der Blick in die Sterne, stand darauf.

»Ich meine, in die Geschlossene.« Nils wurde rot.

Frau Ludwigs Gesicht hatte sich verhärtet. »Sie erklären mir nicht, was ich zu tun habe.«

Er setzte zu einer Verteidigung an, aber Frau Ludwig schnitt ihm das Wort ab. »Wir sperren Menschen nicht einfach so weg, auch wenn Sie das vielleicht gern hätten. Schon gar nicht gegen ihren Willen.«

»Ich sag das ja nicht nur wegen uns. Ich sag das auch wegen Frau Meyer. Die braucht Hilfe. Warum ist da niemand mehr vorbeigekommen, solange sie noch da gewohnt hat? Warum kümmert sich denn keiner? Schaut, dass sie ihre Medikamente nimmt?«

»Das geht Sie überhaupt nichts an. Bitte gehen Sie jetzt.«

Nils' Blick glitt ins Leere. Er sank auf den einzigen Besucherstuhl.

»Irgendwo muss doch die Grenze sein«, versuchte es Laura. »Ab der man sagt, so jetzt reicht's, jetzt schreiten wir aber ein.«

»Grenzen, Grenzen.« Frau Ludwig seufzte. »Sie haben ja auch die Freiheit zu entscheiden, wo und wie Sie leben wollen. Was, wenn man Ihnen dann einfach eine Grenze setzt, so von außen, und sagt, Sie dürfen, sagen wir mal, jetzt keinen Tee mehr trinken, weil das schlecht für Sie ist.«

Nils sprang auf. »Wem schadet es denn, wenn ich eine Tasse Tee trinke!«

Frau Ludwig zuckte mit den Schultern.

»Aber Peggy darf mit dem Messer rumspazieren, Autoreifen aufschlitzen, Leute bedrohen. Ist ja egal, dass wir uns dann in unserer eigenen Wohnung nicht mehr aufhalten können. Hauptsache, Peggy geht es gut!«

»Sie meinen, Frau Meyer.«

»Ich weiß, wie sie heißt!«

Frau Ludwig schwieg. »Ich verstehe ja, dass Ihre Lage unangenehm ist«, sagte sie dann.

»Sie verstehen das?«

»Ja.«

»Aber Sie handeln nicht. Weil Peggys, ich meine, Frau Meyers Recht auf Selbstbestimmung größer ist als unser Recht auf Sicherheit.«

»Solange sie nichts macht, kann man das so sagen, ja.«

Nils starrte Frau Ludwig an, und die guckte ihn an, und dann griff sie nach ihrer Tasse, je größer der Dachschaden, desto besser der Blick in die Sterne, und nippte daran.

Es war genug. Nils holte aus und fegte ihr die Tasse mit einer einzigen Bewegung aus der Hand. Fast wie in Zeitlupe segelte sie zu Boden, während sie schon in tausend Splitter zersprang. Er sah zu Laura, die seinen Blick ungläubig erwiderte, und dann wieder auf die Splitter, sie waren überall, zwischen den Stuhlbeinen, auf Frau Ludwigs Schuhspitzen, in Frau Ludwigs blauem Kleid. Fast wie damals, dachte Nils, fast wie damals, mit der Tür. Und dann packte er Laura am Oberarm und zog sie mit sich, immer den Flur entlang, raus aus diesem Labyrinth, raus auf die Straße, ab in den Golf. Und niemand kam ihnen hinterher.

19

Ob sie geblutet hatte? Laura hatte nicht gewagt zu gucken. Hatte sich von Nils fortziehen lassen, ohne noch einmal zurückzuschauen. Jetzt saß er neben ihr im Auto und starrte auf die Fahrbahn, die frei war, zum ersten Mal seit Langem kein Stau am Mariendorfer Damm, die Rohre waren repariert, und Nils sagte immer noch kein Wort, es gab nichts zu sagen. Laura überlegte, ob sie das Schweigen brechen sollte, und wie genau, doch sie wagte es nicht. Wie so oft in letzter Zeit hatte sie das Gefühl, egal, was sie jetzt sagte, es würde das Falsche sein.

Irgendwann sagte Nils: »Ich weiß, du willst das nicht hören. Aber du wirst jetzt ausnahmsweise mal tun, was ich sage. Du nimmst Luca und fährst mit ihm zu deinen Eltern.«

Laura stellte sich kurz vor, wie sie ihm ins Lenkrad greifen und das Auto mit einem gellenden Quietschen zum Stehen bringen würde. Wie sie Nils mit all ihrer Kraft an den Schultern packen und schütteln würde, bis er aufwachte und wieder der Alte war. Aber da war Luca, der sie abwechselnd anguckte, neugierig und ahnungslos. Luca hatte Eltern verdient, die zusammenhielten und stark waren für ihn. Laura atmete kaum hörbar aus und sagte: »Gib ihr noch ein paar Wochen. In ein paar Wochen hat die ein neues Ziel, in ein paar Wochen ist die weg.«

»Wie viele Wochen denn noch, Laura? Das hier, du musst das endlich begreifen, das ist eine Situation, die lässt sich nicht lösen.«

»Vielleicht ja doch irgendwann.«

Nils schüttelte den Kopf. »Ich versteh das nicht, Laura«, sagte er, »wieso hältst du so sehr daran fest.«

Laura schwieg.

Sie waren angekommen. Saßen einfach so nebeneinander, bei laufendem Motor, in ihrer Straße, in der beinahe, immer nur beinahe ihr Zuhause war. Nichts hatte sich verändert, seit sie mit dem Umzugswagen hier eingebogen waren, um Nils' Sachen auszuladen. Das Bild von Patrick, weinend, umringt von seinen Freunden, schoss Laura durch den Kopf.

»Willst du da wirklich dein Gesicht hinhalten? Und«, Nils deutete auf Luca, »ihn in Gefahr bringen? Laura, das geht nicht. Ich lass das nicht mehr zu. Er ist auch mein Sohn.«

Luca begann zu quengeln. Laura drückte ihm eine Banane in die Hand. »Dein Sohn«, sagte sie. »Monatelang verziehst du dich in dein Zimmer, sprichst nicht mit uns, obwohl du es doch früher immer warst, der reden wollte, kriegst überhaupt gar nichts mehr mit, weil du in deinen Gedanken immer nur um dich selbst kreist, nur um dich selbst. Und jetzt ist er plötzlich auch dein Sohn.«

»Geht's noch, Laura? Nur wegen euch bin ich doch überhaupt noch hier!«

»Ach ja?«, Laura schnallte sich ab. »Dann fahr du mit Luca nach Bayern. Ich bleibe.«

Sie stieg aus.

Nils stieg auch aus. »Du weißt genau, dass das nicht geht.«

»Wieso nicht.«

»Weil du ihn stillen musst.«

»Dann still ihn doch ab!« Laura stiefelte davon.

Ihr Herz war wund vor Gram, sie meinte es nicht so, natürlich nicht, wie sollte sie Luca zurücklassen. Es war kaum ein paar Monate her, da hatte sie noch zu Clara gesagt, dass sie haderte, nicht sicher war, was sie fühlte, oder ob überhaupt. Wie sie sich geschämt hatte, als es ausgesprochen war. Und Clara hatte geantwortet: Du wächst da rein, Laura. Eine dumme Phrase, und doch, genau so war es gekommen. Niemals, das wusste sie jetzt, während sie ging, während sie ihn verließ, niemals würde sie ihn wirklich zurücklassen können.

Aber er war schuld. Es war alles seine Schuld. Dass Peggy es auf sie abgesehen hatte. Und dass ihr die Hände gebunden waren. Nils redete, handelte, wehrte sich oder gab auf. Und immer stand sie hinter ihm, mit Luca im Arm. Früher hätte sie sich das mit Peggy nicht einfach so gefallen lassen. Sie hätte sich nicht so leicht einschüchtern lassen. Sie hätte ihren Platz in dieser Stadt verteidigt, komme, was wolle! Aber jetzt war Luca da und alles war anders.

Nils nahm Luca aus dem Sitz und folgte ihr. »Das ist jetzt nicht dein Ernst! Du gehst da jetzt nicht rein. Du lässt uns jetzt nicht allein!«

Laura antwortete nicht, sie lief, rannte fast, durch den Hof, an den Mülltonnen vorbei, an der Tierarztpraxis und am Modelabel, vor dem jemand eine Zigarette austrat und verschwand; dann weiter, bis zu den Fahrrädern, zum Hinterhaus. Sie war so wütend, dass es ihr sogar egal war, ob Peggy da war oder nicht. Sie hatte keine Angst vor ihr, nicht mehr.

Nils rannte auch. Hinter den Mülltonnen hatte er sie eingeholt, er packte sie am Arm und riss sie herum. Laura erschrak vor der Wucht, die sie ihm nicht zugetraut hatte, noch nie hatte er sie so fest angefasst wie jetzt.

»Lass mich los«, brüllte sie.

Nils setzte Luca auf dem Boden ab und schob sie mit beiden Händen weiter, bis an die Wand. Er drückte sie mit dem Rücken gegen den Putz. In seinen Augen flatterten irre Wut, ungläubige Traurigkeit. Laura, wirklich, schien sein Blick zu sagen, ist es jetzt wirklich so weit gekommen mit uns. Es war, als würde Laura in den Spiegel gucken, so exakt sah sie in seinem Gesicht, was sie selbst empfand. Sein sandfarbenes Haar flirrte im Licht, genau wie damals, als sie zum ersten Mal nebeneinander in seinem Smart saßen. Es war ja nur Spaß, dachte sie jetzt mit Tränen in den Augen. Es war ja alles nur ein großer Spaß. Drüben auf dem Hügel. Bis wir zusammen sind, bis wir. Sie beugte sich vor und dann küsste sie ihn.

»Du hast doch nicht mehr alle Tassen im Schrank«, sagte Nils, immer noch wütend und küsste sie zurück.

Von den vier Reisen, die sie in den zehn Monaten vor dem Schwangerschaftstest zusammen unternommen hatten, war es die nach Kuba, nach der endgültig klar war, dass sie wirklich zusammengehörten. Nils war für einen Workshop nach Miami geflogen, als Laura gerade eine ihrer Touren machte. »Was meinst du«, hatte er gesagt, »ich hol dich ab, wenn du fertig bist?«

Über Lauras Tour stand kein guter Stern. In Trinidad hatte man sie aus dem Zentrum der Stadt an eines der staatlichen Strandhotels ausquartiert, und Laura war ein unverzeihlicher Fehler unterlaufen, sie hatte versucht das schönzureden, »dafür schlafen Sie an einem der beeindruckendsten Strände Kubas«. Sie hatte vergessen, dass der Strand hinter dem Hotel nichts mit dem kilometerlangen Sandstrand gleichen Namens zu tun hatte, den sie mit Elías mal besucht hatte. Der Strand hinter dem Hotel glich einer zerklüfteten Mondlandschaft, die sich jetzt, in den Augustferien, in einen traurigen Sumpf verwandelt hatte, in dem Rumflaschen trieben. Die Badenden standen noch in der Abenddämmerung Zentimeter an Zentimeter im hüfthohen Wasser und schlugen nach den um sie herum schwirrenden Jejenes, einer kleineren Sorte von Moskitos, deren Stiche besonders schmerzhaft waren. Das Hotel machte es nicht besser. Die Zimmer waren teilweise marode; feuchte Wände, undichte Fenster, Ungeziefer im Bad. Am Abend stürzten sich die Gäste aufgebracht auf Laura, und zwei ältere Männer, offenbar die selbst erkorenen Wortführer, redeten sich in Rage. Laura wollte etwas entgegnen, aber die Männer schnitten ihr das Wort ab, sie wurden laut, ein paar Spucketropfen verirrten sich in Lauras Gesicht. Laura spürte, wie ihre Beine weich wurden angesichts der Heftigkeit, die ihr da entgegen schwappte. Als sie es endlich in den Bus geschafft hatte, schnappte sie sich das Mikrofon und hielt den Senioren eine Standpauke, wie man sie Kindern halten würde. »Schluss jetzt«, sagte sie, »es ist Ferienzeit! Wir können doch den Kubanern nicht ihren eigenen Strand verbieten!« So seien die Verhältnisse vielleicht früher gewesen, aber heute zum Glück nicht mehr. Und die Hotels seien nun mal alle überbucht, sie könnten noch froh sein, in anderen Gruppen habe sie in der Not schon aus Einzelzimmern Doppelzimmer gemacht, Kollegen hätten ihre Reisegruppen über ganze Städte verteilen müssen, teilweise gab es dort, wo sie dann übernachteten, nicht mal feste Straßen. Die Gäste schwiegen, aber sie verziehen Laura nicht. Während der Local Guide, der die gesamten zwei Wochen erfolgreich hinter ihrem Rücken gegen sie intrigiert hatte, einen langen, liebevollen Brief von den Gästen erhielt (»danke, dass Sie auch in den schweren Tagen auf unserer Seite standen und immer ein offenes Ohr für unsere größeren und kleineren Probleme hatten«), stand in ihrem Brief einfach nur »Danke«, mit einigen, längst nicht allen Unterschriften. Als sie nach dem Abschiedsessen endlich auf ihrem Zimmer angekommen war, die hohen Schuhe abstreifte und sich kurz die schmerzenden Fersen massierte, hatte sie mit einem Schlag das Gefühl, das Bild, das sie so sorgfältig von sich selbst gezimmert hatte, bräche zusammen. Sie war für diesen Job nicht gemacht. Sie hatte sich sowieso nur dafür entschieden, weil sie mehr Zeit zum Malen brauchte. Aber stimmte das denn? War es nicht eher so, dass sie der Ausschreibung nicht hatte widerstehen können? Sie, die doch ständig unterwegs war und so gut Spanisch sprach, dass sie häufig für eine Südamerikanerin gehalten wurde, hatte sich im Spiegel betrachtet: Könnte ich auch eine Reiseleiterin sein? Sehe ich aus wie eine Argentinierin, eine Chilenin? Die Vorstellung gefiel ihr – das Kunststück ihrer Kindheit zu wiederholen, das Alte hinter sich zu lassen, wieder und wieder. Das dritte Mal dieses Jahr, die schönsten Strände, sie war immer besser geworden im Verdrehen der Wahrheit und hatte nicht einmal gemerkt, wie sie ihrer eigenen Lüge auf den Leim gegangen war. Sie hatte sich diesen Job, auf den sie sich mehr aus einer Laune heraus beworben hatte, viel zu sehr zu Herzen genommen.

Nils wartete in Havanna in der Lobby auf sie, wo sie die widerspenstigen Senioren für eine letzte Nacht eincheckte. Er saß in der Sitzecke schräg gegenüber des Check-in-Bereichs, größer als in ihrer Erinnerung, obwohl er halb eingesunken war in den weichen Polstern, den Rollkoffer gegen das Schienbein gelehnt. Fast musste sie lachen. Hätte sie nicht gerade eine Tour geleitet, hätte sie sich nie von einem Rollkoffer bremsen lassen. Als sie alle noch ausstehenden Fragen endlich beantwortet und auch die letzten Gäste auf ihre Zimmer verabschiedet hatte, eilte sie zu ihm und hielt sich so an ihm fest, als könnte nur er sie aus dieser miesen Lage befreien, in die sie wie aus Versehen geschlittert war.

Doch nichts, gar nichts war wie damals. Hatte sie wirklich geglaubt, dass sie ihre eigene Geschichte in der Hand hätte, wenn sie nur blieben? Künstlerin, Reiseleiterin,

Südamerikanerin, Berlinerin. Es hätte gutgehen können, alles davon. Aber Mutter? Sie hatte von Anfang an gemerkt, dass es ernster war. Dass man sich eine solche Rolle nicht einfach überstreift wie einen neuen Pullover.

Sie riss sich los.

»Luca!«

Für den Bruchteil einer Sekunde erkannte sie ihren eigenen Schrecken in Nils' Gesicht.

Sie fuhr herum. Sie sah ihn nicht. Nirgends. Nicht beim Sandkasten, nicht bei den Mülltonnen, nicht bei den Sträuchern, nicht bei den Wanderschuhen unter dem Fenster. Luca war nicht mehr im Hof.

Luca war verschwunden.

Sie begriff es, und währenddessen fiel sie schon. Genau so fühlte es sich an. Als fiel sie, als fielen sie gemeinsam in eine ungeahnte Tiefe, aus der sie nie wieder heraufkommen würden.

20

»Er kann doch nicht krabbeln«, flüsterte Laura, »wann soll er denn krabbeln gelernt haben.«

Nils guckte sie an, es fiel ihm schwer, ihren Worten zu folgen. Peggy, dachte er, wie sie sie gefilmt hatte, ihn und Luca und Laura, von unten, im Hof. Wie sie dann plötzlich weg gewesen war, die ersehnte Lücke, die Luft war rein, sie liefen los und sahen Peggy nicht, nirgends, während sie eilig den Hof durchquerten, bis auf die Straße, zum Golf, während sie einstiegen und die Türen hinter sich zuschlugen. Keine Spur von Peggy, auch beim Losfahren nicht, als sie die Straße wie fieberhaft mit den Augen nach ihr abgesucht hatten. Und dann erinnerte er sich, er hatte es im Vorübergehen wahrgenommen, ihm aber keine Bedeutung beigemessen, bis jetzt: Unten war das Fenster offen gewesen.

Diesmal klingelte er nicht. Er hatte kein Werkzeug dabei, keinen Schlagstock oder Baseballschläger, er machte es wie sie damals, holte mit den Füßen aus, ein ums andere Mal. Die Tür gab nach wie Pappe. Ob er geschrien hatte dabei? Er wusste es später nicht mehr zu sagen, auch nicht, was genau, gib Luca raus, das ist mein Sohn? Er konnte sich an nichts mehr erinnern, nur dass er irgendwann in Peggys Flur stand, beschmierte Wände links und rechts und ein bestialischer Gestank, ein völlig verdrecktes Badezimmer ohne Tür, Schimmel. Und dass ihn das alles nicht aufhalten konnte, er lief einfach durch, weiter, ins Wohnzimmer, den Weg kannte er blind, es war der gleiche wie oben.

Sie waren wirklich zurück. Mick und dieser andere Kerl waren wirklich wieder hier, saßen völlig verstrahlt auf dem Boden und rauchten Bong. Peggy kauerte auf der gegenüberliegenden Seite, dort, wo bei ihnen die Durchreiche in die Küche war und hier einfach nur eine Wand, sie starrte ihn aus aufgerissenen Augen an. Sie hielt sich die kleinen Hände wie ein Schutzschild vors Gesicht. Sie wimmerte. Sie zitterte vor Angst.

Die Sektflasche stand neben ihr auf dem Boden. Das Label war aufgerissen, der Korken gezogen, die Flasche leer. Rotkäppchen. Sekt, den sie gekauft hatten, gestern, vorgestern?, den er beim Anblick Peggys fallen gelassen hatte, als hätte er sich verbrannt. Die Bilder schossen ihm durch den Kopf: Die tiefe Freude, als sie zu dritt mit der Bahn nach Hause gefahren waren, die Sonne schräg über dem Tempelhofer Feld. Luca auf seinem Schoß. Luca, der die Arme nach ihm ausgestreckt hatte. Nils' Augen waren nass. Fast war es, als guckte er noch einmal in die Sonne, sie stand tief und ihr Licht war so gleißend, dass er die Augen zusammenkneifen musste.

RAUS

Das Feld vor dem Haus ist zugefroren und weiß. Manchmal kann sie aus dem Fenster auch die Gänse sehen. Sie schnattern wie aufgescheucht und fliegen vom Waldrand in Richtung See. Aus der Ferne hört man das Quietschen der Gleise, die S-Bahn fährt ein, die S-Bahn fährt ab, sie verbindet den Ort mit einer größeren Stadt. Es war ihr wichtig, dass die Stadt eine größere ist. Alles andere war ihr egal. Erfinden kann man sich überall neu. Und vergessen kann man überall nicht. Wenn es schneit, so wie heute, und es draußen so kalt ist, dass die Luft beim Ausatmen zu Dampfwolken kondensiert und die Fenster beim Lüften beschlagen, dann denkt sie am meisten an sie.

Sie sieht Petra Meyer auf der Bank neben dem Sandkasten sitzen. Die aschblonden Haare des kleinen Mädchens glänzen im Licht. Das Mädchen heißt Karina. Während Karina Löcher in den Sand buddelt, hat Petra die Ellenbogen auf die Knie gestützt und starrt mit diesem leeren Blick auf ihr Handy, den Eltern eben haben, wenn sie neben Sandkästen sitzen, diesem Blick, den auch sie manchmal hat, wenn sie neben Luca sitzt, weil sie, obwohl er ihr doch das Wichtigste ist, so gern etwas anderes machen würde.

»Wenn ich einen Rückfall bekomme«, sagt Petra Meyer im Traum, sagt Petra Meyer damals im Treppenhaus, »dann erinnert mich, dass ich meine Medikamente nehme, okay?«

Sie ist eine freundliche Frau. Sie kann lieb sein. Einen loben für die schönen Haare, die man hat. Zum Kochen einladen. Sie fasst einen gern an, mit ihren kleinen, etwas schlüpfrigen Händen. Das hat etwas sehr Warmes, Offenherziges, obwohl sie ja eine echte Berlinerin ist. Keine, die stark berlinert. Sie ist in vielem so normal. Und dann nicht mehr.

»Frau Winter, du dreckige Schlampe!«

»Frau Winter will mich vergiften!«

»Ich bring die um, ich schau mir das nicht länger mit an.«

Karina ist weg. Man munkelt. Irgendwas von Süddeutschland. Dieser Brief auf dem überquellenden Briefkasten, auf dem ihr Name steht: Eine letzte Erinnerung. Er bleibt ungeöffnet, bis er irgendwann verschwindet, so wie auch Karina verschwunden ist.

Wer ist Frau Winter? Hat sie das Mädchen mitgenommen? Sie haben es nie erfahren. Nachdem sie eingezogen sind, hat Peggy nie wieder von Frau Winter gesprochen. Und der Rest: Schnipsel, die sie gesammelt haben, im Laufe der Zeit. Eine unscharfe Zeichnung, mehr nicht.

Der Text hing über seinem Schreibtisch, Nils hatte ihn mit roten Reißzwecken dort festgepinnt. Er bewegte sich sachte, als Laura darauf zuging und ihn mit einer entschiedenen Bewegung runternahm. Es waren nur wenige Seiten, auf denen er alles beschrieben hatte: Peggys Wahn und die Untätigkeit der Ämter, seine Ohnmacht und auch die ihn manchmal beschleichende Angst, bald selbst den Verstand zu verlieren. Er beschrieb darin die Falten in Lucas speckigen Ärmchen, wenn er in seinen, Nils', Armen Zuflucht suchte und den Kopf an seinen Bauch lehnte, und die Art, wie er die Augenbrauen hochzog, wenn er ihm das Fläschchen gab. Wie Luca sich freute, wenn sie hier, vor ihrer Wohnungstür, ankamen, weil dieser Ort der ihm vertrauteste war. Und wie er sich ausgerechnet hier, zwischen den Kisten und dem Modergeruch, der von unten beständig zu ihnen hochkletterte, schon zuhause fühlte.

Und dann sein Gefühl der Schuld.

Ein Gefühl, das so allumfassend und vollständig war, als wollte es ihn ersticken. »Das Haus«, schrieb er, »das ganze Haus sitzt mir im Nacken. Ich muss etwas tun, ich muss sie doch retten, vor Peggy, vor dieser Dunkelheit, aber ich schaffe es nicht. Ich schaffe es nicht.«

Als Luca damals weg war, hat sie das Gefühl in seinen Augen gesehen. Sie hat gewusst, dass er so fühlt. Und hat ihn doch nicht aufgehalten. Hat ihm nicht gesagt, dass es nicht an ihm liegt, und nicht an ihr, dass keinen hier eine Schuld trifft, nicht einmal, ja wahrscheinlich nicht einmal Peggy. Dass es darum doch gar nicht geht. Und dass er nicht immer so wütend auf sich selbst sein darf. Sie hat sich ja gewünscht, dass er die Dinge in die Hand nimmt und alles wieder gut macht. Sie hat so sehr gehofft, dass er recht hat. Tritt fester, hat sie gedacht: Zeig's ihr, mach schneller, hol ihn da einfach nur raus. Was sie ein halbes Jahr lang befürchtet hatten, war geschehen. Sie hat es nicht glauben wollen. Es kann nicht stimmen, hat sie gedacht. Es ist nicht wahr.

Die Bilder verschwimmen in ihrem Kopf. Peggy, das Blut, die Sirene des Krankenwagens, die Nachbarn hinter den Fenstern, im Hof. Alles ist durcheinander. Und Nils. Natürlich. Als die Polizei ihn vernommen hat, fragten sie ihn zuerst, warum er nicht einfach draußen nachgeschaut habe. Warum sei er sich so sicher gewesen, dass Luca nur hier, in Petra Meyers ehemaliger Wohnung, sein könne? Er hat keine Antwort darauf gehabt, genausowenig wie auf die anderen Fragen. Er saß einfach so da, in sich zusammengekrümmt, er weinte nicht mal. Die Tat muss schon lange in ihm geschlummert haben. Sein Körper hat nur gehorcht, hat die Abfolgen wie automatisch in Gang gesetzt, als sein Kopf nicht mehr in der Lage war zu denken.

Dann erst hat sie Luca gesehen. Er saß bei den Tonnen, halb hinter einem Müllsack verborgen. Spielte mit einem Milchkarton. Laura blinzelte. Wie war er dahin gekommen? Seit wann konnte er sitzen? Oder krabbeln? War das überhaupt Luca? Er sah so anders aus. Die Sonne färbte seine Haare fast rötlich, es waren so viele Haare, ein bisschen lockig, wie ihre eigenen. Er guckte sie an, mit Nils' wasserblauen Augen. Er wirkte so wach. Dann drehte er den Milchkarton um und schüttelte ihn. Ein paar Tropfen landeten auf der Hose. Der neuen, der mit den Walfischen drauf. Die Knie waren vollgesogen mit grauem Matsch. Noch ein paar Meter weiter, und er wäre beim Spielplatz angekommen, dem Sandkasten, der Schaukel. Wie oft hatte sie sich vorgestellt, wie er später dort spielen würde. Und sie, oben am Fenster: Warte, ich bring dir ein Glas Wasser runter. Wann hatte sie aufgehört, ihn zu sehen, wirklich zu sehen? Sie ging auf ihn zu. Fast zögerlich. Kaum wagte sie es ihn hochzunehmen, ihn an sich zu drücken. Mit den Armen zu umschlingen, seinen Geruch einzusaugen, nach Banane und Nils, ihn mit Küssen zu überhäufen, bis er ganz nass war im Gesicht, davon, und von ihren Tränen, das auch. Kein Zweifel. Es war Luca.

Sie lässt ihn jetzt nicht mehr los.

Als sie das Fenster heute zum Lüften öffnet, kratzt sie ein bisschen Schnee vom Fensterbrett und legt ihn Luca auf die Wange. Anna hat das früher manchmal bei ihr so gemacht, morgens um sechs, wenn sie aufstehen musste, für die Schule. Es ist eine Erinnerung, die sie mag. Vielleicht weil dieses Bild in seiner Ausgelassenheit so gar nicht zu dem passt, das sie sonst von ihr hat.

Sie guckt zu, wie Luca langsam aufwacht, wie er mit den Augen blinzelt, ehe er begreift. Sie liebt diesen Moment, wenn er die letzten Sekunden Schlaf noch ein bisschen weiter ausdehnen will und so friedlich da liegt, auf dem Rücken, die Arme seitlich weggestreckt. Die Lippen bewegen sich, er träumt. Manchmal sieht sie dann noch das Baby in ihm, das er schon länger nicht mehr ist. Er ist schon jetzt größer als andere Kinder in seinem Alter. Groß und schlank, er kommt nach Nils.

»Es hat geschneit«, sagt sie. »Draußen ist alles weiß!«

»Nein«, sagt Luca. Er wälzt sich auf den Bauch, den Hintern aufgestellt, und gräbt den Kopf ins Kissen.

Unten im Wohnzimmer will er den Schnee dann aber doch sehen. Sie stellt sich mit ihm hinter die Scheibe, spürt seinen warmen Körper vor ihrem. Am frühen Nachmittag ist der Lichteinfall hier am besten. Manchmal stellt sie dann die Staffelei auf. Es sind andere Bilder als früher, der Blickwinkel ist gedehnt. Oft bleibt sie beim Bleistift, verharrt in der Skizze, lässt sie genauer werden, kleinteiliger, sie will der Sache auf den Grund gehen, wo fängt etwas an, wo hört es auf. *Akribische Entwürfe* hat sie die Ausstellung genannt.

Luca sagt: »Heute bohr ich ein Loch in den Winter.«

Laura muss lachen. Sie haben die Bohrmaschine zu oft gebraucht in letzter Zeit. Gleich werden sie sich losreißen von diesem Bild, das nicht sie, sondern der Schnee in die Landschaft gemalt hat. Gleich wird sie Luca in den Schneeanzug packen. Sie werden rausgehen und ein riesengroßes Loch in den Winter bohren.

Sie wird ihm nicht sagen, warum ihr Blick dann doch wieder ins Leere gleitet. Dass sie an Peggy denkt, wie sie jetzt vielleicht durch die Kälte irrt (ob es wohl schneit in Berlin?), weil sie kein Zuhause mehr hat. Und wie sie dann im Hinterhof steht, den Blick auf die gardinenlosen Scheiben gerichtet, hinter denen sie ihre Tochter immer noch sucht.

Mein besonderer Dank gilt Maria Ebner, Elisabeth Botros und Alina Herbing. Darüber hinaus danke ich Eva-Maria Kaufmann, Linda Vogt, Joachim Helfer und Judith Kuckart für ihre wertvollen Anregungen. Außerdem danke ich dem Bayerischen Staatsministerium für Wissenschaft und Kunst, dem Herrenhaus Edenkoben und der Jürgen Ponto Stiftung. Für ihre immerwährende Unterstützung danke ich A., meinen Eltern, meiner Tante, meinem Bruder sowie meinen Freunden. Und Herrn P., Maya und Anna, die wissen, wofür.

© Sascha Kokot

Ursula Kirchenmayer, geboren 1984 in Lugoj, Rumänien, lebt mit ihrer Familie in der Nähe von München. Sie studierte Literarisches Schreiben in Leipzig und gewann zahlreiche Literaturwettbewerbe. Ihre Texte erschienen in Zeitschriften und Anthologien sowie im Rundfunk, u. a. in BELLA triste, poet, STILL und auf SWR2. ›Der Boden unter unseren Füßen‹ ist ihr erster Roman.